JN319866

安井かずみがいた時代

島﨑今日子

集英社文庫

覚えているだろうか、彼女のことを。
ZUZU《ズズ》こと作詞家・安井かずみが
五十五歳の若さで逝って、十九年の月日が流れた。
『わたしの城下町』『危険なふたり』『よろしく哀愁』……、
今も歌い継がれる名曲の数々。

華やかでスタイリッシュ、ときにスキャンダラスな私生活。
数々の伝説に彩られたその人生は、
戦後からバブル崩壊までの日本を体現するかのようで、
同時代の日本女性に最も影響を与えた女性の一人である。

目次

安井かずみがいた時代

おしゃべりな真珠

林真理子

欲しいものは自分の手でつかめ――「女の時代」と言われた一九八〇年代以降、松田聖子と並走して女たちに多大な影響を与えてきたロールモデル、作家の林真理子にとっても、安井かずみは最高に眩《まぶ》しいロールモデルであったという。ロールモデルとはこんなふうに生きたいと思わせる対象のことだ。

林と安井の初めての遭遇は、およそ三十年前に遡る。安井が八歳年下のミュージシャン、加藤和彦と結婚し、二人の共著『加藤和彦・安井かずみのキッチン&ベッド――料理が好きで、人生が好きで……生活エンジョイ派のメニュー・ブック』（主婦と生活社刊）がベストセラーになっていた頃だった。食を中心にライフスタイルを提案したこの本には、加藤の作ったカクテルを飲みながら夫妻が一緒に料理をする様子などが綴《つづ》られている。当時、林はアルバイト生活から脱してようやくコピーライターになったばかり、まだ無名であった。

「一緒に仕事をしていた詩人の高橋睦郎《むつお》さんのいるレストランに原稿ゲラを持って行くと、そこに安井さんとトノバン（加藤和彦の愛称）がいたんですね。ジーパンはいて汚い格好をしていた小娘には、そのテーブルだけキラキラ輝いて見えた。あれは一体なんだったんだろうと人に話したら、有名人オーラだよと言われて、なるほどと納得したものです」

林は一九五四年四月一日、山梨県で生まれた。グループサウンズ（GS）が流行《はや》っていた少女時代、実家の本屋の店番をしながら、「明星」や「平凡」といった月刊誌や週刊誌を繰ると、そこにはきらきらしい都会の生活が広がっていた。六本木には『キャンティ』というイタリアンレストランがあり、毎夜、三島由紀夫や川端康成といった有名人が集いシャンパンを飲み交わしている。赤坂には『ムゲン』という会員制のディスコがある。そんな記事にいつも名前が載っているのが安井で、彼女は林がひたすら憧れた東京カルチャーそのもののような存在だった。

「都会の匂いがぷんぷんしていた。濃いサングラスをかけて、煙草《たばこ》をくゆらせる姿はとても日本人とは思えないほど、カッコよかった」

林が今でも覚えている記事がある。ジュリー（沢田研二）が安井の紹介で会員制のクラブに通っているという内容だった。大スターでも入れない場所があり、しかもとっくにそこの会員になっていた女性がいるとは、なんて素敵だろうと思ったのだ。

「安井さんのエッセイ集には、パリのこととかいっぱい出てきて、この世のものとは思えないくらいお洒落《しゃれ》でした。着るもののことやワインの飲み方、海外でのショッピングやバカンス、海の向こうのデザイナーたち、夜遊び、イタリア料理、ディスコ。いろんなことを、女の子にいっぱい教えてくれました。フランス語が喋《しゃべ》れて、お洋服の趣味もすごく素敵で、交友関係も華麗。恋のことも隠さず語るのが、またカッコよくて。加賀まりこさんが親友で、二人で恋愛話している姿なんて、想像しただけでため息が出たものです。セレブなんて言葉ができるずっと前の選民。自分たちが選ばれ、見られているという振る舞いが自然にできた人だった」

もう一つ林の記憶に焼きついているのは、愛車の横に立つ、パンタロン姿の安井だ。それまでカジュアル・ウェアでしかなかったパンタロンをお洒落着に格上げしたサンローランの服を、安井はいち早く身につけていた。ファッションと共に日本女性の意識が劇的に変化していく六〇年代から七〇年代に突入しようという頃。ウーマンリブが生まれ、ロックやフリーセックス、ドラッグなどのカウンターカルチャーが欲望を解放し、より大きな自由を得るという方向に向かっていた時代だ。

「サンローランやソニア・リキエルなんかが安井さんの華奢《きやしや》な身体《からだ》に似合っていた。しかも、まだ車の免許を持っている女の人が少なかった時代に外車を乗り回していたわけです。それで葉山の茶屋などで待っている男のところに駆けつけるのね。モラルなんて関係なく、好きなことをしている感じがカッコよかったですね。車って、いわば自由の記号のようなものですから本当に颯爽《さつそう》としていた」

安井かずみは、林より十五年早く、第二次世界大戦が開戦した一九三九年の一月二日に生まれている。父は東京ガスに勤める技術者で、フランス語の原書を取り寄せて読むような人であった。日本が飢えに喘《あえ》いでいた経験を、安井は共有していない。横浜の実家には豊かで知的な雰囲気が漂い、五つ年下の妹と共に何不自由なく育てられた。中高をフェリス女学院に学び、ピアノやヴァイオリン、フランス語を習う。文化学院美術科の学生で画家を目指していた二十一歳の時に、偶然のようなきっかけから、エルヴィス・プレスリーが歌っていた『GIブルース』を和訳して、訳詞家デビュー（歌・坂本九）。『ドナドナ』『ヘイ・ポーラ』などの訳詞は、彼女の手によるものである。

一九六五年、二十六歳で、伊東ゆかりが歌う『おしゃべりな真珠』で第七回日本レコード大賞作詞賞受賞。女性の職業がまだ限られていた時代、若く美しく、才能溢《あふ》れる女性作詞家をマスコミはほうってはおかなかった。センター分けのストレートボブに付《つ》け睫《まつげ》、ツイッギーのような肢体の安井の姿はしばしば雑誌のグラビアを飾り、私生活は記事になった。

明日の悲しみを知らない
あなた　おしゃべりな真珠
ほほえみ悲しみ夢をみる
私はおしゃべりな真珠
ひとりひとりが愛をみつけて
星をかぞえたとき　大人になる
あゝはじめて　生きることがわかる
私　ひとつぶの真珠
若い心が燃えてることを
肌で感じたとき　大人になる
あゝいつかは　幸せをみつける
私とあなたとあなた

あの頃、安井が大事にしていた女友だちは、「日本のブリジット・バルドー」と呼ばれた女優・加賀まりこと、グループサウンズの衣裳を次々手掛けて注目を浴びていたファッションデザイナー、コシノジュンコ。耳元で時代の風をビュンビュン鳴らしていた三人組だった。女の子が大人になっていく過程を歌ったこの歌詞の「私とあなたとあなた」は、二人の親友と安井自身のことと想像できなくもない。

以降、『恋のしずく』『折鶴』など今も記憶に刻まれるヒット曲を量産する。感性がこぼれ落ちるような口語体のその歌詞は、日本の音楽シーンを、洒落た湿度のないものへと塗り替えた。生涯に書いた詞は約四千曲。三十三冊ものエッセイ集が出ている。彼女の新しい言葉は、折々のその生活から紡ぎだされた。最たるエピソードは、海外旅行さえ珍しかった六〇年代半ばに、加賀と女二人で三か月のパリ旅行を決行したことだろう。エスコートしたのはサンローランやトリュフォー、ゴダール。

戦後、すべての価値基準が瓦解した中で育った安井は「戦後派人間第一期生」を自認し、「世界の中の日本人として生きる」ことを選択したと自負していた。日本に手本になる人間がいなかったゆえに、ファッションはフランスの「ＶＯＧＵＥ」誌から、料理はアメリカのタイムライフ社の雑誌から、結婚はボーヴォワールやジェーン・フォンダから、住まい方はイタリアの「ｄｏｍｕｓ」誌からあるいは旅行先のパリの友人宅を参考にした——と著書に記している。安井の飛び抜けたセンスのよさは、誰もが認めるところであった。

「サガンは何気ない絹のシャッ《ママ》を着て、袖を少しまくっていた。もちろんすぐ真似《まね》た。ドルレアックはシャンプーしたての髪をただブラッシングしただけという自然な髪を風にゆらしていた。私は以来、美容院で髪をセットすることは決してなかった。／それらパリの女たちの身のこなし、仕草、雰囲気、話し方、そのときどきのドレスの着方選び方をつぶさに見た、真似た」（『女は今、華麗に生きたい』大和出版刊）

一九八六年に残間《ざんま》里江子がプロデュースした、一線で働く女性たちを集めたトークイベントの様子をまとめた本『女の仕事――地球は、私の仕事場です』（朝日新聞社刊）で、安井は自身の仕事についてこんな風に語っている。

「結婚とか恋愛があたくしの人生でした。これからもそうです。人生をしているその産物が作詞となり、エッセイになるのですから、一挙両得です」

同じイベントの別のセッションに参加していた林は、残間から「次のライフスタイルのプレゼンテーションを真理子さんなんかがしてるのかもしれない」と、言われている。

その通り、歯列矯正やダイエット、着物など、林がエッセイに書いたものが次々流行することになる。

「安井さん以前は、ロールモデルというのは女優さんに限られていた。それが七〇年代前後から文化人の女性が登場してくるようになりましたよね。桐島洋子さんなんて、とてもカッコよかった。従軍記者になったり、颯爽と子どもを産んだり。知のアイドル落合恵子さんも人気がありました。ただ、お洒落やその生活を真似たいという文化人は、安井さんが嚆矢《こうし》。パリに行って、お洋服買って、朝からシャンパン飲んでみたいって思ったもの」

林が安井から教えられた最も大事なことがある。それは、「自分の手で稼いで贅沢《ぜいたく》をすること」と「望めば、何でも手に入るということ」だ。林は安井からこの遺伝子を受け継ぎ、後の世代に手渡しながら時代を駆け上がっていったのだ。

「ブランドブームが来る前から、そういうものを知っていて、しかもそれを自分のお金で買っていたというのが新しかった。それまで彼女のような生活をおくれる女は誰かの愛人であったり、ドラ娘に限られていたのですから。彼女はグラビアを飾りながらも、本業では長くトップランナーの一人でした。ヒットを連発してね。そこが日本の女の子たちを触発したと思います。安井さんに続くそうしたロールモデルは、ユーミン（荒井由実）だった」

安井の最初の結婚は六六年、二十七歳のときだった。大富豪の息子で実業家の男性、新田ジョージと、駆け落ちのようにローマの丘の上のヴィラ・メディチで挙式した。だが、働く必要のない生活は砂を嚙《か》むように虚《むな》しく、すぐに破綻する。二年後、「パリに服を買いに行きます」と書き置きを残してニューヨークの家を出たのが、結婚からの脱出であった。

「お金持ちと結婚して振ったというのも勲章。富豪の男のドールでいるには飽き足らなかったという女の人は、海外ではココ・シャネルとか結構いますけれど、日本にはなかなかいませんからね」

離婚後の安井は「恋人は必需人」と宣言し、次々と恋をしていく。相手は世界中にいた。林も噂《うわさ》を聞いている。

「シャルル・アズナブールが安井さんの恋人だったという噂を聞いたことがあるけれど、本当かどうか。でも、一流の男を相手にしていいですね。ジュリーのような時代の男をはべらせて飲んでいた、あの頃がもしかしたら一番カッコよかったかもしれない」

林と安井の二度目の邂逅《かいこう》は、一九八二年、林が最初の著書『ルンルンを買っておうちに帰ろう』（主婦の友社刊）を発表した年であった。女の誰もが持っていながら決して口には出さなかった欲望や野心を書いたこのエッセイ集は、林を時代の寵児《ちょうじ》にしただけではなく、確実に日本の女性たちの意識を変えていく。初版本のカバーの裏側には、林が安井に憧れていることを知る編集者の計らいで、安井が推薦文を載せていた。

「『ルンルン〜』でもう安井かずみさんになったつもりになっちゃって、銀座の老舗《しにせ》のバーでカクテルをなんども飲みましたよ、いっぱい」と書いた林は、既に売れっ子のコピーライターだった。南青山に事務所を持ち、東麻布のマンションで暮らし、しばしば打ち合わせ場所に『キャンティ』を使うようになっていた。そこで安井と顔を合わせることもあった。

「入り口で外国人とハグしている姿を見かけて、わぁー、カッコいいなって思いました。でも、私は小心者だから、決して常連客が集まる地下には行かなかった。山梨の言葉で、ひとつきになっちゃいけない、つまり自分が一緒だと勘違いしちゃいけないと、いつも心してました。背伸びは大切なことだけれど、どんなに背伸びしたって安井さんに敵《かな》うはずもないんだもの」

林は、天性の味覚を持ち、夫の〝ミシュランの星〟獲得に賭けた女性の人生を描いた小説で、こんなシーンを登場させている。

「有名人がサロンのように行き来するこの『キャンティ』では、少し離れたテーブルで、作詞家の安井かずみが外国人と食事をしている最中だ。それをひけ目に感じていないといったら嘘《うそ》になる」(林真理子『もっと塩味を!』中央公論新社刊)

一九八六年、「最終便に間に合えば」「京都まで」で、第九十四回直木賞を受賞した林は、翌年、雑誌「装苑」のゲスト編集長として招かれ、「あこがれのパリ・ファッション・ステータス号」を編集している。その企画の一環として、パリのシャネル本店に行き、シャネルスーツを作った。

「安井さんが自分の型紙をシャネルやサンローランの本店に置いてあると聞いていましたから。安井さんには遠く及ばないけれど、私も自分のお金で、パリでシャネルを作りたいと思ったの。で、それを着て、ある出版社のパーティに出たら、向こうから安井さんがいらして。一番見られたくない人だった。安井さんといると、とても優しく接してくださるのに、自分がどう振る舞っていいのかわからず、緊張してしまう。それは、初めてお会いしたときから最後までそうでした」

同じ頃、林はアメリカ国務省の招きで、一か月間、ワシントンを旅行していた。案内された米国議会図書館の日本語コーナーに林の本は一冊もなく、安井の著書が全作並んでいた。

「失礼しちゃうでしょ。安井さんは、いかにも育ちのいいお嬢様で、そこに働く女の聡明さが加わったような方。頭は、とてもよかったですね。ただ、ユーミンのように、次々アフォリズムが口から飛び出すというタイプではなかった。恋をしても中央フリーウェイを飛ばしていくのではなくて、女は男の腕の中で幸せになるということを信じていた人ですよね。恋愛においては、一世代前の女の人なんでしょう」

二人はシンポジウムや対談で顔を合わせる機会があり、林が六本木の安井邸を訪ねたこともある。豪華でシックなインテリア、当時雑誌のグラビアでもよく取り上げられていたこの理想の住まいを、林は緊張ゆえかよく覚えていない。

「でも『キャンティ』から何かとりましょうかと言ってくださったのは、よく覚えている。えーっ、そんなことできるのかと驚くと、若い頃から通っているから、うちだけは出前してくれるのよ、って。凄《すご》いなぁと思いましたよね」

林の名前が日本中を席巻していく過程は、安井と加藤のカップルが女たちの「理想の夫婦」として定着していく時期と重なっている。日本経済はバブル景気に沸き、阪急百貨店有楽町店には一九八九年から九〇年まで夫妻が寄り添った大きなポスターが飾られ話題となった。

「加藤さんて、日本でロンドン・ブーツを流行《はや》らせた、ちょいワルオヤジの先駆けのような人だった。背の高さが『チッチとサリー』みたいに全然違っていて、ご夫妻が外国人の中に混じってもカッコよかった。もう世の中の理想なんだけれど、自分の現実とあまりにもかけ離れすぎていて、仰ぎ見るという感じでしたね」

安井は、加藤と結婚してからは夫婦での生活中心へとライフスタイルを変えていた。夫婦でお洒落してディナーを楽しみ、週末には夫婦でテニスやゴルフに興じ、夏や冬はマウイにある別荘で過ごす。十七年間の結婚生活で夫婦が別々に夕食をとった日は十日もなかったと、安井が亡くなったあとの記事にはあった。当然の如く、二十代半ばからの親友、加賀まりこやコシノジュンコとの距離もいつしか離れてしまっていた。


「彼女が選んだ暮らし——。／それは私から見ると、いつの間にかスノッブな価値観で彩られていくように思えた」（加賀まりこ『純情ババァになりました。』講談社刊）

加藤と結婚した安井は、他の作曲家と組むことはなくなり、作曲・加藤和彦、作詞・安井かずみの作品に限られていく。成功を手にしても、友人に囲まれていても、いつも「ふたりでいる幸せ」を追い求めていた彼女は、仕事までも二人の世界に閉じ込めていったのだ。

林が、安井・加藤夫妻と最後に会ったのは、安井が亡くなる一年前、一九九三年の春、サントリーホールで開かれたオペラであった。林が同伴した美術鑑定家の勝見洋一と親しかった夫妻に、その後、食事に誘われ、ご馳走《ちそう》になった。

「年下の加藤さんに嫌われないよう、太っちゃいけないのが強迫観念になっているという噂を聞いていたのに、安井さんは普通に召し上がっていたので意外でした。少し痩せていらしてお化粧が濃いのが気になりましたけれど、きれいでね。レストランを出て、タキシード姿とソワレ姿のお二人を見送りながら、勝見さんが、本当にカッコいい夫婦だよね、とおっしゃっていた。素敵でした。だけど、私にはあんな結婚はできませんね。サラリーマンが好きだし、家は楽屋だと思ってるから、そこでは手足を伸ばしたい。ヨーロピアンスタイルが身についているお二人のような暮らし向きは到底できません。ただ、完璧な夫婦ってあるはずないと思うんです。あの二人は、世間がそれを望んでしまったんですよね」

林は、三十六歳のときに、五つ年上の会社員と見合いで結婚した。ワイドショーがこぞって取り上げたこの結婚について、評論家の中森明夫は林の自伝的小説『ワンス・ア・イヤー』（角川文庫）の解説で、林真理子の結婚によって、「女たちの八〇年代は劇的に終わりを告げた」と書いた。

「結婚したいというのがあなたの売りなんだから、結婚したら人気が落ちるよと言われて、びっくりしたことがありました。普通の女の子が頑張っているから応援していたのに、有名人になって偉そうな顔をするな、と言われたこともある。私のどういうところが人に好かれているのかわからなかったから、悩みました。ロールモデルになるということは、幸せなことばかりではないということです」

一九九四年三月十七日、安井かずみ永眠。葬儀に足を運んだ林を、加藤は「マリコちゃん、よく来てくれたね」と迎えた。バブルは崩壊し、日本は失われた十年に突入していた。

九九年二月、林真理子は長女を出産。それは、安井が選ばなかった選択であった。一方、加藤和彦は九五年にオペラ歌手の中丸三千繪《なかまるみちえ》と結婚、五年後に離婚、二〇〇九年十月、軽井沢にて自死。


林は、直木賞を受賞して以降、海外に行くときはどんなに無理をしてもファーストクラスに乗ると決めていた。世界中を遊び場にして、ファーストクラスで飛び回っていた安井の影響であった。

「ファーストクラスに乗ってヨーロッパにお買い物に行くのは、自分の人生に対する勝利宣言みたいで、とっても嬉《うれ》しかったしね。この先、どんなことがあってもファーストクラスから降りないと決めたんです。でも、今は子どももいるから乗りませんよ。あの経験は血となり肉とはなっていますが、今となっては、バブルの頃に固執していたことは否定する気はないものの、どうってことないな、と思いますね。時代が一回りしたという感じでしょうか。その意味でも、安井さんのような人はもう現れないでしょう。安井さんの残したものは風俗として扱われているから歴史に残らないけれど、私たちの中には確実に生きています」

中森明夫の言い方を真似るならば、安井かずみが姿を消してから日本の黄金時代ははっきりと終焉《しゅうえん》を迎えたのである。


あの頃、安井かずみはなぜあんなにも私たちを魅了したのか。安井かずみが生きた時代とはどんな時代であったのか。そして死んでなお、安井かずみが人を惹《ひ》きつけるのはなぜなのか。

彼女を知る人たちの証言を辿《たど》りながら、安井かずみとその時代を検証したい。安井かずみを知ることは、私たち自身の欲望を知ることでもあるのだから——。

わたしの城下町

平尾昌晃

音楽は、さまざまなアートの中で最も色濃く時代を反映させるジャンルである。安井かずみが作詞家として活躍し始めた一九六〇年代半ばは、日本が高度成長をひた走り、音楽シーンも新しい世代の台頭によって様変わりしようという時期であった。『恋のしずく』『わたしの城下町』『あなただけでいい』など数々の名曲を誕生させることとなる同世代の平尾昌晃と安井のコラボレーションは、まさに若く、新しい才能同士の出会いだった。

それは、五〇年代後半から一世を風靡《ふうび》したロカビリー・ブームが去り、ロカビリー歌手として喝采を浴びていた平尾が挫折を経て、作曲家へと転身しようとする頃。自身が歌っていた『おもいで』が布施明によってカバーされ、全国的にヒットしたことで、

『銀の涙』『霧の摩周湖』と布施が歌う曲が矢継ぎ早に出て、平尾の音楽が日本を染めようとしていた。グループサウンズ（ＧＳ）・ブームの胎動も聴こえていた。

「有楽町に渡辺プロダクションのビルがあって、そこでＺＵＺＵ《ズズ》（安井かずみの愛称）とはよく顔を合わせていたんです。出会った頃の安井かずみは、まだ訳詞家のイメージのほうが強かった。〝みナみカズみ〟のペンネームで『アイドルを探せ』とか『オー・シャンゼリゼ』とか、いろんな曲の詞を訳してました。彼女の印象は、そりゃあもうお嬢様ですよ。横浜のフェリス出身でしょ。僕は東京生まれだけれど、湘南育ちで高校は慶應だったから、横浜は青春時代の通り道なわけです。そこで育った人だし、しかも彼女の親友が加賀まりこであり、コシノジュンコ。僕はコシノさんのところで服を作ったこともあったし、お父さんが大映のプロデューサーだったまりことは家族ぐるみの付き合いだったので、ＺＵＺＵとも自然と接近していったんです。そうこうしているうちに、彼女はオリジナルを書き出し、タイガースの曲とかヒットさせていきました」

二人が作曲家、作詞家として初めて向かい合うのは一九六七年晩秋である。『小指の想い出』が大ヒットしていた伊東ゆかりのマネージャーから、「ＺＵＺＵが平尾さんともやりたいと言っている、一緒に組まないか」という話が平尾のもとに持ち込まれたのだ。

「ZUZUの感覚は素晴らしいから、彼女とならば面白いのができるなと返事をすると、もうできていると見せられたのが『恋のしずく』というタイトルがついた詞でした」

肩をぬらす恋のしずく
濡れたままでいいの
このまま歩きたい

「雨のしずくならわかるけれど、恋のしずくとはとそのセンスに感心しました。少女から大人にさしかかった女性の情感が溢れていて、女の人でなければ書けない詞だった。肉感的でストレートで、そのくせ優しくて。マネージャーたちは来年（一九六八年）一月の新譜に間に合わせたいから今日中に作ってくれと、僕のマンションに来て急《せ》かすんです。ギター一本で作曲している僕を置いて、勝手にお風呂入ったり、出前とって食べたり。僕はお腹をすかせながら一人黙々とやって、夜中の二時くらいにようやくできたのかな。四時間ほどで作りました」

そうして生まれた伊東ゆかりの『恋のしずく』は発売開始から一か月余りで約八十万枚を売り、オリコン・シングルチャート初の女性アーティスト一位獲得曲となった。

世界ではベトナム反戦運動が、日本では全国の大学で全共闘運動が広がり、時代は騒然としていた。この年のレコード大賞は黛《まゆずみ》ジュンの『天使の誘惑』で、ピンキーとキラーズの『恋の季節』や、後に安井の夫となる加藤和彦たちのバンド、ザ・フォーク・クルセダーズの『帰って来たヨッパライ』が大ヒット。翌一九六九年は佐良《さがら》直美の『いいじゃないの幸せならば』が第十一回日本レコード大賞を受賞し、いしだあゆみの『ブルー・ライト・ヨコハマ』や弘田三枝子の『人形の家』、加藤登紀子の『ひとり寝の子守唄』など、演歌の「耐え忍ぶ女」ではない、「今の女の気持ち」を歌った歌が街に流れた。

当時、女性作詞家として安井と人気を二分したのが、加山雄三の歌や『恋の季節』を書いた岩谷時子であった。二人には共通項が多かった。安井はフェリス女学院、岩谷は神戸女学院の出身、共に港町のプロテスタントの女子校で仏、英語を学び、楽譜が読め、学生時代は画家志望であった。安井と岩谷を対比した「週刊現代」の記事で、二人をよく知る渡辺プロダクションのプロデューサーはこう語っている。

「岩谷さんはいまでも越路吹雪のマネジャーをやっているし、安井君はファッション・モデルもやれれば、イラストもできる。つまり二人は作詞専門ではなく、それでいて、作詞家が詩人でもあるという時代をつくったのは二人の功績」(「週刊現代」一九六九年一月一日号)

この記事の中で安井の私生活は「服装もサイケ調を好み、よく深夜スナックに現われてゴーゴーを踊っている」と描写され、それに対して岩谷時子が拍手を送っている。

「安井さんの詞には、そういうウソがなく、素直に自然のままに書いていらっしゃる。だからこれからも、いまのままの生活をつづけられたほうがいいと思いますね。若い作詞家のなかでは、あの方がいちばん好きです」（前出「週刊現代」）

一九六九年、最初の結婚にピリオドを打った安井は、時代の表現者として矜持《きょうじ》を持って一人の時間を生ききりながら、作詞家として量産期を迎えることになる。七〇年に出版された初めての著書で彼女はこんなふうに綴っている。

「『歌は世につれ』って言葉があるけれど、まったくそうだと思う。特に今、着る物、ファッション、物の考え方、見方、価値判断、生活のし方、ポピュラー音楽は、全体的に、大きな一つの関わりを密着させながら流れ、動いてゆく。つまり、一つのすそ広がりのパンタロンは、一つのエポックの証明であると同じに、一つの歌は、一つの年代のあらわれとしるしであると思うから。／だから私は過去の歌も書きたくないし、未来の歌も書けないと思う。今、今日、作詩するのは、今、今日私がこの世に生きている証拠の産物であって欲しい、と願う」(『空にいちばん近い悲しみ』新書館刊)

『恋のしずく』のヒットは、平尾・安井コンビを世間に印象づけたのか、二人にTBSの平日深夜二三時五〇分からの『ナイトUP《アップ》』という音楽番組の司会者として声がかかったのは、大阪万博が開催された一九七〇年のことであった。一九六八年の暮れから約一年間、結核療養のために諏訪湖《すわこ》の畔《ほとり》の病院に入院していた平尾にとっては、復帰間もない仕事で、平尾と安井が司会陣に加わったのは、一九七一年一月のこと。他局で放送されていた人気番組『11PM』の司会陣より一回り下の世代を集めた小洒落たワイドショーだった。

「まだ日本人はワインなど飲まない頃だったから、ワインの置いてある六本木の『キャンティ』や、会員制のディスコ『ムゲン』とか赤坂あたりのナイトクラブとか、ちょっと大人っぽい雰囲気の空間を探してきて、そこに布施明を呼んで歌わせたり。毎回、まりこやジュンコ、カルメン・マキなどが遊びに来るから、仲間と酒飲んで、美味しいもの食べて。衣裳も自分の服を持っていった。日常の遊びの流れの中にあった番組なので、進行表もないのに、僕らも普段着の感覚で喋ることができたんです。ZUZUのお喋り聞きながら、いやあ大したもんだな、意外と仕切っちゃったりして、こんな才能もあるんだなと思いましたよ。ただ、彼女、すっごくお洒落なんだけど、無防備なんだね。僕らのいるところで平気で着替えちゃうから、目のやり場に困った。心を許してくれてたにしても、びっくりしたよね」

よど号ハイジャック事件が起こり、三島由紀夫が自衛隊の市ヶ谷駐屯地東部方面総監室を占拠して、割腹自殺をした。激しく揺れる時代の中で、女たちは今までになく自由で、解放的な時を過ごしていた。いかにラディカルであるかが、当時の新しさの証明であった。仕事を持ち、ファッションを楽しみ、酒を飲み、恋をし、海外へ息抜きに出かけて誰よりも早く情報を仕入れてくる。安井には、仲間と共に自分たち「新しい世代」がキャリアを作りながら、「新しい日本人像」と「新しい生活様式」を作っているという自負が強くあった。そして作詞家であることを愛し、高揚感を抱いていた。

「キャンバスに、昔、四角のふちの制約があったように、作詩にも歌のメロディーの長さの制約がある。でもキャンバスに視界的なイメージ・スペースが無限であるように、歌も、それを聞いた時、その人なりの果てしないイメージの広がりは自由で限りない。私はそんな歌を書きたいといつも思って努力している」（前出『空にいちばん近い悲しみ』）

『ナイトＵＰ』は好評で、当初半年の予定が一年続くことになる。一九七二年の終了時には、安井も平尾も歌謡界のトップランナーとして走っていた。番組が放送されている途中、二人で組んだ作品中最大のヒット曲が生まれている。一九七一年四月に発売された小柳ルミ子の『わたしの城下町』である。

平尾は、十八歳の小柳と会った日のことを記憶に焼き付けている。その頃の小柳はNHKの朝の連続テレビ小説『虹』に出演していて、まだ歌手ではなかった。

「すごくいい目をしていて、これは歌手の顔だなと思ったの。それで渡辺プロの晋《しん》社長に、あの子を僕にやらせてくださいと頼み、一週間後に小柳ルミ子プロジェクトができちゃったんです。デモテープで彼女の声を聴いたのはその後。僕は布施君やゆかりちゃん、梓みちよちゃん、じゅん&ネネといったポップス系の歌謡曲を作っていたんだけれど、ルミ子の透明感のある声を聴いた瞬間、信州の岡谷で入院した時のことを思い出した。心の故郷を追求するような叙情的な歌、大人の童謡を作れば歌謡曲の幅も広がるなと考えてたんです」

街では一九七〇年から国鉄の「ディスカバー・ジャパン」キャンペーンが始まり、女性誌「ａｎ・ａｎ」創刊、翌年には「ｎｏｎ・ｎｏ」も出て、ファッショナブルに着飾った若い女性たちが雑誌片手に京都や奈良を訪ねるアンノン族なる言葉も生まれていた。「神社仏閣を訪ね、甘いものを食べたり、旅行を楽しむのが女の人たちのおしゃれになっていた。今も同じことやっているけれど、アンノン族がそもそもの始まり。そこで僕は今までの日本調ではなくて、和洋折衷の情緒を出したいと思ったの。その頃の日本はもう住宅も日本間が一室あるかないかで、洋間がウエイトを占めるようになっていたでしょう。プロジェクトチームの作戦会議で、城下町とお祭りという二つのテーマが出た時、こういうものを年輩の作詞家に頼んでしまうと童謡や民謡と変わらないものができてしまう、やっぱり若い人の感覚で書いてもらいたいと、ZUZUに白羽の矢が立ったんです」

平尾は、以前一緒に食事をした時、安井が「私はバタくさい詞ばかり書くと思われているけど、日本的な、伝統的なものも書いてみたいの。まあ、ど演歌は無理だけどね」と話したことを覚えていた。話をもちかけると、安井は「面白いわね」と喜んだ。間もなく二つの作品ができあがった。先に詞ができた『お祭りの夜』と、メロディーが先行した『わたしの城下町』である。

「お互い、それぞれ作ったものを交換したんです。彼女はお祭りになんて行ったこともないような雰囲気の人だったから、『お祭りの夜』の詞を読んだ時は、さすがだなと思った。彼女の詞は曲をつけやすいんですよ。個性的だし、リズムがいいんです。もの凄くリズム感がいいのでメロディーやビートに合う。『わたしの城下町』も、♪格子戸をくぐり抜け♪って、ピタッと音符にはめてきた。♪好～～き～だともいえずに♪というところなんて、詞をはめるのが難しい。彼女が英語の歌やシャンソン、カンツォーネを訳詞してたからできるんでしょうね。ZUZUも岩谷時子さんもなかにし礼さんも訳詞から出発してますが、この三人は原曲をただ訳すだけでなく、自分の言葉に置き換えて表現していて、唸《うな》らせる。詞は書こうと思ったら誰でも書けます。だけど、自分の言葉で表現することと、言葉をリズムにのっけるということは誰にでもできることではありません」

格子戸をくぐり抜け
見あげる夕焼けの空に
だれが歌うのか子守唄
わたしの城下町
好きだともいえずに歩く
川のほとり
往《ゆ》きかう人に
なぜか目をふせながら
心は燃えてゆく

家並がとぎれたら

お寺の鐘がきこえる
四季の草花が咲き乱れ
わたしの城下町

＊橋のたもとにともる
灯《あかり》のように
ゆらゆらゆれる
初恋のもどかしさ
きまずく別れたの

＊（くりかえし）

加賀まりこは、安井が『わたしの城下町』を書き上げる瞬間を目撃していた。

「一緒に出かける予定で迎えに行った私の目の前で、20分で書き上げたのがあの詞だった。私は、／『格子戸はくぐり抜けないわよ』／とさんざん言ったが却下され、歌はその日の締め切りをクリアして大ヒットした」（加賀まりこ『純情ババァになりました。』講談

社刊）

「これはタイトルもＺＵＺＵがつけたんだよね。でもよく考えたら殿さまじゃあるまいし、『わたしの城下町』なんて普通つけないって。それから♪四季の草花が咲き乱れ♪ってところも、凄いでしょ。四季の草花が一緒に咲き乱れる？　ＺＵＺＵらしいよね」

『わたしの城下町』も『お祭りの夜』も完成度が高かったため、小柳のデビュー曲をどちらにするかで、会議は紛糾したという。平尾は、安井が書けなかった時のために、山上路夫にも詞を頼んでいた。小柳のデビュー曲は、Ａ面『わたしの城下町』、Ｂ面に山上の作詞した『木彫りの人形』と決まり、五か月後に第二作として『お祭りの夜』が発売された。安井三十二歳の作品であった。

「嘘までついて風変りなものは書きたくない」と公言していた安井の詞は、同業者をも魅了した。岩谷時子同様に、平尾のもう一人の盟友で、五木ひろしの『よこはま・たそがれ』などを書いた作詞家・山口洋子も安井の詞を高く評価している。

「作詞家が作詞家のファンになるのは珍しいことですよね。特に女同士で。（筆者注・安井さんは）わたしには到底言えないような詞をつくるわけ」（山口洋子編『平尾昌晃の歌上

手になる本』講談社刊)
　小柳は、絣《かすり》のワンピース姿で歌った『わたしの城下町』一曲でスターになり、二つ年下の南沙織、一つ年上の天地真理と新三人娘として人気を博していく。歌番組が華やかなりし頃、平尾・安井コンビの曲は次々発表された。ジュリーこと沢田研二の『あなただけでいい』、アグネス・チャンの『草原の輝き』『星に願いを』……。
「ZUZUは難しいものを書こうなんて思ってなくて、大衆小説を書くように、詞もわかりやすい言葉で書いていた。完成した詞を直されるのは好きじゃなかったけれど、ディレクターに、こういうシチュエーションで書いてくれない？　と言われると、その通りにやっていた。なんでもいいから書いてよというのは、意外にダメなタイプでしたね。『あなただけでいい』は、僕がジュリーに、タイガース時代の『君だけに愛を』みたいな口説き歌、迫ってくるようなのを作りたいなと頼んだんです。♪あなただけでいい♪の部分の詞だけが先にあって、メロディーを作ったんですけどね。いい曲でしょ。ZUZUはミーハー的なところもあったんで、曲がオリコンで一位獲ったり、みんなから褒められると、すごく喜んでいた。一緒に作った曲には、みんな、一つ一つ夢がありますよ」

平尾と安井の共同作業はおよそ十年で終わった。安井が加藤和彦と結婚した一九七七年以降の安井の詞は、夫が作る曲だけに捧げられるようになっていくからだ。

「みなさんから聞いたところによると、結婚の頃は仕事に疲れていたみたいです。加藤さんと一緒になるまで相当書いてますもんね。ZUZUは、僕のように、周囲でワーワー言っていても作れるタイプじゃない。普段は明るい人なのに、詞を書くとなると、親友でも中に入れなかったというもの。鍵かけちゃって、一時間でも二時間でも一人書斎に籠もって書くタイプ。器用なようで、神経質な面がありましたよね。やっぱり、プレッシャーもあったろうし、精神的にもきつかっただろうと思う。本当はもっと遊んで、のんびり生活したかったのに、仕事を優先しちゃって、寝不足になったり、身体をいじめたり。それがいやで、結婚を機にちょっと抜け出したいという気でいたみたい。渡辺プロの人にも、歌謡曲を作るのは疲れるからしばらく離れたいと、言っていたようです」

一九九〇年に上梓された安井の自伝的エッセイには、二十代の終わりからの十年間は「過酷な仕事ぶりに徐々に心身が蝕まれていった」と記されてある。「スケジュール帳に少しでも空白があることが耐えられない。一人でいると不眠症になり、貧血と失神を繰り返し、生きてることさえ自棄しそうになる――」。作詞の時間への激しいのめり込み方が、働く女なら誰しも感じる孤独を一層深いものにしたのであろう。彼女は不安定な恋のときめきよりも、パートナーという安定を求めていた。

「何をしても、何か少しずつ変だった。どうしても何か満たされなかった。／それをなしたら、そこに行ったら、それを読んだら、見たら、それを買ったら、それを着たら、その人と恋をしたら、満たされるだろうと思ったことは即実行した。／もちろん金に糸目はつけないつもりだった。私は狂気の沙汰的に仕事をしていたので、その分だけ収入もあった。気前よく浪費した。いやらしいほど、金を費《つか》った。その影（筆者注・心の陰り）に怯える自分を救うために」（『女は今、華麗に生きたい』大和出版刊）

平尾の目には、時折パーティで見かける、加藤にエスコートされた安井が幸せそうに映っていた。だが、かつての仲間と疎遠になっていくのを淋《さび》しく感じずにはいられなかった。

「ZUZUどうしてる？　と聞いても、わからないと言う人が多かったですもんね。かつてのような数の作品を書かないのはいいけれど、僕らも一緒にいいものを作りたいという思いはありました。でも、加藤さんがやってる音楽と僕らのやってる音楽はジャンルが違うし、遠慮もあったので頼めなかった。どこか遮断されてる感じもあって、連絡先もわからなかったし。音楽仲間として凄い宝を失った気がしてならなかった。僕がずっと手掛けているドラマの〝必殺シリーズ〟の主題歌は、時代劇の常識を破ったと評価していただいているけれど、ZUZUとは一曲しか組めていなかったのが残念ですね。もっと一緒にやりたかったたと思います。いい歌作れたのにな」

初めての著書で「私自身が、空も太陽も、友人も恋人も愛せなくなった時、きっと歌も書けなくなるだろうと思うけど……」と綴った作詞家は、日本が斜陽の時代に向かった時に本当にいなくなってしまった。

片想い

伊東ゆかり　中尾ミエ　園まり

どんな時代の寵児も、いずれ旬の時期が過ぎ去る運命からは逃れられない。しかし、安井かずみは、訳詞家としてデビューした一九六〇年代前半から亡くなった九〇年代半ばまで、実に三十年以上の長きにわたって日本の女たちのロールモデルであり、メディアのスターであり続けた。

二十代から三十代前半は自由奔放に生きる人気作詞家として、三十代後半からは加藤和彦と理想の夫婦を体現する女として。高度成長期からバブル崩壊へと刻々と姿を変えていった日本と、歩調を合わせるかのようにその生き方をギア・チェンジして、大衆の憧れを誘い続けた。安井はどこまでも〝時代の娘〟であった。

安井が、訳詞家〝みナみカズみ〟として颯爽と人々の前に現れたのは、一九六一年である。同年一月に発売された、エルヴィス・プレスリーの歌を坂本九がカバーした『GIブルース』でデビューした。カバー・ポップス黄金時代の先導者で、中尾ミエの大ヒット曲『可愛いベイビー』などを訳詞した漣《さざなみ》健児こと草野昌一が当時、新興音楽出版社（現・シンコーミュージック・エンタテイメント）の社長で、文化学院の学生だった安井を発掘した。

一九六〇年代前半は、高度成長が一気に進んだ日本の黄金期。戦後の飢えから解放された生活、アメリカやヨーロッパの文化がシャワーのように降ってきて、演歌が中心だった戦後の音楽シーンも一変、日本のポピュラー音楽が花開く。台頭著しいテレビでは、アメリカのヒットソングを日本語の歌詞で日本の歌手に歌わせる『ザ・ヒットパレード』が人気を博していた。若い歌手たちはアメリカン・ポップスやヨーロピアン・ポップスを日本語で歌って、お茶の間の人気者になった。

〝新しい女〟であっても安井は一九三九年生まれ、良妻賢母教育を受けた世代である。「女は結婚して、子どもを産み、家庭を作るものだ」と思っている彼女にとって、訳詞の仕事はアルバイトにすぎなかったが、変革期にあった音楽業界は時代の空気を反映させた瑞々《みずみず》しい感性をほうってはおかなかった。

『花はどこへ行った』『ヘイ・ポーラ』『レモンのキッス』『アイドルを探せ』『ドナドナ』……。耳に馴染《なじ》んだあの歌も、時代の記憶を一気に蘇《よみがえ》らせるこの歌も、若き安井の作品であった。

訳詞家時代からの安井作品を歌ってきた歌手に、伊東ゆかり・中尾ミエ・園まりの三人娘がいる。三人娘が誕生したのは、東京が世界初の一千万人都市になった一九六二年であった。美空ひばり・江利チエミ・雪村いづみの元祖三人娘と区別する意味で、三人が司会をした番組から名前をとって「スパーク三人娘」とも呼ばれ、テレビ時代の始まりを告げるスターとなった。

安井より七つ年下で、一九四六年生まれの戦後っ子、中尾が語る。

「あの時代のポップスは日本全国津々浦々、みんなが聴いていて、みんなが口ずさんでいました。今、時々『原語で歌ってほしい』と言われることもありますが、それで歌ったら、聴く人は懐かしくないと思うんですね。やっぱり、日本語で歌わないとダメ。それまで日本は演歌の時代が長かったでしょ。演歌というのは言葉の歌でしょ。でも、ポップスになってくると、あの頃はとくに、イエイエイエとか、ウォーウォーウォーとか、リズムに音を乗せるから、意味がわからない言葉もある。いまだに歌っていて、意味のわからない歌もあるけれど、だけど、それが逆に口ずさみやすいんだと思います。安井さんが出ていらしたのは、そういう風に日本の音楽が変わっていく時代。時代にマッチした人が、その時代の色の詞を作ってくれた。安井さんは、そうした存在でしたね」

それまでになかった話し言葉に、洒落た日常の風景の描写——歌詞作りにおいて、安井に大きな影響を与えた曲がある。彼女より四歳年上のキング・オブ・ロックンロール、エルヴィス・プレスリーの『ハートブレイク・ホテル』であった。訳詞を始めてすぐの頃、彼女はこの曲を聴いて衝撃を受けたという。セクシーで情熱的なプレスリーの歌唱にもだが、ホテルをハートブレイクという心の状態につなげたタイトルが安井の心を突き刺したのだ。

「自由に、言葉たちに表現力を持たせる。／大胆に、言葉たちを組み合わせてゆく。／存分に、言葉たちに印象を与える……時には造語的になる場合もあるかもしれないが。／身辺に、転がっている、そこらの言葉たちに、新しい、そして思いがけないイメージを与えるのは作詞家の最も楽しい作業である。／それらのヒント、きっかけは、『ハートブレイク・ホテル』だったのだ。（中略）その後、四千曲余りの作詞をしてきているが、常に詞案、着想に窮さずに来られているのは、ポピュラー・ソングとは文字どおり、ポピュラーな人間（私を含めて）たちの、ポピュラーな日常の中で捉えるテーマを追ってきたからだろう」（『安井かずみの旅の手帖』ＰＨＰ研究所刊）

〝戦後日本〟から遠く飛翔した安井の才能に注目した一人に、渡辺プロダクションの渡邊美佐がいた。当時、渡辺プロはザ・ピーナッツやハナ肇《はじめ》とクレージーキャッツ、三人娘などスターを大勢抱える一方で、レコードやテレビ番組を自主制作して、旧態依然であった興行の世界を近代化していった。その結果レコード会社以外の原盤制作が増え、作詞家や作曲家のレコード会社専属システムは崩れ、フリーランスの作曲家や作詞家が輩出。安井は、フリーランスのトップランナーであった。

安井と渡邊の共通の社交場だったのが、イタリアンレストラン『キャンティ』。多くの文化人や芸術家が行き交う場所で渡邊と昵懇《じっこん》になった安井は、やがて渡辺音楽出版にマネジメントを任せ、作詞家として、渡辺プロが抱える歌手のために多くのヒット曲を書き下ろすことになる。

三人娘は、作詞家になったばかりの頃の安井作品を多く歌っている。安井が初めて作詞をしたのは、一九六四年、東京オリンピックの年にNHKの『きょうのうた』で発表した『おんなのこだもん』であった。まだ〝みナみカズみ〟名義だった。この歌を歌った中尾は、安井が一人で暮らす青山のアパートメントに招かれたことをよく覚えている。

「食事したんです。私たちの時代って、食事というと、ご飯もおかずもすべてテーブルに並べてから、『いただきます』と言って食べていたでしょ？　ところが、安井さんの家ではそうじゃなかった。お酒を飲みながらいろんなものをつまんで、最後に『ご飯食べる?』。ああ、こんな食事の仕方があるんだなと、やっぱりはじめての経験だから、忘れられません」

ライフスタイルも風俗も、世の中全体が動いていた。中尾は、『キャンティ』で華やかなオーラをまき散らしていた作詞家の姿も記憶にとどめている。

「『キャンティ』のある飯倉から六本木の交差点までのわずか何百メートルが〝治外法権〟になっていて、暗黙裡《あんもくり》に、普通の人は行けない店だったわね。みんなお洒落して、女の人はカッコ良く煙草を吸っていて。だからかな、私、二十歳になったその朝から煙草を吸いましたよ。安井さんはマドンナで、いつも男の人に取り囲まれていた。それもただのボーイフレンドといった感じじゃなくて、みんなで刺激し合って、全部がお仕事にはねかえってくるような感じだった。人生をエンジョイしている彼女が、ほんとうに眩しかったです」

中尾より一歳下の伊東も、六本木を闊歩《かっぽ》していた安井の惚《ほ》れ惚《ぼ》れするようなカッコよさを目に焼き付けていた。

「『キャンティ』でオッソブッコとかバジリコのスパゲッティを食べるのは憧れで、違う世界に行けちゃったみたいな感じがしたものです。安井さんは、その世界の象徴のような人。ファッション雑誌から抜け出てきたような、みんなをアッと言わせる格好をいつもしていましたよね。そのうえ作詞もするし、英語もフランス語もペラペラだし、煙草も吸ってる。一人だけカッコいい〜、もう〝四次元の世界の人〟というイメージで、ため息をついて見ていました」

園は三人娘では一番年上で、安井との年齢差は五歳。だが、園にとっても安井は仰ぎ見る大人の女であった。

「当時、日比谷に渡辺プロの小さな事務所があったんですね。そこでよくお会いしました。オープンカーで乗りつけていらした。時代の先を歩いているような方だった。大きなサングラスをして、ペチコートが入ったスカートをはいて、サッシュベルトでウエストをぎゅっと締めたりされている姿が目に浮かびます。あのボブヘアーやソバージュヘアーにも憧れました。あんまりカッコよすぎて、ちょっととっつきにくいイメージがあったくらい」

安井が「安井かずみ」となったのは、はじめて詞を書いてから間もなくのことである。作詞を手がけると同時に、「女がバリバリと働くのはカッコ悪い」と思っていたはずの彼女が、気がつけば仕事の来るに任せて量産態勢に入っていた。伊東の『歌をおしえて』、ザ・ピーナッツの『キャンディー・ムーン』といった初期の安井の作品群の中で最初の大きなヒットとなったのは、園が歌った『何も云わないで』だった。園が三人娘から独立して独り歩きするきっかけになった歌謡曲で、囁《ささや》くような〝まり節〟はこの作品から始まっている。

「ずっと声を張り上げてポップスを歌っていたので、作曲家の宮川泰《ひろし》先生から一言一言歌い方を伝授され、随分苦労したものです。安井さんにはたくさんの曲を作っていただいているのに、一度も録音スタジオにお見えになったことがなかったですね。だから、歌の指導はされたことはありませんけど、随分、ロマンチックな詞だなと思いました。安井さんはちょうど恋愛中だったそうで、恋人に対する心情を綴ったと、マネージャーから聞かされました。クールに見える安井さんがこんなに女らしい方なんだって思いましたね」

「今は何も云わないで　黙ってそばにいて」で始まるこの曲は、園まりブームに火をつけた。それから一年後の一九六五年、伊東のために書いた『おしゃべりな真珠』で第七回日本レコード大賞作詞賞を受賞し、安井は一気に「日本一若い女性作詞家」として売り出していく。

「岩谷時子さんは別格として、女流作詞家はいなかったから、私は業界で紅一点のようなものでした。／そんな、いわばパイオニア的存在であることが、私は気に入っていたのです」（安井かずみ・加藤和彦『ワーキングカップル事情』新潮文庫）

安井が作詞家として活動を開始した時期から一九七〇年くらいまでは、歌唱力のある女性歌手たちが煌《きら》めいていた時代。海外のヒットソングの輸入が一段落し、戦後の流行歌とは明らかに旋律も歌詞も違う日本のオリジナルソングが街に流れた。それは歌謡ポップスと呼ばれ、三人娘の他には弘田三枝子、黛ジュン、奥村チヨ、小川知子、いしだあゆみらが人気を担った。付け睫に逆毛を立ててセットした髪。みな二十歳前後であったが、誰もがアダルトな雰囲気を漂わせていた。歌よりルックス重視のアイドルが登場するのは、消費社会に突入した一九七〇年以降のことだ。

まだこの時代には、オールマイティなほめ言葉として「可愛《かわい》い」が使われることもなく、「若さ」は今ほど大きな市場価値を持っていなかった。少女のような肢体を持つツイッギーが現れても、フランスのオートクチュールブランドで身を包んだジャクリーン・ケネディは、世界のファッションリーダーの地位にあり続けた。前だけを見て成長していた時代の社会では、「成熟」＝「大人」こそが向かうべき目標であり、憧れであったのだ。

二十歳で『小指の想い出』を大ヒットさせた伊東は、翌年の一九六八年、全国に全共闘運動が広がり世の中が騒然となった頃、再び大ヒット曲に巡り合う。オリコン・シングルチャート初の女性アーティスト一位をとった平尾昌晃作曲、安井かずみ作詞の『恋のしずく』である。

「あの頃は、自分で選んだというよりは、『これを歌いなさい』と会社から言われて歌っていました。『恋のしずく』は最初、平尾さんがギターの弾き語りで歌っているデモテープをもらったんです。平尾さんがあまりにも上手《うま》くて、これ、どうやって私が歌うの？　歌えないと思ったぐらいで。安井さんはどう歌えとはほとんどおっしゃらない方でしたが、『恋のしずく』の時には、私が〝わたし〟と歌ったら、『これは、〝あたし〟って言ってちょうだい。〝わたし〟と言うには、ゆかりちゃんはまだ若すぎるわよ』と言われたのが印象的でした」

安井は最初の結婚で一時仕事を休止したものの、その期間はごくわずかだった。デビュー時から第一線に躍り出た彼女の詞はさらに輝きを増し、日本が大阪万博で先進国の仲間入りを高らかに宣言した一九七〇年の前後十年を、大衆の欲望を歌に刻み込みながら、全力疾走で駆け抜ける。

「私にとって、作詞家は、休日、祭日、日曜日なし、一日二十四時間、一年三百六十五日営業なのだ。だから自分では、本業は人生、その副業（副産物）が作詞……なんて思ったりする。（中略）作詞をすることがとても好きだ。楽しい！　得手だとも、生きがいだとも言わないけれど、歌の詞を考えるのがとても好き。／真剣に好きなのだ。そして好きな作詞をするために努力を惜しまない。ベストを尽くす」（『私のなかの愛』大和書房刊）

数多くの曲を提供された三人娘には、それぞれに安井作品の思い出がある。園が印象深いのは、一九六六年に同じ安井作品の『やさしい雨』のB面として書かれた『何んでもないわ』だという。この歌はヒットして、途中からA面になった。

「詞が画期的なんです。まったくの話し言葉だった。それで、曲調はコミカル。いきなりスタジオで楽譜を渡されたので、どう歌っていいのかまるでわからなかった。安井さんには、私のいろんな面を引き出していただきました。コミカルソングというと、植木等さんとデュエットした『あんたなんか』も安井さんが書いたと、先日、知りました。あの♪じらされてエ〜　泣かされて♪を歌う時、私は芸者姿で、植木さんはちょび髭《ひげ》にステテコ姿。そういう歌を安井さんがお作りになるとは」

伊東は、安井の作品で二度大きな賞を受賞している。一曲は『おしゃべりな真珠』で、もう一曲は、一九六九年に開催された「合歓《ねむ》ポピュラーフェスティバル'69」で作曲グランプリを獲った『青空のゆくえ』である。作曲家の宮川泰に対して贈られた賞であったが、安井がいたくこれを喜んだ。

「コンテストは三重県にあった『ヤマハリゾート合歓の郷《さと》』で開かれました。授賞式の夜の打ち上げで、ちょっと酔った安井さんは自転車に乗って『ゆかり〜、行こう〜っ！』って、そのままプールに飛び込んじゃったんです。それにつられて私も宮川先生も洋服のまま飛び込んでね。翌日、プールから自転車が引き上げられた時、安井さんの分厚い付け睫もプールに浮いていた。安井さんも普通の女の人なんだ、喜ぶ時は喜ぶんだと、すごく親近感を覚えたものです」

この時、運命の歌に出合ったのが中尾だ。中尾も同じフェスティバルに参加して、安井が作詞した『愛の夢』を歌った。『愛の夢』は作曲賞を、歌った中尾も歌唱賞を受賞したが、中尾がいつか歌いたいと切望したのは別の曲、渡辺プロの後輩、槇《まき》みちるが同じステージで歌った『片想い』であった。作曲は川口真で、作詞は安井。安井は、このフェスティバルのために六曲を書いており、岩谷時子、なかにし礼、山上路夫といった人気作詞家が並ぶ中で最も多くの作品を発表していた。

「私、『片想い』に〝一目惚れ〟だったんです。一度聴いただけで、『何がなんでもあの歌を歌いたい』と会社に直訴したんです。そんなことは、私の人生の中では初めてのこと。安井さんの歌詞って、今、歌っても全然古くはならなくて、普遍的なんです。亡くなる前、あるパーティで『片想い』を歌ったら、安井さんもご夫婦でいらしていて、『まだ歌ってくれてるの。ありがとうね～』と言われました」

あなたの影に　よりそうような
想いにも気づかず

つれない人なの
あなたの胸に　すがりつくような
涙にも気づかず
通りすぎてゆくのね

＊祈りをこめて　伝えたい
私の愛を　私のすべてを
あなたのそばに　ひざまずくような
願いにも気づかず
いつでもはるかな人なの

＊（くりかえし）
あなたのために　ねむれぬ夜の
星にさえ気づかず

伊東も、片恋の切なさを歌いあげるこの歌を歌いたかったという。

「みんなで、取り合いをしました」

だが、当初、『片想い』は売れなかった。じわじわ売れ出し、ヒットしたのは中尾がレコーディングした一九七一年から五年以上もたってからのことである。その後、柏原芳恵、河合奈保子、香坂みゆき、中森明菜らによってカバーされ、世代を超えて歌い継がれていく。中尾にとっては、ステージのエンディングを飾る永遠の歌となった。

一九七〇年、ヒッピースタイルの加藤和彦が「ＢＥＡＵＴＩＦＵＬ」と書いたプラカードを持って銀座の街を歩く、富士ゼロックスのＣＭがテレビで流れた。「モーレツからビューティフルへ」、あくせく働くのはもう古い。日本がポスト高度成長時代へと舵を切る時に、音楽業界も激変していった。一九六〇年代後半のグループサウンズ・ブームを経て、フォーク、ロックが台頭、歌謡ポップスの世界でも一九七一年にデビューした三人の女性歌手によって新しい三人娘が誕生した。小柳ルミ子に、アイドル一号と呼ばれた南沙織と、アイドルの時代を決定づけた天地真理。安井は、小柳に『わたしの城下町』を、天地真理には『ちいさな恋』を書いて、ヒットさせている。

だが、一九七一年十月から始まったオーディション番組『スター誕生！』出身の森昌子、桜田淳子、山口百恵ら、渡辺プロ以外のアイドルの曲もヒットチャートに躍り出た。山口百恵は、宇崎竜童・阿木燿子の曲によってスーパー・スターへと駆け上っていく。

並行するように、一九七二年には荒井由実（松任谷由実）が『返事はいらない』でデビュー、一九七五年には中島みゆきがヤマハ主催の「世界歌謡祭」で『時代』を歌って、グランプリに輝いた。自分の心情を自分で歌うシンガーソングライターの登場は、職業作詞家や職業作曲家が仕事場を侵食されることを意味し、音楽シーンはさらにドラスティックに変わろうとしていた。

この時期、安井は沢田研二の一連のヒット曲を手掛け、『危険なふたり』で「第四回日本歌謡大賞」の大賞を手にする一方、渡辺プロ以外の歌手にも詞を書き、ジャニーズ事務所に所属する郷ひろみの『よろしく哀愁』やホリプロに所属する和田アキ子の『古い日記』などのビッグ・ヒットを放っていた。だが、やがて身を削って詞を書くことに深く疲弊するようになる。新しい才能の出現に焦燥感を募らせた日もあったであろうことは、想像に難くない。

そんな彼女の前に現れたのが、ブラウン管の中で「ＢＥＡＵＴＩＦＵＬ」のプラカードを掲げていた加藤和彦だった。〝時代の娘〟である安井は、迷わず生活をシフト・ダウンする道を選びとり、加藤との〝二人の暮らし〟に入っていった。

東日本大震災から三か月たった二〇一一年の六月十日、東京の練馬文化センターでは、伊東ゆかり・中尾ミエ・園まりが出演する「3人娘メモリアル・コンサート～ニッポンを元気に」が開かれていた。コンサートがスタートして十五分、「安井かずみメドレー」が始まった。『レモンのキッス』『アイドルを探せ』『何も云わないで』『恋のしずく』『わたしの城下町』『経験』『若いってすばらしい』……、華やかなロングドレスに身を包んだ三人娘の歌声が流れる。絶頂期の安井が切り取った眩《まばゆ》いばかりの時代の断片が、会場の隅々までまき散らされていった。広い年齢層で埋まった客席はさんざめいて、瞬間、〝青春〟が舞い戻ってきた。

まだ女性が車の免許を取ることが少なかった時代。
外国タバコを手に、車に乗り込む安井かずみ。
1960年代後半の頃。

経験

コシノジュンコ

雑誌「ブルータス」の人気長寿連載に、篠山紀信撮影の「人間関係」がある。その第一五九回目（一九九九年九月十五日号）には、「ZUZU《安井かずみ》に捧げる」というタイトルが付けられている。被写体は女優・加賀まりこと、ファッションデザイナー・コシノジュンコ。「ジュンコさんと私の間には〝かずみ〟がいるのよ。60年代は群れて遊んで、私は酔っぱらわないからかずみを抱えて川口アパートまで帰りましたよ。あの時代は、もう大暴れよね」と加賀がコメントして、コシノも「ZUZUもまりこもみんなそれぞれ仕事で忙しかったけど、よく遊んだね」と応えている。

安井かずみ、加賀まりこ、コシノジュンコ——キラキラしい才能とオーラをふりまいていた三人の女たちの個性がスパークしたのは、日本が最もエネルギッシュだった時代である。

東京オリンピックが終わり、高度成長まっしぐらの一九六六年。ミニスカートの流行とビートルズの来日で日本のカルチャーシーンが大きく書き換えられたこの年に、北青山の外苑前にキュートでエロティックな唇をシンボルに飾った店が誕生した。まだ洋装店しかなかった日本に生まれた、ブティックの『コレット』である。シンボルマークは宇野亜喜良《あきら》のデザインで、ヨーロッパ調の家具は金子國義《くによし》のコーディネートによるもの。アート界の巨匠たちもまだ知る人ぞ知る存在であり、二十七歳のコシノが開いたこの店は注文服から既製服へという流れの発火点であったと同時に、さまざまな才能の交差点でもあった。加賀に連れられて安井がはじめてこの店に姿を現したのは、一九六七年夏だった。

「出会った頃はセンター分けのストレートボブで、美術学校生のような真面目な雰囲気でしたね。ファッションに敏感な人ですから、あっという間に毎日来るようになって、まりこと三人でよくつるんで遊ぶようになりました。センスは抜群。店でショーを開くと、私が薦めなくても、『私はこれだ』とパッと選んで、人にも『あなた、これがいいわよ』と薦めるの。パリから『VOGUE』の編集長や歌手のアダモが来ると、必ずうちに連れてきてくれました。言葉使いが素敵で、ペンやチョコレートを指して、『この子たちはねえ』なんてチャーミングで、可愛い表現をするんです。そういう才能が歌を作らせていたんでしょうね」

この頃の安井はヨーロッパ中を巡った長い新婚旅行から戻り、三つ年下の夫と二人、代官山東急アパートで暮らし始めたばかり。すでにヒット曲を連発する売れっ子作詞家だった。一方、安井と同じ年に生まれ、一学年下のコシノジュンコは、十九歳で新進デザイナーの登竜門である「装苑賞」を受賞し、文化服装学院の同級生である高田賢三に先駆けて新時代のデザイナーとして脚光を浴びていた。コシノの名前を一躍有名にしたのは、竜巻のように起こったグループサウンズ（GS）・ブームだった。

「タイガースの衣裳をどこで作ろうかと探していた渡辺プロの渡邊美佐さんが、私がデザインした布施明さんの衣裳に目を止めたのがきっかけなんです。他にスパイダースやワイルドワンズ、ゴールデン・カップスなど、全部で六つのグループの衣裳を手がけました」

ビートルズの来日から始まったGSブームは、単に日本の音楽シーンをエレキギターの音で覆っただけでなく、長髪やファッションが若者たちを熱狂させ、大人たちの顰《ひん》蹙《しゅく》を買った一つの社会現象でもあった。ジャニーズのアイドルよりうんと前に、男にフリフリのフリルのついたピンクのブラウスを着せてパールを飾らせ、底の厚いヒールの靴を履かせたのはコシノの功績だ。男が女のように着飾ることを、ピーコック革命と呼んだ。

「ずっとゲイバーで遊んでいたから、ユニセックスは私の一番得意とするところだったんです。男ものを作ってるなんて意識しなかった。タイガースのジュリーは睫が長くてほんとにきれいで、またそういう服がよく似合ったんですよ。かずみと出会ったのはちょうどその頃で、あの人もあっという間にジュリーのファンになって、ジュリー命！みたいになっちゃってましたね。彼女、タイガースの曲も書いてるでしょ」

安井のGSへの最初の提供曲は、ザ・ワイルドワンズの『青空のある限り』。続いて『バラの恋人』をヒットさせ、ザ・タイガースには『シー・シー・シー』を書いている。

「『キャンティ』や『ビブロス』、『ムゲン』などで遊んで、夜中の三時四時になってもまだウロウロしていて、最後は渡辺プロのオーナー夫妻の家、渡邊家に行って、朝ご飯に近いものを食べさせてもらう。あの頃は、ほんとに一番素敵な人たちと毎日会っていて、遊びが全部仕事になっていきました。一九七〇年の大阪万博とか、文化的な時代がこれから作られようといういい時期に、いいお友だちがいたのがよかったわよね」

一枚の写真が残っている。一九六八年、アメリカン・ニューシネマの代表作『俺たちに明日はない』が日本公開された頃、安井と加賀がコシノのデザインした服を着て朝の人気テレビ番組『ヤング720』（TBS）に出演した時のものだ。ボニー&クライド風の服を着た女たちの、なんとカッコいいことか。

「『720』の放送作家は向田邦子さんなんですよ。あの時代、映画も音楽もファッシヨンもそれぞれ影響し合っていましたよね」

同じ頃、女性誌に「花形デザイナーと熱帯魚族たち」（文＝三宅菊子）と題したルポが載った。花形デザイナーとは「サイケの女王」と呼ばれたコシノのことであり、熱帯魚族たちとは安井や加賀のこと。記事は、時代の先端を走る女たちの桁外れの稼ぎっぷりや遊びっぷりを追った内容で、ＧＳのスターたちやファッションモデルなどあらゆる有名人に会えるゴーゴークラブで明け方まで踊っている――と、描写されている。

「いずれにせよ、この熱帯魚たち、みんなとても獰猛《どうもう》だ。美しいと感じたものを、ピラニアのように喰《く》い尽《つ》くす。そのために、精神も肉体も凡人の十倍くらいタフだ。そして十倍くらいデリケートでもある。（中略）それでもなお、彼女たちが現代の旗手であることはまちがいない事実なのだ。コシノさんの服や、安井さんの『肩をぬらして』（原文ママ）という歌、等々のおかげで、世の中はずいぶんと楽しいではないか」（「婦人公論」一九六八年九月号）

「現代の旗手」たちはあらゆる面でこれまでの規範に縛られることはなかった。このルポでは「コシノジュンコも安井かずみも、おのおのの仕事の分野を離れたところで、いろいろな話題をふりまく人である」と記述されていて、別の女性週刊誌では二人の離婚の危機が報道されてもいた。

「私たち、遊びたいばっかりに、家に帰るのが遅くなっちゃうんですよ。必ず若いボーイフレンドを連れていました。夫と遊びに行くと、ボーイフレンドはできないから、必ず女同士でつるむの。私もＺＵＺＵも結婚していたんだから、危険ですよね。それでＺＵＺＵはよくダンナに叱られていた。彼女の夫はジョージと呼ばれていて、大富豪の古美術商の長男。背が高くてガッチリしていて、神秘的でカッコいいの。イタリアに長く住んでいた方だから、世界の一流のものを知っていた。ＺＵＺＵはジョージによってセンスを磨かれたんですね。代官山アパートは床が真っ白の絨毯《じゅうたん》で、素敵な家具とかが置いてあったけれど、テーブルにはジョージが朝帰りするＺＵＺＵに怒って何かを投げた傷痕が残ってました」

　学生運動が全国に広がり、反体制が時代の空気となったこの時代、女たちには一大革命が起こっている。貞操という概念からの解放、性の解放である。フリーセックスという言葉が生まれ、性は生とイコールで結ばれていて、女にとってはその選択の自由こそがいかに生きるかという宣言でもあった。先のルポでは、コシノのこんな価値観が紹介されている。

「年上の男はイヤ。お金借りることは嫌い。おごられたらかならずおごり返す。男に尽されることと、男を可愛がることだけに興味があって、征服されるなんてとんでもない、と思っているらしい彼女」

安井の方は、「生活に困ることもなく、したがって張りも必要なければ、働く必要もさらさらなく、だから寄り添う必然性も希薄」な生活の中で、「作詞をしているかぎり、以前と同じ私の充実感が戻ってき」ていた頃だ。だが、彼女は一九六八年六月、夫と共に住まいをニューヨークに移す。それは、世界で一番ホットな場所でなら軋《きし》み始めていた結婚生活を再生できるかもしれないという切実な願いのあらわれだった。ニューヨークではミュージカル『ヘアー』が上演されていた。

「私もすぐに遊びに行きましたよ。ジョージとZUZUの三人で『ヘアー』を観《み》た後、ヒッピーの練習しようと言ってソーホーを裸足で歩きました。近くには、ジョン・レノンや映画監督などのアーティストが集まる『マクシス・カンザス・シティ』というバーがあって、『俺たちに明日はない』に出ている俳優がいたから、興奮しましたね。あの二人、ああいう穴場を探すのがうまくて、ほんとにセンスもカンもよかった」

しかし、同年暮れに安井は単身パリに渡り、翌年一九六九年三月日本へ帰国。六月、三十歳の時に離婚が成立した。

「ジョージってすごくいい人なんですよ。やってることや美意識が感心するぐらい素敵で、粋だなぁと思ってましたけど、ただまともで、真面目な人なんですね。そういう人との安定した生活に、ZUZUは退屈しちゃったんだと思う。離婚した途端に解放されたみたいでした。私も遊びすぎて離婚されちゃって。まったく、流れは一緒」

　パリから戻った安井が頼ったのは、女友だちだった。住まいは、加賀が自分の暮らす川口アパートの空き室を見つけてきた。そこはプール付きの、誰もが憧れる贅沢なマンションであった。

「まりこはしきり屋だから、そういうことパッパッとやってあげられる人なんです。ZUZUは最初三階に住んでいたんだけれど、そのうち一階のプールの横の大きな部屋を三千万で買ったの。今なら三億ぐらいかな。みんなが羨む一番いい部屋。私がアルフレックスで全部インテリアをやってもらったから、彼女も全部アルフレックス。だって私たち、アルフレックスのオーナーと友だちだから。ZUZUは一から内装したからもう素敵だった。トイレは真っ黒で、バスタブは濃紺。そこでレコード大賞の楯とか段ボール一杯捨てるのを手伝いました。そのあたりはジョージ仕込みね。ゴチャゴチャしたものは置かないの。私、インテリアでは随分ZUZUに影響されました」

　作詞家安井かずみは、再びフル回転を始めた。当時量産された作品群の中の一曲、辺見マリが歌う『経験』は、意味深な振り付け、ため息まじりで囁かれる「やめて」というキャッチーなフレーズが、人々に強烈なインパクトを残した。辺見は、この曲で一九七〇年の第十二回日本レコード大賞新人賞を受賞。安井のプロとしての手腕が端的に表れた作品だ。

やめて　愛してないなら
やめて　くちづけするのは
やめて　このまま帰して
あなたは　わるい人ね
わかってても　あなたに逢うと
いやと言えない　ダメなあたしネ
だから今日まで　だから今日こそ
きらいにさせて！　離れさせて

やめて　本気じゃないなら
やめて　きつく抱かないで
やめて　そんな気やすめは
あなたは　ずるい人ね
わかってても　あなたの後を
ついてゆきたい　ダメなあたしネ

だからなかせて　だからひとこと
きらいにさせて！　離れさせて

「私は如何《いか》なるテーマのものでもベストを尽くして書いた。／打ち合わせや会議の時も、その一枚のレコードのプロジェクト・チームが何を、どんな作詞を私に依頼しているのか、間違いなく、正確に請け負った。（中略）私は作詞のテーマに、未だかつて、ゆき詰まったり、困ったりしたことは一度もない。／私は人生から多大で多角で多面な体験や経験を与えられていたからである」（『30歳で生まれ変わる本』ＰＨＰ研究所刊）

『経験』がヒットした七〇年、青山キラー通りに『ブティック　ジュンコ』がオープンした。安井は毎日夕方五時になると、ここに姿を現した。コシノは安井が仕事をしているところを一度も見たことはない。見せないことが安井の美学だった。

「『午前中に二つ作ったの』なんて言って、疲れも見せず店に現れて、そこから明け方までディスコ巡り。最後に辿り着くのは西麻布にあった我が家で、私がご飯作って、飲んで食べて。四十人くらいがいたこともあるから、中には知らない人がいるなんてこともしょっちゅうありました。でも、そうした遊びの中で仕事も生まれていったのです。職種や肩書を超えた友だちとの出会いが文化や時代を作ったんですね。ＺＵＺＵは、これから売り出す新人歌手を店に連れてきては『何か、考えてよ』とまるで営業係。阿吽《あうん》の呼吸で仕事ができました。最高に楽しかったな」

「めまぐるしく、楽しく、アーティスティックな仲間たち。デザイナー、イラストレイター、それらのエディター、コーディネイター、ジャーナリスト、画家、音楽家、カメラマン等いろいろ、なぜかカタカナ職人種が多かった。（中略）その当時はマスコミより私たちのほうが（筆者注・情報が）早かったのである。それはすぐにマスコミが嗅ぎつけて、私たちの誰彼といわず、ひっぱり出されては、その分有名になっていった。すでにそれまでに有名だった人も、新しい人も、世代意識の一端を担って活躍し始めたのである」（『女は今、華麗に生きたい』大和出版刊）

「一緒に世界中を旅しました。ＺＵＺＵは英語もフランス語もできたので、面白かったんですよ。高田賢三さんがサントロペにブティックを開いた時は、二人で遊びに行ったの。賢三さんのフィアット８００を借りて、サングラスをかけたＺＵＺＵが運転してね。片手でハンドルを握り、もう一方の腕を窓を開けたドアに乗せて、さまになっていてカッコいいの。ハワイに行ってもバンコクに行っても、割り勘で一番いいホテルのスイートに泊まって、現地の衣裳に着替えて街に繰り出して。そんなリッチな楽しみ方も、互いに経済力があったからできたんです」

　自由は時に過剰な逸脱も生んだ。安井のエッセイ集『TOKYO人形』（八曜社刊）の一章「七十二時間の旅」は、マリファナ不法所持の容疑で逮捕されたときの勾留体験を綴ったものだ。一九七〇年の春、芸能界では、アメリカから上陸した『ヘアー』の舞台関係者が大麻吸引で次々逮捕されていて、その波が安井にも及んだのだ。当時、マリファナはカウンターカルチャーの象徴でもあった。

「ZUZUはそういう危険ゾーンにもスッと入ってしまうところがあった人だけど、逮捕された時はびっくり。保釈金を払って出てきたんですが、釈放されてすぐにうちに来ました。三つ編みして、少女みたいに変装して、『さっき出てきた』って。私、ショックでね。一歩間違えたら、私も同じになっていたかもしれないんですから」

　しかし、この事件がその後の安井の人生に影を落とした気配はない。その時代の多くの若者と同様、マリファナは彼女にとってファッションのようなものであったのだろう。安井は何事もなかったようにまた歌を作り、夜の街に繰り出し、旅に出て、恋をした。

「ほんと、恋多き女というのはあの人のことよね。あっという間に恋しちゃっていた。相手の国籍には関わらない。でも、みんなカッコいいの。音楽関係者が多かったかな。この人って目をつけたら絶対離さなかったから、いつも誰かボーイフレンドがいましたね」

自著に「三十代の私に、女同士の友情は最も大切なものだった」と書いた安井と女友だちとの濃密な時間は、若い喧騒《けんそう》の時間が過ぎていくにつれ少しずつ薄れていく。一九七四年に加賀が結婚して、一九七五年にコシノが再婚して、一九七七年に三十八歳の安井が加藤和彦と再婚した。その翌年、コシノはパリコレクション進出を果たしている。それぞれの生活シーンが別々の方向に広がっていったのだ。それは、仲よし三人組の青春の終わりを意味していた。

「私は四十歳で出産したし、大人になると遊ぶ回数は減っていきますよね。でも、私の夫とトノバンが仲よくて、男同士のつながりもあったので、吉田拓郎《たくろう》さんなんかも交えてよく一緒に遊んでましたよ。トノバンて、最初に会った時は売れっ子のバリバリで、カラフルなアフロスタイルで、すごいアバンギャルドだったの。声もいいし、すごい優しい人だし、背も一八五センチあって、お洒落しても絵になるんです。ZUZUはヨーロッパの貴族を知っている人だから、自分のボーイフレンドの条件はまず背が高いというのがあったんだけれど、その典型だった。料理もプロ並みに上手だったしね」

コシノが親友との距離を感じるようになったきっかけは、安井のファッションの変化だったという。

「私はZUZUのストレートヘアーが好きだったのに、パーマをかけちゃってZUZU

っぽくなってしまった。着るものも、どんどんコンサバになっていっちゃったでしょ。コンサバを教えてたのはジョージだけれど、トノバンと結婚して途中からその傾向が強くなって、シャネルしか着ないとか、アンティークの白い手袋してフランス人形のようになって、それで趣味がゴルフにテニス。ハイソサエティになってしまったんですね。たまにご飯することはありましたが、私は気取ったのが嫌いだから話題も食い違うようになりました。昔の彼女ははみ出すタイプの人だったのに。そのへんからフィーリングが合わなくなりました。衣裳はとても大事です。肉体は変わっていないのにお洒落の種類が違うだけで、もう気持ちが違うんですから」

安井は、女友だちと自分との違いについて、「彼女たちと比べると、どう自分を見立てても、私は平凡な女であった。その頃から私は、自分のもっている普通さ、自分の育ちの普通さ、自分のほかに対する反応の普通さをとても意識し始めた」と自著に書いている。一九八〇年代半ばに中国でファッションショーを開き、今も「型にはめられるのが苦痛」と時代と格闘しているコシノ。そんな親友との差異の追求が、安井をコンサバに向かわせたと言えないだろうか。

もちろん、それでも穏やかな友情は安井が亡くなるまで続いた。コシノは日本中の女たちが憧れた理想のカップル、安井・加藤の姿も間近に見てきた。

「才能同士の結婚だから、ぶつかるところもあったと思います。ＺＵＺＵはトノバン命みたいになっていて、彼がちょっと誰かを好きになりそうになると、ものすごく神経質になって、ファッションを変えていた。急にピンクを着たりして。彼の前ではなんか演じているような感じがしたものです。経済的格差があって、トノバンも、途中からヒモみたいに言われたりして可哀想《かわいそう》だった。いいじゃない、夫婦なんだからね。でも、ZUZUは幸せだったと思いますよ。トノバンは彼女の最期まであれ以上やりようがないというくらい献身的に尽くしていました。だから彼の早い再婚、ZUZUの四十九日を過ぎないうちにガールフレンドと手をつないでみんなの前に現れた時には驚きましたけれど」

安井かずみが永眠したのは一九九四年三月十七日、コシノがパリコレから戻って二日後であった。安井の遺骨は東京とハワイとパリに分骨され、コシノは、加藤と渡邊美佐と共にセーヌ川に親友の骨を撒《ま》いた。

「黒いベールをかぶった美佐さんが撒く時、急に突風が起こって、灰が足元に舞い戻ってきたんです。まるで、ZUZUが舞い戻ってきたみたいだった。五十五歳って、今考えれば若い。ただ人一倍遊び、人一倍詞も書いた人。生き急いだんですね。あの出会った時の感動、あんなに毎日毎日一緒だったという人は後にも先にもいないでしょうね」

安井かずみが逝って十九年。仲よし三人組が思いっきりお洒落して、自分を主張しながら生きた青春時代は、もう戻ってこない。日本では、今、ファストファッションが街を席巻している。

親友コシノジュンコがデザインした
大胆なレオパード柄のスーツを着て。

古い日記

斉藤亢

　安井かずみの五十五年の生涯は、その活躍と華やかさを裏付けるように、膨大な数の印画紙に焼き付けられている。フォトジェニックでスタイリッシュな彼女がポーズをとると、そのままで絵になり、雑誌のグラビアを飾るにふさわしいものとなった。ことに二十代、三十代の安井は、ミニスカートやパンタロン、ミモレ丈のスカートを真っ先にはいたように、誰よりも早く流行の服を身にまとい、レンズに向けてアンニュイに微笑むファッションリーダーであった。

　この時代の安井の写真を最も多く撮ったのが、写真家の斉藤亢《こう》である。斉藤はまた古くからの安井の友人でもあった。

「だから、僕の撮った彼女の写真が多いのですよね。今の人たちが携帯のカメラで撮るように、僕もいつもカメラを持ち歩いていて、『撮ってあげるよ』って仲間を写していたから」

斉藤が安井と仲良くなるのは一九六〇年代後半だが、彼はその前に、安井と自分をつなぐある人と出会っている。ファッションデザイナーで、安井の親友となるコシノジュンコである。

コシノや安井より一つ年下の斉藤は、一九四〇年長野県の安曇野《あずみの》で生まれた。一九五八年の春、高校卒業後に上京し、写真を学ぶため多摩美術大学多摩芸術学園に入学。戦後十年を過ぎて高度成長期に突入していたこの年の日本は、秋に皇太子明仁《あきひと》親王と正田美智子嬢の婚約が発表されてミッチー・ブームに沸きかえった。日劇では「ウエスタンカーニバル」が開催され、インスタントラーメンや缶ビールが発売され、東京タワーが完成をみた。誰もが、今日より明日が豊かに、よくなると信じていた時代。斉藤は、世界の都市としての形を整えつつあった東京にやってきた「何者かになりたい」青年の一人だった。

「面白かったですよ。東京も学校も。写真科に集まっているのは、みんな同じ道を進もうと志している人ばかり。大半の人は、地方の写真館の子息で、女の人もいっぱいいました。ただ、その頃は六〇年安保で世の中はざわついており、いかに社会と向き合うかを問うような空気が強く、ドキュメント全盛の時代だった。だから僕が『女の人を撮りたい』と言うと、バカにされてね。そんなのはクラスに僕一人しかいなかった」

　当時の安井は文化学院美術科に通う画学生で、銀座で個展を開き、ファッションに目覚め、初恋に耽溺《たんでき》していた。コシノとも斉藤ともまだ出会ってはいない。

　斉藤は三年間を専門学校で学ぶのだが、十九歳で、友人と共に当時グラフィックデザインの世界で最も権威があった日本宣伝美術会（日宣美）主催のコンテストに出展して、グランプリに輝いた。スタッフとして作品の写真撮影を担当していた彼は、カメラマンとして一気に業界の注目を集めた。

「だから学生のときから仕事していましたよね。伯父が新宿区の下落合でシルクスクリーンの印刷所をやっていて、そこに暗室を作ってもらい、写真を撮影しては自分で現像していました。田中一光さんや亀倉雄策さんといった一流のグラフィックデザイナーが出入りしていましたね。その中のひとり、粟津潔《あわづきよし》さんにはずいぶんと可愛がってもらいましたし、宇野亜喜良さんとはその後、一緒に仕事をするようにもなりました。彼らは仕事が生き甲斐だから夜中に印刷所にやってきて、朝まで仕事するんです。僕はそれに付き合ってから学校に行っていましたが、金曜日や土曜日の夜は終電に乗って新宿二丁目のモダンジャズの喫茶店に行くの。それが、『キーヨ』っていう店」

　モダンジャズが若者にとって一つの〝教養〟であった時代。斉藤らの溜《た》まり場《ば》であった『キーヨ』の店内には時代の匂いが充満していた。

「画家の金子國義さんともそこで友だちになったし、詩人の白石かずこさんも来ていた。『キーヨ』の一番のスターは、写真家の立木義浩《たつき》さんでした。『平凡パンチ』でページを持っていて、あの人が店に来るともう人だかりよ。まるで神様みたいで、大人気だったんです。ファッションも、新宿二丁目で流行ったものが一年後に日本全国で流行るという感じで、要するに立木さんを中心にしたサブ・カルチャーの発信地。アイビーなんかも早くから流行していました。ジャズドラマーのアート・ブレイキーとか、海外から来たミュージシャンも、みんな、『キーヨ』にやって来た。行かないと遅れをとる感じがしたし、そこに行けばなんかありそうな感じがしましたよね」

安井が画学生の頃から日参していた六本木のイタリアンレストラン『キャンティ』がエスタブリッシュメントの社交場であるならば、『キーヨ』はもっとくだけた、若者たちの居場所であった。だが、共に、そこに集まる人と人の交流から才能が輩出しており、サロンの役割を担っていた。

「あそこで遊んでいた仲間は、みんな、世に出ていきましたよ。ファッションや芸術が好きで、おまけにとことん博学だった。僕が茶道や伝統芸能の写真を撮るときは、金子さんが僕が恥をかかないようにバシッとその世界の常識を伝授してくれたり。みんな、志向が前向きで、一所懸命、時代と闘っていたんだよね」

『キーヨ』には文化服装学院の学生たちもやってきた。その中に、十九歳の若さで新人デザイナーの登竜門である「装苑賞」を受賞し、脚光を浴びていたコシノジュンコがいたのである。

「ジュンコのことは、その前から知っていたんです。ある日、友だちに銀座の『小松ストアー』（現・ギンザコマツ）に連れて行かれたら、エスカレーターを上がったところに彼女のコーナーがあったんです。今でも忘れられない、白と黒の市松模様の生地が飾られていて。僕は田舎者だから、もうそれを見ただけでショックを受けちゃった。だって、その頃、花模様とかはいっぱいあったけれど、市松模様の生地なんてなかった。ものすごい都会的で、飛び抜けてあか抜けていた。彼女の才能に圧倒されて、惹かれていきました。その後一緒に暮らすようになって、洋服を作るところもそばで見ました。生地を選ぶと、お客の体に沿わせて、立体裁断でパーッとハサミをいれていって、洋服を作っちゃう。すごいと思いました」

時代はまさに日本のファッション黎明期《れいめいき》。旭化成のキャンペーンの広告写真を撮り、「服装」や「装苑」の表紙を任されるなど、ファッションカメラマンとして一級の仕事をこなしていた斉藤と、新進気鋭のデザイナーとして人気者になりつつあったコシノは、一九六四年に結婚。才能あふれる者同士のワーキングカップルの誕生であった。

斉藤と安井の交流も、その頃には始まっていた。

「一時、ジュンコとZUZUはほんとうに仲がよくて、二人べったり一緒になって遊んでいたから、多分、その頃僕と彼女は知り合ったんだと思います。でも、ほんとうはあんまりよく覚えていないんです。あの頃はみんな、仲間だったから、気がつけばよく遊ぶようになっていたという感じです。彼女はカッコよかったよね。ロータス・エランを颯爽と飛ばして、仕事ができて、気さくで、意地悪なところがない人だった。僕は青山三丁目に事務所を借りていたんだけれど、そこの一階に亡くなったレーサーの福澤幸雄が洋服の店を開いたの。ZUZUはよくそこにやってきたので、時々、彼女のエランでお茶を飲みに行った記憶があります」

斉藤が知り合った当時、安井は青年実業家の新田ジョージと結婚しており、二組の夫婦はよく一緒に遊んだという。

「ジョージは『キャンティ』の常連で、大金持ちだったよね。とてもモテましたよ。僕がよく覚えているのは、ジョージのランド・ローヴァーにみんな乗っけてもらって、第三京浜を走って茅ヶ崎にあった『パシフィックホテル』に遊びにいったこと。俳優の上原謙さんと加山雄三さん親子が共同オーナーで、ボウリング場やビリヤード、レストランにクラブもあった、当時の最先端リゾート施設でした。有名人が多く来ていて、僕らも毎週行ってたような気がする」

だが、カップルで遊んでいた時間はそんなに長くはなかった。二組の夫婦が相次いで離婚したからである。一九六八年の秋、斉藤はコシノと離婚。翌年、パリから戻った安井が正式にジョージと離婚した。それでも、斉藤と安井の交流が途絶えることはなかった。斉藤は離婚後もコシノと親しくしていたし、安井とは仕事をするようになったのである。

斉藤が安井と組んだ最初の仕事は、一九七〇年八月に新書館から出た彼女の初めてのエッセイ集『空にいちばん近い悲しみ』だった。写真が斉藤、イラストとアートディレクションが宇野亜喜良で、表紙に写った安井は花柄のパンタロンに、ブラウス、ベスト姿で、センター分けしたボブヘアーはサイドが飾りピンで留められていて、付け睫を付け、目のまわりを黒く染めている。斉藤が表紙を撮っていた創刊間もないファッション誌「ａｎ・ａｎ」にも、同じようなスタイルをしたモデルが笑っている。安井のエッセイには「わたしが歌を書くとき　わたしの歌、愛の歌」という章があった。

翌年の十二月には、同じ新書館から先の三人が組んだ二冊目の本『空にかいたしあわせ』が出ている。こちらの表紙は、離婚後最初に住んだ川口アパートの部屋でくつろぐジーンズ姿の安井を撮ったもので、最初のカラー八ページも斉藤のファッション写真。ここでは安井の詞や日記のようなエッセイが発表されている。

「ちょうど新書館では、フォア・レディース・シリーズというのを出していて、僕は宇野さんと組んでよく仕事をしていたんです」

女性の書き手による女性読者を対象としたエッセイが流行り出していた。グループサウンズや沢田研二のヒット曲を書くお洒落な女性作詞家は、書き手としては格好の存在だったに違いない。この時期、彼女は作詞家として第二次量産期に突入していて、『わたしの城下町』『危険なふたり』『草原の輝き』など次々と大きなヒットを飛ばしていた。画家志望だった彼女には観察眼と創造性が備わっており、歌い手の潜在的な魅力を引き出す詞を書いた。沢田研二も、小柳ルミ子も、アグネス・チャンも彼女の詞によって個性は輝き、新しい魅力を放っていった。

一九七四年二月にリリースされた和田アキ子の『古い日記』も、シンガーを光らせた一曲である。作曲は馬飼野康二。彼と組んだヒット曲は、他に西城秀樹の『激しい恋』などがあり、相性はよかったが、ことに『古い日記』は和田ファンの間でも名作と評価が高い。前年には上村一夫の漫画『同棲時代』や、かぐや姫が歌う『神田川』がブームになっており、「ビンボーは嫌い」と言って「四畳半フォーク」を嫌った安井が「同棲時代」を書けばこうなったといったふうの内容である。

あの頃は　ふたり共
なぜかしら　世間には
すねたような　暮らし方
恋の小さなアパートで

あの頃は　ふたり共
なぜかしら　若さなど
ムダにして　暮らしてた
恋のからだを　寄せ合って

＊好きだったけど
愛してるとか
決して　決して　云わないで
都会のすみで
その日ぐらしも
それはそれで　良かったの

あの頃は　ふたり共
他人など　信じない
自分たち　だけだった
あとは　どうでもかまわない

あの頃は　ふたり共
先のこと　考える
暇なんて　なかったし
愛も大事に　しなかった

＊（くりかえし）

あの頃は　ふたり共
雨の日は　雨にぬれ
今よりも　さりげなく
恋と自由に　生きていた

『古い日記』が発売された翌年、一九七五年二月から、安井は女性誌「女性自身」で「愛・ズズのひとりごと」と題した毎号四ページのエッセイの連載をスタートさせている。この連載の写真を担当したのも、斉藤であった。

「『斉藤クン、ちょっと写真貸してよ』と言われたのだったかな。それまで撮ったものを貸したり、彼女の家や仕事しているスタジオに撮りに行ったりしました。ZUZUは、川口アパートで最初に住んだ小さな部屋から、すぐに大きな部屋に引っ越していたんだけれど、そこにはよく行きました。今でも間取りを描けますよ。寝室にも入れてもらったな。ドアを開けると、棚からバーッとセーターなんかがこぼれてきて。そりゃあ、山のような服でした。しょっちゅう開かれていた彼女の家のパーティには、フランスの有名な作曲家が来ていたりして、インターナショナルでね。語学ができる彼女はそういう人たちとも普通に会話していた。で、ZUZUは痩せているのに大食らいなんですよ。僕が遊びに行くと、パッとキッチンに立って、『斉藤クン、一緒に食べない？』と言って、さっさとなんか作ってくれるんです。手際よかったです。いつもキッチンとリビングを行き来していた記憶があります」

誰の目にも、作詞家・安井かずみは、一人の自由を謳歌《おうか》する自立したカッコいい女と映っていた。だが、彼女自身は、不安定に浮遊していた時代だったと、後に自著に綴っている。

「天地真理さんの『ちいさな恋』やジュリーの『あなただけでいい』など次々ヒットは飛ばしていましたが、あの頃は一番辛い時期だったと思います。（中略）一人で家の中にいられず、男性を救急車代わりにしていたわけで、次々と数だけは増えましたが、じ

つくりつきあう恋人ができるはずもなかったのです」（安井かずみ・加藤和彦『ワーキングカップル事情』新潮文庫）

斉藤は近くにいて、安井の恋模様をよく見ていた。

「だって、僕、彼女に何人もボーイフレンドを紹介してるし。ロンドンで一時期一緒に暮らしていたミュージシャンも僕が紹介したんだよ。でも、彼、いつの間にか他の女の人と広尾で暮らしていたから、あれ？ってね」

連載「愛・ズズのひとりごと」は二月にスタートして、同じ年の九月に一旦終了したが、十一月には「ひとりぼっちの愛」とタイトルを変えて再び新しい連載が始まっている。そしてその一か月後の十二月、安井は「愛・ズズのひとりごと」を収録した『TOKYO人形』を出版。このエッセイ集の出版記念パーティにやってきた友人の中に、加藤和彦がいた。彼に会った瞬間から、安井は、一人の人生から二人の人生へと運命のハンドルを大きく切っていくのである。

「六本木の酒場を借り切った会場は、夜中の十二時開場という珍趣向（？）にもかかわらず、若い友人たちであふれ、ついに十数人が私の自宅まで流れてきて、朝を迎えてしまったのです。〝友だち〟をありがたいと思った一日」と、安井は「女性自身」の一九七六年一月二十二日号で報告しており、翌週には「ともかくお正月は東京から姿を消しました」と近況を書いている。

特定の恋人がいない淋しがり屋の女と、離婚して間もない失意の時間を過ごしていた男。安井と加藤は急速に恋を進展させていく。その高揚した様子は、「情事《ラブ・アフェア》は無数、でも恋は3度だけ」とタイトルのついた女性週刊誌のインタビューからも痛いほど伝わってくる。

「いままで私は日常生活のない女だったの。パーティーか孤独か、仕事か外国へ行っているか。（中略）でもいまは日常生活があるの……何かすごい、急に大人になったみたい。女になったみたいで楽しくてしようがないの」「偶然だけど彼女（筆者注・母）に彼を会わせたの。いままでそんなこと一度もなかったわ。母が心配するような男のときは、〝ネエ今日、母がくるから帰って〟っていってたもの」「私の人生の中で、3度めの、ほんとうの恋っていえるかもしれない。とにかく私たちはバイブレーションが同じなのよ」（「女性セブン」一九七六年三月十日号）

この記事中、加藤が安井のことを「ＺＵＺＵ（かずみ）は世界でいちばんチャーミングな女性」と語っているコメントも紹介されており、彼は二人の価値観の一致をこんなふうに解説している。

「おれと彼女の共通項は、たとえば、あり金が100円銀貨1枚になったとしても、ドンブリ飯1杯食うより、小さな菓子1個で一日を過ごすっていうところだね」

一九七七年四月、安井と加藤は渋谷の本多記念教会で結婚式を挙げ、銀座の『マキシム・ド・パリ』で披露パーティを開いた。

安井は、最初の結婚では身につけなかった白いウエディングドレスを着て、晴れがましそうだったという。このときのカメラマンは、もちろん斉藤であった。

「身内では、僕しかカメラマンはいなかったから当然だっていう感じで撮ったよね。今のようにデジカメの時代ではなくて、モノクロとネガカラーの両方で撮るから大変だった」

しかし、斉藤が安井を撮影するのは、このときが最後となった。

「結婚しちゃってから彼女はもう、前のようには遊ばなくなったから。そりゃ、友だち個々人とは付き合いがあったと思うけれど、以前のようにみんなとバーッと楽しもうということはなくなったからね。昔のような流れじゃなくなったんだね」

二度目の結婚後、安井は親友とも友人たちとも距離をおくようになっていく。誰もが年を重ね、家庭を持ち、もう〝若者〟ではいられなくなっていた。時が過ぎれば、人はみな生活も交友関係も変わっていくのだ。安井の場合は、年齢も年収もキャリアも下の夫が彼女の友人と交わることを嫌ったことが、そうした流れに拍車をかけたのであった。

一九八〇年代、バブルに突入した時期に安井が自分のお金で買った六本木の家は、斉藤の仕事場の一つ、スタジオ・フォリオのすぐそばにあった。

「あそこのスタジオでしょっちゅう撮影をしていたので、行く度に、彼女に声をかけるんです。ZUZUがいると、一緒にお茶を飲むんだけれど、加藤さんとは二、三回しか会わなかったなぁ。彼と話したことは一度くらいしかない。家にはいるんだけれど、僕が行くと、スーッとどこかに消えちゃうの。そんな具合だから、みんな、彼が煙たいというか、楽しくないから、行かなくなるんだよね。ただ、それは加藤さんが悪いというのではなくて、僕らと人間のタイプが違ったということですよ。夫婦でいい仕事をいっぱいしたから、仕事では相性がよかったろうけど、私生活ではZUZUは彼に気をつかっていたんじゃないかな」

加藤と暮らし始めてからの安井は、彼が嫌うという理由で好物のたらこを一切口にしなくなった。気軽にキッチンに立ち、ありあわせの材料で食事を作って食べることもなくなった。夕食は服を着替えて夫婦二人で摂ることが、彼女自身が望んだルールであった。加藤のほうも、安井と結婚してからはザ・フォーク・クルセダーズ時代の友人たちとは疎遠になり、夕食時には仕事をほうりだしても妻のもとに駆けつけた。

バブル景気に沸く日本で、自他共に認める〝理想の夫婦〟であった安井と加藤にとって何より大事だったのは、互いにパートナーでいることだった。「ドンブリ飯より小さなお菓子」を選ぶ二人は、愛という名の共依存を強めていったのである。

「僕がZUZUの姿を最後に見たのは、彼女が亡くなる一年くらい前だと思う。六本木の家のサンルームで、レオタード姿でエアロバイクを漕いでいたよ」

斉藤はファッションカメラマンとして多くの弟子を育て、今もなお第一線で活躍している。

原宿にある彼の事務所には、在りし日の安井かずみの姿が写った夥《おびただ》しいフィルムがしまい込まれている。

ラヴ・ラヴ・ラヴ

村井邦彦

二〇一一年十月二日、アメリカから帰国したばかりの作曲家の村井邦彦は、東京国際フォーラム・ホールAの二階最前列のセンター席に座っていた。「沢田研二　LIVE　2011～2012」。ジュリーこと沢田研二のライブに、岸部一徳《いっとく》、瞳《ひとみ》みのる、森本太郎が参加したザ・タイガース復活のステージは、スタートから熱気をはらんだものであった。

途中、ジュリーが、「毎回、懐かしい作詞家や作曲家の方を招待していて、今日は村井邦彦さんがいらしてます」とアナウンス。『シーサイド・バウンド』『君だけに愛を』『誓いの明日』でエンディングに向かったライブは、アンコールが『シー・シー・シー』『落葉の物語』と続いて、最後に『ラヴ・ラヴ・ラヴ』が流れた。

時はあまりにも　はやく過ぎゆく
喜びも悲しみも　すべてつかのま

＊時はあまりにも　はやく過ぎゆく
ただひとつ変わらない　愛の世界

＊＊ラヴ・ラヴ・ラヴ　愛ある限り
ラヴ・ラヴ・ラヴ　愛こそすべて

＊（くりかえし）

＊＊（くりかえし）

会場を埋めた五千人のファンが立ち上がり、親指と人指し指でL字を作った両手を掲げて体でリズムを刻むと、東京国際フォーラムがゆっくりと大きく揺れた。村井は、「ラヴ・ラヴ・ラヴ」の大合唱を聴きながら、「あっ、かずみさんの詞だ、これ」と鮮やかに記憶が蘇り、ひどく懐かしかった。

ユーミンこと荒井由実やイエロー・マジック・オーケストラ（ＹＭＯ）のプロデューサーとしても知られる村井が、安井と組んだ作品は、『ラヴ・ラヴ・ラヴ』も含めてゆうに三十曲を超える。だが、互いが世間に認知される前、一九六〇年に、二人は交差していた。それは、安井より六つ年下の村井がまだ九段の暁星学園に通う高校生で、バンドでジャズピアノを弾いていた頃の話だ。

「当時、四谷に新興音楽出版社があったんですよ。その創業者の草野さんの息子たち、草野兄弟の一番下が暁星の同級生で、一緒に音楽をやっていたんです。で、その長兄が漣健児というペンネームで訳詞を書いていて、それを手伝っていたのが安井かずみです。僕が学生服を着て、新興音楽出版社に行くと、おかっぱ髪のちょっと派手で、強面《こわもて》のお姉さんがいるから、友だちに『あれ、誰？』と尋ねると『安井かずみっていう、これから売り出していく訳詞家なんだよ』って。とても目立った存在で、気軽に近づけない雰囲気でした」

村井が安井を見かけたのは、安井が訳詞を手掛けるようになって間もなくの頃だ。当時の安井は東京芸術大学を受験して落ちた後、文化学院に通っていた。ある日、ラフマニノフの楽譜を買いに出かけた音楽出版社で何人かの男たちがアメリカのポピュラーソングの訳詞をしているのを見かけ、「そこの所、こんな言葉はどうかしら？」と口を挟み、その場で訳詞をすることになったのである。そこにいた男たちの中に、『ステキなタイミング』『ルイジアナ・ママ』『可愛いベイビー』『砂に消えた涙』といった欧米のポップスの訳詞を手掛けて洋楽を日本に普及させた漣健児がいた。

このとき安井が訳したのが、坂本九が歌った、エルヴィス・プレスリーの『GIブルース』。生まれて初めてのアルバイトで、しかも二十一歳という若さで訳詞家という肩書を手にいれた安井は、強運の持ち主であったと言えるだろう。才能が運を引き寄せたのだ。

漣健児が訳詞家・安井かずみの才能の発見者だとすれば、作詞家・安井かずみを見出したのは演出家の林叡作《えいさく》であった。テレビの草創期からの演出家で、『世界まるごとHOWマッチ』などを手がけたことで知られる林叡作は、当時、NHKの『きょうのうた』のディレクターであり、安井の訳詞のセンスに目を留めて「オリジナルを書いてみませんか。あなたなら、何か変わった面白いものを作れますよ」と、提案したのである。一九六四年に中尾ミエが『きょうのうた』で歌った『おんなのこだもん』が安井の作詞家としてのデビュー作だった。ちなみに、訳詞のギャランティは定額であるのに比べて、作詞のそれは印税であり、作品が売れれば売れるほど収入は増えていく仕組みになっている。訳詞家から作詞家へ転身することで、安井の収入は急カーブを描いて上昇していったであろう。

村井が再び安井と顔を合わせるようになるのは、ちょうどこの時期。イタリアンレストラン『キャンティ』がその交流の場であった。後に村井と共にアルファレコードを興す川添象郎《しょうろう》はこの伝説の店のオーナーの息子であり、村井は高校生の頃から出入りを許されていた。

「僕は、川添のお母さんにすごく可愛がられていたんです。タンタンとみなが呼んでいた川添梶子さん。もともとは彫刻家ですが、すべてにクリエイティブな人でいろいろなことを教えてくれたり、人を紹介してくれたりしました。タンタンとイヴ・サンローランと一緒にパリの蚤《のみ》の市《いち》に行き、中にある小さなレストランで食事をしたのは懐かしい思い出です。『キャンティ』は芸術家のサロンでした。川添夫妻、作曲家の黛敏郎さん、画家の今井俊満さん、建築家の村田豊さんなんかが美術や音楽の話をしていて、僕らは横でそれを聞いていました。川添象郎の父親という人は、戦前のパリで過ごしたプロデューサー。黛さんはドイツでオペラを書き、今井さんはパリでアンフォルメル運動のさなかにいた。そして村田さんはル・コルビュジエの最後の弟子だった人ですから、話は学校の授業より面白かったです。そこへ安井かずみさんや加賀まりこさんもいたわけです。でも、二人とも僕よりちょっと年上でしょ。その頃の年上、しかも女性というのは相当精神年齢が高いですから、僕なんか子どもに見えたんでしょうね。挨拶はするけれど、じっくり付き合うといった感じではなかったです。ところが、安井さんは僕の友だちの新田ジョージの奥さんになったんです。彼から『結婚したんだよ』と結婚式の写真を見せられたことを、よく覚えています」

同じ頃、村井は、安井と石坂浩二の三人でＴＢＳのラジオ番組を持っていた。

「もう既に石坂浩二さんも安井かずみさんも有名人で、僕はまったく無名の大学生だったけれど、三人でいろんなことについて語り合う鼎談《ていだん》番組。何を話したかは覚えていませんが、あんまり評判がよくなかったようなので、ワンクールで終わりました」

慶應大学四年生の時、村井は新田ジョージの父親が経営する赤坂の小さなデパートの一角を借りて『ドレミ商会』というレコード店を始めた。それが一九六七年のことで、アンディ・ウィリアムズやザ・ビートルズの曲と並んで売れていたのが、ブルー・コメッツの『ブルー・シャトウ』やザ・フォーク・クルセダーズの『帰って来たヨッパライ』だった。そして、この二つの曲が、村井を作曲の道に引き入れることになったのである。

「ジャズやクラシックばかりで歌謡曲というのは聴いたことがなかった。ところが、『ブルー・シャトウ』や『帰って来たヨッパライ』があまりにも売れるので家に持って帰って研究したら、洋楽的な要素がすごく入っているんですね。こういうものだったら僕もできると思って書き始めました」

村井が最初に書いたヴィッキーの『待ちくたびれた日曜日』がヒットし、二曲目に書いたのがザ・タイガースと人気を二分していたザ・テンプターズの『エメラルドの伝説』であった。一九六八年、グループサウンズ（GS）・ブームの真っ只中に発売されたこの曲は発売後、一か月余りでオリコン・シングルチャート一位を獲得。彼はたちまち人気作曲家の道を駆け上がっていく。

「それから安井かずみさんと仕事するようになるんですね。それまで流行歌の作曲家というのは、巨匠でいうと吉田正さんとか古賀政男さんといった方がレコード会社の専属になってやっていた。そこに、若い世代の作家が分野違いのところから出てきたんです。フジテレビのディレクターだったすぎやまこういちさんや、レコード会社のディレクターだった筒美京平さんが曲を書きだし、訳詞をしていたなかにし礼さんや安井かずみさんが詞を書くようになった。当時、渡辺プロダクションが芸能プロダクションの最大手で、楽曲を製作する渡辺音楽出版には若いライターがたくさん集まってきたんです。有楽町のガード下の細い路地を曲がったところにあったビルの一室に事務所と打ち合わせ用の会議室があり、平尾昌晃さん、山上路夫さん、宮川泰さんなんかに交じって僕もしょっちゅう出入りしていました。打ち合わせの数が多いので、今述べてきた人たちが同時に同じ部屋にいるということもありました」

野心があればたとえ若く無名であっても大きなチャンスを手にできたし、また多くの若者が何者かになろうとした時代だった。GSブームをきっかけに、歌い手も演奏者も作り手もこれまでのルートとは違ったところから輩出されてきており、村井も安井もそうした才能の一人であった。二人のはじめての共作は、一九六九年発売のトワ・エ・モアが歌った『美しい誤解』。以降『ラヴ・ラヴ・ラヴ』『経験』『私生活』とたて続けにヒット作が生まれる。

「かずみさんとやるときは、八割がた曲が先にできていました。僕が書いて渡すと詞ができてきて、スタジオで録音して、『じゃあ、さよなら』という感じです。一曲一曲についてはよく覚えていません。あの二、三年の間に僕は三百曲ぐらい書いているわけで、あまり詞を吟味するとか、僕から安井さんに注文を出すということもなかった。とにかく書いていて、寡作じゃ生き残れなかったんですよ。日本中が忙しかった時代です」

最初の結婚生活をニューヨークで過ごしていた安井は、一人でパリに発ち、やがて離婚。日本に戻って、「自立して生きていくために」仕事を求めていた。その最初の仕事、一九六九年十二月にリリースされた沢田研二の初めてのソロアルバム『JULIE』は、安井が全曲の作詞を担当し、村井が作曲、東海林修が編曲を手がけている。

翌一九七〇年十月には、安井は自身で歌った最初で最後のアルバム『ZUZU』を出している。これは全曲安井が作詞し、親しい男友だちが曲を作って彼女に捧げたものである。

「僕も、『歌うから書いてよ』と頼まれて、『おお、いいよ』って。囁くように歌っていて、彼女、結構、気に入っていたみたい」

わるいくせ（村井邦彦）　※以下（　）内作曲者
過ぎゆく日々（加瀬邦彦）
その時では遅すぎる（マモル・マヌー）
見知らぬ人（西郷輝彦）
愛の時（鈴木邦彦）
プール・コワ（かまやつひろし）
あたしには何もない（平尾昌晃）
ビアフラの戦い（沢田研二）
今日までのこと（なかにし礼）
追憶のスペイン（布施明）
九月の終わり（石坂浩二）
風の方向（日野皓正《てるまさ》）

『ＺＵＺＵ』の曲を並べてみると、なんとも豪華なラインナップで、当時の安井の交友関係がわかろうというもの。村井の曲に詞をつけたときの思い出を、彼女は初めての著作に書き記している。

「村井（邦）君が『ズズはしゃっちょこばらないで気持を軽くしてボサノバだよ』ってパラパラっとカッコイイメロディーを、どこかのスタジオで弾いてくれたのを思い起こしながら、そのメロディーに『わるいくせ』という詞をのせた」（『空にいちばん近い悲しみ』新書館刊）

『わるいくせ』で「しあわせなんか　うそつきだと　知ってるくせに　また　探しているのはわたしのわるいくせネ」と幸せ探しをする女を描いた作詞家は、仕事に、恋に、社交に、眠らない都会の二十四時間を生きる女だった。

「歌詞の原稿、楽符《ママ》、車のキー、免許証とお金、くちべに、腕輪、スカーフ、ケント一箱。そしてわたしは、身じたくにかかる。（中略）わたしはタバコに火をつけて、深くすいこみながら、しばらく家の中をウロウロする。そしておもむろに受話器をとり、友だちに、今夜はどこで、何をしているかをきく」（『空にかいたしあわせ』新書館刊）

「ナチュラルなストレートヘアーにパンタロン姿で、目のまわりを黒くしたメイク。それが、安井かずみさんのイメージですよね。よく覚えているのは『キャンティ』の前で、彼女が車を出そうとして四苦八苦している姿。ギアつきの車に乗っていたんだけれど、力がないからどうしてもバックに入らなくて、助けてあげようとしたらうまく入って走り去っていった。ともかくぶっとんでいました。彼女の行動を振り返ると、フランソワーズ・サガンをモデルにしていたんじゃないかと思う。サガンは、本が売れて名声と富を手にするんですが、スピード狂でスポーツカーをぶっ飛ばしたり、博打に狂って大儲けをしたこともあるし、全財産すってしまったこともある。麻薬に手を出したこともあったでしょう。そういうスキャンダラスな人生を大人は眉をひそめて見ていましたが、若い人たちはカッコいいと思って拍手を送っていた。かずみさんもサガンの行動を意識的に真似ていたところがあったんじゃないかな」

村井が指摘するように、サガンと安井はよく似ている。

一九三五年生まれで、安井より四つ年上のサガンは、十八歳のときに父の情事を知った娘を主人公にした『悲しみよこんにちは』を発表し、一躍時代の寵児となった。私生活は自由奔放で、サルトルやテネシー・ウィリアムズ、ビリー・ホリデイ、ヌレエフといった華麗な人脈で彩られ、その行状は国内外の週刊誌に書き立てられていた。いわば世界中から見つめられる存在だった。

一九六〇年代から一九七〇年代初頭の高度成長期は、同時に秩序を破壊しようとする反体制の時代でもあった。当時の若者にとって朝吹登水子《あさぶきとみこ》が翻訳したサガンの小説やエッセイを読むのは一つの教養であり、サガンの名前は自由と新しさと成功の記号だった。思春期から好んでフランス語を学んでいた安井が、彼女に刺激を受けなかったはずはない。若くしての成功と富と世間からの礼賛、華やかな交友関係、消費、車、恋にドラッグ、孤独と頽廃《たいはい》……。安井の生活はサガンのそれと二重写しのようであり、初期の著作の文章も明らかにサガンの影響が見てとれる。

だが、サガンが生涯を規範から逸脱して生き、晩年は経済的にも困窮したのに対して、安井は三十代後半で加藤和彦と結婚して、健全で健康的な「昼の生活スタイル」を選びとっていく。彼女のエッセイには、保守的な安定志向が散見されるようにもなる。それは、安井が夫との関係を維持することに何よりプライオリティをおいた結果であり、そのために価値観そのものを変化させていったからであろう。

村井と安井の共作は、三、四年で終わっている。一九六九年、二十四歳で作詞家・山上路夫と共に音楽出版社アルファ・ミュージックを設立した村井は、『翼をください』などの名曲を生み出しながら、プロデューサーとしての仕事が多忙を極めたからだ。一九七七年にはアルファレコードを設立した。

「僕は作曲の仕事でパリに行って、版権ビジネスというものをフランス人に教えてもらうわけです。その時に買い付けたのが『マイ・ウェイ』。一九六九年のことでした。翌年には米国最大手の音楽出版社であるスクリーン・ジェムズ・コロンビアの日本の代理店になって、それから何年間もパリやニューヨーク、ロサンゼルスやロンドンをぐるぐる歩いて世界中の音楽シーンを見ているうちに、アトランティック・レコードやA＆M、アイランド・レコードなど独立系のレコード会社の創業者と友だちになり、感化されるわけです。それまでの日本のメジャーのレコード会社は家電メーカーの子会社が多かったけれど、欧米のインディーズ系のレコード会社をやっている人は、元ミュージシャンやレコードコレクター、レコード会社の宣伝マンなど、全員が音楽が好きで始めた人だった。だから、僕も日本でレコード会社をやろうと考えたわけです」

アルファレコードと同時期に、フォーライフ・レコードとキティ・レコードが誕生し、日本の音楽ビジネスの形は大きく変わっていく。レコード店を経営していた村井が聴いていた『帰って来たヨッパライ』は、日本で初めてヒットした自主制作のレコードであった。村井は今度は、自ら独立系レコード会社の経営者兼プロデューサーとなり、業界に地殻変動を起こしていったのである。彼が世に送り出したのがガロやユーミン、赤い鳥、ハイ・ファイ・セットであり、世界的規模で成功させたのがイエロー・マジック・オーケストラ（YMO）であった。

こうした時代の移り変わりの中で、一九六〇年代初頭に新世代の作詞家として颯爽と登場した安井は、じわじわとシンガーソングライターに活躍の場を奪われていくことになる。この時期、安井は何を思ったであろう。自分より新しい才能の出現を認めるにはプライドが高すぎた彼女が求めたのは、ザ・フォーク・クルセダーズを作った加藤和彦と「理想の夫婦」を生きることであった。そして、それを「女の幸せの完成形」としてエッセイに綴っていったのである。

一緒に仕事をすることがなくなって以降も、村井は折々にさまざまな場所で安井と顔を合わせている。

「彼女が加藤和彦さんと結婚してからも時々会いました。世界食べ歩きの本を二人で書いたりして楽しそうだった。テニスをよくやっていたようだった。加藤さんはオシャレでステキな人だと思っていました。彼も僕のやってきたことを評価してくれていたようで、二〇〇七年に開いた僕の作曲家四十周年パーティにも来てくれてスピーチで恥ずかしくなるくらい褒めてくれたうえに、僕の書いた『白いサンゴ礁』をかまやつひろしさんと一緒に歌ってくれました。亡くなったときは本当に驚きました……。安井かずみさんとは遊び場とか友人が共通しているから、ずうっと近所にいたという感じがしますね。時代を共に過ごした人です」

事業の海外進出を機に活動の拠点をアメリカに移した村井は既に会社経営から退き、

再び作曲に専念している。現在は日本とロサンゼルスの自宅を往復する生活だが、二〇一一年八月に盟友・山上路夫と組んで新しいＣＤ『つばめが来る頃／翼をください』（歌・森麻季）を出した。インターネットを使った音楽配信が定着し、レコード会社の売り上げは大幅にダウン、音楽業界は、今、危機に瀕しているのだが。

「ネット配信とＣＤでは著作権料が雲泥の差です。音楽業界の今はどうしようもなく悪いし、よくなる見込みがありません。３・11の時、僕は向こうにいて、三日間、ＣＮＮで津波が田畑や家屋を飲み込むのを見続けました。ただでさえ日本の経済は悪化しているのに、もう再起不能になってしまうと思えた。だけど落ち込んでばかりはいられない、できる限りのことをやりたいですよね。それで、すでに録音してあったＣＤの売り上げの一部を被災地に寄付することにしました。今、必死に営業していますよ。この前も東北に行ってきました。やれることをやるしかない。そして、僕がやれることは音楽ですから」

音楽ビジネスが栄えたのは一九九〇年代後半まで。作詞家であることを生涯誇りとしていた安井かずみは、沈みゆく太陽を見ないで逝った――。

若いってすばらしい

稲葉賀惠

時代に煌めく才能が、意外な場所で交差していることは少なからずある。

後に日本の女たちの生活様式を変えていくことになる二人の少女が出会ったのは、戦後の混乱がようやく落ち着こうとしていた、一九五〇年代初頭の横浜だった。一人はフェリス女学院中学校に通う安井かずみ、一人は横浜雙葉《ふたば》中学校に通う稲葉賀惠《よしえ》である。

横浜共立学園と並び「横浜女子御三家」と謳《うた》われるフェリス女学院と横浜雙葉学園は、プロテスタントとカトリックという違いはあるものの、共にブルジョア層やインテリ層の娘たちが通うキリスト教系の女子校で、校舎は山手にある。

当時の日本はまだ貧しくて、横浜の街には傷痍《しょうい》軍人が立ち、庶民は長屋に肩をすぼめるように暮らしていたが、山手に上がると進駐軍が接収した将校ハウスが建ち並んで、そこだけは異国のような雰囲気であった。同じ年に生まれ、学年が一つ違う少女たちは、最も多感な時期にこのエキゾチシズム溢れる別世界の空間で顔を合わせていたのだ。

　無論、やがて自分たちが作詞家として、ファッションデザイナーとして立っていくことになるとは二人は知らない。

「朝、通学のバスですれ違うことがよくありました。なぜだか、フッと目が合うんです。目立つというか、お互い気になっていたんでしょうね。で、あの頃、女学生のスポーツというとテニスで、私が山手にあるテニスクラブに入ったら、ＺＵＺＵがいたんです。クラブには女の人がそれほどいなかったので、時々、打ち合っていました。『いくわよー』っていう調子だから、ちっとも打ち合うテニスじゃなかったけれど」

　港の見える山手、ミッションスクール、テニス――そのどれもが人々の憧れをかきたてるロマンチックな記号であった。

　一九三九年十二月に生まれた稲葉は、時計商の祖父とタイプライターの輸入会社を経営する父を持ち、洋風に暮らし、アメリカにいる叔父から送られてくる洋服を着て、ハイカラ文化の中で育った。お嬢様学校の筆頭、横浜雙葉への進学は当然の選択であった。

　安井は稲葉と同じ年の一月に生まれた。父は東京ガスに勤める学者肌の技術者で、家には文化的な香りが漂い、母は子どもの教育に熱心で、「一美の教育は街で受けさせます」と早くから公言していた。小学校の卒業式で答辞を述べた少女が、すでに難関と言われていたフェリス女学院に進学するのもまたごく自然な選択だったろう。

安井が「他者のために」をモットーに自主自律の生活を奨励するフェリス女学院中学校に入学したのは、一九五一年の春であった。それから思春期の六年間を、世間から切り離されたミッションスクールで、少女たちだけで学んだことは貴重な体験である。彼女は、一九七一年九月二十日に発行された学友誌に、「私は他のどの年月に比較することなくあの六年間を愛している」と寄稿し、自著にも生涯を支配する資質を培われたとしてフェリスでの時間に多くのページを費やしている。

「私個人にとって印象的だったのは、聖書を学ぶことと、英語を学ぶことであった。（中略）市井のことにはまるで俗されない学院生活。中等部（原文ママ）の頃のクラス中の憧れの方が、ヒースクリッフさまとアシュレイさまなのだから、かなりの隔離社会だったのだ。（中略）学生は勉強をする、そして何か芸術に関わることに興味をもち、それを自然に身につけることが十代の生活のすべてだと思っていた」（『女は今、華麗に生きたい』大和出版刊）

ティーンエイジャーの頃の安井は、本に耽溺する寡黙な少女だったという。学校が休みの土日に励んだお稽古は茶道に華道、ヴァイオリン、ピアノ、バレエ、日舞、フランス語などだが、最も夢中になったのが油絵で、クラブも宗教部と美術部に入っていた。学校の記録には、一九五七年神奈川県高等学校美術展覧会で朝日新聞賞を受賞したと、ある。彼女は、東京芸術大学への進学を志望するようになっていた。

同級生で女優の藤村志保は、安井が亡くなった時に、フェリス時代の彼女についてこんなコメントを寄せている。

「アカ抜けていて、とてもおませな人だった。お洒落で、同じ制服でも、彼女はリボンの結び方とかが少し違ったりして独特の感じがあった」（「週刊新潮」一九九四年三月三十一日号）

フェリス女学院で育まれた安井の自由な精神と美意識は、次の学舎でさらに磨かれていくことになる。

テニスコートで仲良くプレーしていた少女たちが再会したのは一九五八年の春、東京は御茶ノ水であった。

「私は高校時代に病気をしたために、テニスもやめていて、勉強もできなくて、希望した女子美に落っこちてしまったんです。で、どうしようかなと悩んでいたら、叔母たちが自分たちがアメリカンスクールを出た後に通っていた文化学院を薦めてくれました。『あそこは自由だし、あなたに似合うし、美術科というのもあるから』と。あの頃は、高校を卒業して何もしなかったらお嫁さんに行く話ばかりが来るから、どこかに逃げなきゃいけなかったの。それに文化学院なら面接だけですからね。そうして入学したらZUZUが『ごきげんよう』って、いたんですね」

安井は競争率二十数倍の東京芸術大学絵画科油画専攻の受験に失敗し、一年後、母の計らいで文化学院美術科に入ることになった。西村伊作、与謝野晶子・鉄幹夫妻、石井柏亭《はくてい》らが「国の学校令によらない自由で独創的な学校」や「感性豊かな人間を育てること」を目指して創設した文化学院は、当時、全校生徒が千六百人ほどの規模で、学費も高く、「就職を希望する人は入ってこない」特別な学校であった。これまで芸能芸術方面に多くの才能を輩出している。

「学院長の西村先生は〝赤狩り〟で二回逮捕されたという方で、昔から反骨精神に富んだ人たちがいっぱいいいました。普通の生活に馴染めないというか、馴染みたくないという人が多かったんじゃないかな。美術科には、芸大を落ちた人が多かったですね。落ちこぼれの集まりとも言えるけれど、やっぱり、時代の一番先端にいる人たちが多かったと思う。自分の個性を出さないとそこにはいられないというところがありました。一般的には三年節約しなければ車を買えない時代でしたけれど、車に乗ってくる学生は大勢いたし、女だてらにバイクに乗ってるという人もいっぱいいました。みんな、一本筋の通った遊び人という感じ。ほんとうに自由だった。ＺＵＺＵも学院に入って、よかったんじゃないかしら」

稲葉と安井。瑞々しく美しい二人は横浜駅でおち合い、御茶ノ水までの通学途中をお喋りして過ごしたりした。

「学院にはきれいな人はたくさんいたけれど、パッと人目を惹く魅力があったのはＺＵＺＵだった。ちっともお高くとまっていなくて、わりと〝男前〟だったし。あの人は当時からフランスが好きで、『イヴェット・ジローのシャンソン、聴きに行かない？』と誘われて、『あんまり好きじゃない』と断ったこともあります。当時はサルトルの人気が高く、実存主義が流行っていて、ＺＵＺＵも憧れているようなところがあったんですね。だからわざと目化粧だけで、ストレートヘアーを横でパチッと止めて、それで黒いコート着て、黒い靴下はいて、ヒールははかない。そんなジュリエット・グレコのような感じ。知的な女はだいたいそっち系でしたよね。私は楽なほうが好きだからエヴァ・ガードナー派というかアメリカ派で、パニエはいて、アメリカ映画観て、モダンジャズを聴いていました」

安井は、同級生の中ではみんなの姉貴分のような存在だった。稲葉の記憶に鮮烈に焼きついているのは、安井が昼休みに女友達にせがまれて披露した〝おとぎ話〟である。

「寺子屋のような学校ですから、お昼休みは上級生も下級生も一緒で、女の子たちが六人くらい中庭に集まるの。そこで『ねえ、かずみ、ちょっとなんかお話して』とお願いすると、『お姫様と王子様が〜』と、その場でロマンチックな作り話をしてくれた。その年齢って、みんな、恋愛の話が一番好きでしょう。今の女の子は男の子とすぐ友だちになるけれど、私たちの時代は、男の子は王子様というイメージでしたからね。ZUZUの話はうっとりするぐらい素敵で、それをサンドウィッチを食べながら聴いて次の授業に行くんです。状況をクリエイトする力があった。だから彼女が作詞家になったのはよくわかります。あの人の詞は一つ一つがお話になっているもの」

当時、将来のビジョンなど持たなかった稲葉の目には、安井が目的意識を明確に持っているようにも映っていた。

「美術界のえらい方もよく知っていて、彼女が銀座で個展を開いた時は『あなたももし個展するようなら、紹介するわよ』と言われたことがあります。やりたいことをやるにはこれをつかめばいいという、そのあたりの意志の強さも他の人とは違っていましたよね」

文化学院の外でも、二人の接点はあった。一九六〇年春に、飯倉片町にオープンしたイタリアンレストラン『キャンティ』だ。三島由紀夫、川端康成、黛敏郎といった名だたる人たちが集った東京カルチャー発信の拠点である。

「ちょうど学院を卒業する前に、『キャンティ』と同じ建物の一階で、『ベビードール』のオープニングパーティがありました。私は、同級生だった菊池武夫に誘われて行ったんですが、そこでZUZUと会っていますね」

『ベビードール』は、『キャンティ』のオーナー川添浩史《ひろし》の夫人、川添梶子《かじこ》がプロデュースする日本最初のブティックで、ヨーロッパからの輸入雑貨から梶子デザインのオートクチュールまでを扱っていた。

「素敵なものがいっぱい置いてあった。その頃、ビキニが欲しくて欲しくて。でも売ってないから、あそこでサイズを測って作ってもらいました。アクセサリーも、半貴石《はんきせき》を使った派手なイタリアのものとかがあって。梶子さんはみんなからタンタンと呼ばれていて、本当に魅力的な人でした。私、最初に会った時、この人、何者かと思ったもの。長い黒髪、お能の小面《こおもて》のような顔をして、ターコイズ色のサブリナパンツに金色のハイヒールはいて、ポンチョみたいなものを着ていた。かと思うと、別の日は下品すれすれのゾロッとした着物を着ていたり、ピシッとしたスーツを着ていたり、もう素敵で素敵で。お話ししてみるとざあます言葉の中に、『ぶっとんだ』という言葉が混じるの。私もＺＵＺＵも、まだ『よろしゅうございますか』なんて口をきいていた頃だから、意味がわからなかった。そのうちＺＵＺＵの言葉も乱れてきたけれど。彼女はタンタンとすごく波長があって、相談なんかも随分していたんじゃないかしら。お互い、信頼し合っているように見えましたね」

　安井が梶子に多大な影響を受けたことは自他ともに認めるところで、エッセイにも梶子の思い出が綴られている。二十歳を過ぎたばかりの安井にとって梶子は最高のロールモデルで、『キャンティ』に日参する日が続いた。

「その当時、横浜にもイタリアンレストランはあったけれど、あんなに素敵じゃなかった。海外のアーティストが来ると必ず『キャンティ』に行くぐらいインテリアも味もちゃんとしていた。私、イヴ・モンタンをあの店で見ましたね。学校の後、銀ブラして、夕方になるとマイルス・デイヴィスを聴いてから、『キャンティ』に行ってご飯を食べて横浜に帰ってました。でも、門限が夜の十時でしたから『キャンティ』でご飯を食べられるのは八時まで。だから東京組のその後の楽しみは知らないんです。でも、『キャンティ』以外にもナイトクラブに行って遊んでました。ＺＵＺＵも私もみんな、楽しいことが好きだった。まだ六本木を都電が走っていた時代です」

　一九六一年一月、安井が初めて訳詞を手がけた、坂本九が歌う『ＧＩブルース』が発売された。アルバイトとして始めたものであったが、すぐに職業になった。稲葉のほうは、文化学院卒業後、日本に立体裁断を取り入れた原のぶ子アカデミー洋裁学園に恋人の菊池と一緒に二年通い、技術を身につけた。日本女性の初婚平均年齢が二十四歳で、結婚こそが女の幸せだった時代に、二人は社会への扉を開こうとしていた。

稲葉が菊池武夫と結婚したのは、二十三歳の時だった。同年、夫婦でオートクチュールのアトリエを開く。

「当時は既製服なんてなくて、全部、オーダーの時代です。伊東茂平さんとか鈴木広子さんが第一線にいらして、芦田淳さん、君島一郎さんはまだ新人だった頃。私たちは家をアトリエにして始めたんですが、彼がデザインをして、私が縫うという役割分担。一軒に二人のデザイナーはいらないと思っていましたし、彼のデザインが大好きでしたからね。彼の思いを縫うという気持ち。やり甲斐《がい》はありました。お客様は交友関係から広がっていき、アトリエの仕事の合間には、誘われて創刊されたばかりの『ミセス』のモデルを引き受けました。忙しくて遊ぶ時間もなくなりました」

その頃、安井は作詞を手がけるようになり、日常的な言葉を綴る新世代の作詞家として、さらにカルチャーシーンの先端を行く女としてマスコミの注目を集めていた。宮川泰作曲の青春ソング、『若いってすばらしい』はその頃の彼女の作品である。

あなたに笑いかけたら

そよ風がかえってくる
だからひとりでも淋しくない
若いってすばらしい

あなたに声をかけたら
歌声が聞こえてくる
だから涙さえすぐにかわく
若いってすばらしい

夢は両手にいっぱい
恋もしたいの
やさしい気持ちになるの
ああ　誰かがあたしを呼んでいる

＊あなたがいつか言ってた
誰にでも明日がある
だからあの青い空を見るの

若いってすばらしい
夢は両手にいっぱい
恋もしたいの
やさしい気持ちになるの
ああ　誰かがあたしを呼んでいる
だからあの青い空を見るの
若いってすばらしい
若いってすばらしい
若いってすばらしい…

＊（くりかえし）

まっすぐに伸びてゆく高度成長時代の日本と若者たちの姿が二重写しになる青春讃歌が街に流れ出すと、安井はもう日本にいなかった。結婚式と新婚旅行のためにヨーロッパに旅立っていたからだ。安井が大富豪の子息と結婚したことは、稲葉の耳にも入っていた。

「すごい人と結婚したって、友だちの間でも噂になってました。お相手の方は私も知っていますが、彼は単なるお金持ちのぼんぼんではなくて、クリエイターでもありましたからね。いつもツイードのジャケットとか着て、素敵でね。セレブという言葉があるけれど本当の意味でのセレブだった。ZUZUのファッションがガラリと変わって、イヴ・サンローランのコートなんかを着だしたのはちょうどその頃。梶子さんと彼の影響でしょうね。サンローランを日本に紹介したのは川添夫妻ですから。たまに会うZUZUはいつもサンローランを着ていて、羨ましかったな。離婚という結果になったけれど、いい結婚を選んだと思います。あの結婚で、ZUZUは本質をさらに光らせた。彼女は物質的にも精神的にも贅沢でないとダメな人で、だからこそみんなが憧れたんです。しかもきれいでしたからね。そのきれいさも知的でシャープでエレガントなきれいさで、ギラギラしてなくて気持ちいいんです」

一九七〇年、男児を出産した稲葉は、菊池、大楠裕二と共に、日本のデザイナーズ・ブランドの先駆けとなる『BIGI』を設立する。ファッション雑誌「an・an」が創刊されて、これまでにない服を作りたいという野心に燃えた若者たちが、マンション・メーカーを次々起こしていた時代だ。一九七二年には、働く女のためのブランド

『モガ』を発表し、同年菊池と離婚。「女の時代」と呼ばれた一九八〇年代には、八一年に『ヨシエイナバ』を、八八年に『レキップ　ヨシエイナバ』を発表し、シックな都会の女の服を作って他の追随を許さない。

「今はオーソドックスなものを作っていますけど、あの時代は自分たちの着たいものがない時代だったから、先端の服を作りたいと原宿で『BIGI』を始めたんです。男性陣の野心に押された形でね。当初は、自分でデザインするのではなくて、作る側だけを引き受けるつもりだったんですが。振り返ってみれば、私の場合は商売でもあるので一人ではできなかった。最初に始めた三人のコンビネーションがよかったから、ここまでこられたと思います。一人だったらとっくにパンクしていたでしょうね。その点、ZUZUはアーティスト、詩人だから一人で仕事ができたのね。あの人の資質にとても合っていたと思います。直接彼女に言ったことはないけれど、あの人の作った歌はとても好きだった。ジュリーの歌なんかスッと言葉が耳に入ってきました」

　稲葉と安井の交流は、青春の頃を過ぎてからもゆるやかに続いた。

「しょっちゅう会ってはいませんが、加藤（和彦）さんと結婚してから、三度お家に呼ばれてご馳走になりました。加藤さんはZUZUのことをすごく尊敬していましたね。とても大事に大事にしていた。ZUZUも、どこからあんな声が出るのかと思うような可愛い声だして、甘えてた。『ホテル・ニューオータニ』のゴールデンスパのサウナで顔を合わせることもあって、『どうしたら痩せられるのかしら』とか他愛のないお喋りをしてました。実は、若い頃、私のボーイフレンドがZUZUと付き合っていたなんてこともあったりしてね。いい遊び友だちだった。亡くなる前は、ZUZUが会うたびに痩せていったので辛かった。美意識の高い彼女が髪の毛をチリチリにしたのも、痩せていることをカバーするためだったんでしょう。お葬式は出なかったんです。式場の途中まで行ってやめました。ここでサヨナラすればいいやって。ドラマチックな人生を駆け抜けた人ですね。……もっと生きていて欲しかったな。今生きていたら、やっぱり、女の人たちにいろんなアドバイスをしてくれたんじゃないかしら」

港が見えるミッションスクールと、蔦《つた》のからまる小さな学院に学んだ二人の少女。生涯に約四千曲の歌を書いた安井は生き急ぐように五十五歳で逝き、稲葉は七十歳を過ぎてなお同じ時代を生きる女たちのために服を作り続けている。仕事を愛し、日本女性を触発し続けた二人である。

生まれ育った街。
横浜・山下公園から望む港を背景に。

草原の輝き

ムッシュかまやつ

安井かずみが裕福なサラリーマン家庭に生まれたのは、日本が第二次世界大戦参戦に向けて一歩一歩近づいていた一九三九年一月二日の横浜であった。それから十日後の東京で、ムッシュかまやつはジャズミュージシャンのティーブ釜萢《かまやつ》の息子として生まれた。安井は幼い頃に戦火の及ばない地域に引っ越していて、戦争の記憶をとどめない。だが代々木上原に育ったかまやつは、アメリカ軍の爆撃機B29に日本の小さな零戦が体当りしている様を目に焼き付けている。

そんな二人が出会ったのは、日本が戦後の混乱から抜け出し高度成長の勢いにのる一九六〇年代半ば、六本木にある伝説のイタリアンレストラン『キャンティ』であった。かまやつの『キャンティ』デビューは一九六〇年春のオープン時。ある日、友人だった川添象郎から「今度、うちで店やるからおいでよ」と誘われ出かけたのが、象郎の父・浩史と義母・梶子が、ヨーロッパのサロン風の店を持ちたいと開いた『キャンティ』だった。その頃のかまやつはロカビリーを歌っており、安井と顔見知りになった時にはザ・スパイダースに加入していた。

「僕が会った頃のZUZUは、新興音楽出版社（現・シンコーミュージック・エンタテイメント）というところで、歌の翻訳やっていたんですよね。その時は同じ歳だなんて知りませんでした。僕らの世代というのは女性に歳を聞くのは大変失礼なことだったし、彼女は年齢不詳でした。パスポートを見たやつがいて、意外にいってんだなんて話もありましたけど、とにかく当時には珍しくお洒落だった。ファッションはもちろん、立ち居振る舞いもすべてにおいてね。車もロータスのエランというスポーツカーに乗っていた。『キャンティ』にはこっち側にヨーロッパ的なエランに乗っているZUZUがいて、もう一方の側には女だてらにアメリカ的なジープに乗っている白洲《しらす》次郎さんのお嬢さんがいた。あの時代にそういう男顔負けの生活を実践してた女の人たちがいたんです。すごいでしょ」

「実に私にとってキャンティーは素晴らしい駆け込み寺的存在であった。キャンティーに行けばいつも楽しかったから。いつもグルメと芸術とヨーロッパがあったから、いつも仲間がいたから。（中略）私はオレンジ色のロータス・エランをぶっ飛ばして、人生は何も恐くなかったが、ふとよぎる虚しさと孤独は常に友だちだった」（『30歳で生まれ変わる本』ＰＨＰ研究所刊）

ヨーロッパで長く暮らした国際人のオーナー夫妻の美意識と人脈によって造り上げられた『キャンティ』は、あの頃、日本中で最もモダンで最も洒落た社交の場であった。三島由紀夫、黒澤明、岡本太郎、小澤征爾《せいじ》、イヴ・サンローラン、フランク・シナトラ、マーロン・ブランド、シャーリー・マクレーンなど世界の煌めく才能が集い、お喋りに花を咲かせながら若者たちを優しく迎え入れた。

一九九〇年、『キャンティ』が創業三十周年に編んだ社史『キャンティの30年』では、さまざまな関係者がこの店の黄金時代のエピソードを語っている。そこには『キャンティ』に足を踏み入れた頃の安井の様子も記されていた。

「安井かずみはその頃、文化学院の学生だった。ＭＧはじめ外車のスポーツカーを乗り回していた。昼間、帝国ホテルのテラスで友人と待ち合わせ、シルバーダラー・ケーキを食べ、銀座で買物をしたり、日比谷で映画を見たり。夜はキャンティに行くというのが、毎日のパターンだった。そして休暇には、ゴルフ、テニス、スキー、車のレーシン

グ。一般の若者たちとはかけ離れていた」（『キャンティの30年』春日商会刊）

マスコミは六本木に遊ぶ若い男女を「六本木族」と名付け、彼らは『キャンティ』に集まった。そこには〝選ばれた者〟たちの時間があった。

「僕らが『キャンティ』していた頃って、ZUZUも（加賀）まりこさんも、コシノジュンコちゃんも天真爛漫《てんしんらんまん》だったよね。『キャンティ』には世界のセレブが集まっていたから、僕は聞き耳立てて、いろんなことを聞いていた。しかも僕らのようなガキがいると、『こっちに来て仲間に入んない？』と声かけてくれる大人がいたんです。三島さんにしても黛敏郎さんにしても、今、僕がこの歳にして十代、二十代の子を見ているような感じだったんじゃない？　若い子は何を考えてるのかなと、興味の目で見られてたんだと思う。僕らは耳から覚えたことを少しずつびくびくしながら実践していって、美意識とかいろんなことを学んでいったんです。タンタンと呼ばれていた梶子さんもすごい感覚の持ち主で、ZUZUやまりこさんを可愛がっていました」

安井は数々のエッセイで『キャンティ』と川添梶子の思い出を繰り返し綴っている。『キャンティ』は彼女にとって「二十代の東京」であり、キャンティ・クィーン梶子には「私を形作る五十パーセント以上はタンタンからいただいたもの」と最大級の賛辞を捧げる。女たちが安井をロールモデルにしたように、安井は梶子を真似たのだ。

「二十歳ちょっとの私が、イヴ・サンローランのオートクチュールを着ることを習ったのは、まさしくタンタンからであった。／その高価な服を買って、ただ着ればよいのではなかった。／タンタンは私に、その着こなし、居ずまい、成り振《ママ》りも教えてくれたのだ。（中略）その頃の私にとって、タンタンが全てのリファレンスであった。／そう、パセリのちぎり方から、日常茶飯事のように、ひょいひょいとパリに旅することなどを含めた、女の何千何万という、いちいちの事象の対処にし《ママ》方……のリファレンスはタンタンであったのだ」（前出『キャンティの30年』）

「二十代の私が、今から振り返ると、危険にさえみえるほど決断に満ち、冷や冷やするほどに多角的に行動していたのも、彼女（筆者注・梶子）を暗黙のうちに真似ていたのかもしれない」（『安井かずみの旅の手帖』ＰＨＰ研究所刊）

　安井を魅了した梶子とは、いったいどういう女であったのだろう。「女性自身」の人物ノンフィクション「シリーズ人間」は今に続く名物ページだが、一九六八年五月二十日号に「社交界・午前三時の女王　川添梶子夫人の優雅さ～島津貴子夫人からＧ・Ｓ《グループサウンズ》までを演出する謎の女～」と題して、三十九歳の梶子が登場している。

『キャンティ』の一階には、梶子がデザイナーと経営者を兼ねるブティック『ベビードール』があった。常連客の渡辺プロダクションの渡邊美佐に依頼され、グループサウンズの舞台衣裳のデザインを手がけた梶子は「音響の世界に、はじめて、見る楽しさをプラスした女性」と呼ばれていたという。ここで描かれた梶子は美しく、お洒落で、アーティスティック、そして自由奔放な女だ。それはまさに安井の記号と重なる。この記事には、梶子と宝塚歌劇団のトップスター上月晃《こうづきのぼる》との三人でザ・タイガースのライブを楽しむ安井の写真が掲載されていた。

かまやつは再び語る。

「ちょっと時代が遅れてユーミンとか、あそこにはやっぱりハイパーなやつが集まっていましたよね。好奇心がとにかく旺盛で、人の身につけているものがすごく気になって『あいつ、うまく着こなしてるなぁ』なんて語り合うのが一番の生活の楽しみだった。オシャレな人ってオシャレな人を研究するよね、勝手に。『キャンティ』っていうのは、そういうトレーニングの場だった。今みたいに情報がない時代だから、パリやロンドンから帰国したやつの周りにみんなが集まって、そのネタで一週間はもったものね。外国に行くと、まるで新しいものを買い出しに行くみたいだった。とにかくみんな自分が一番と思っていたよね」

一九七〇年代に入ると、かまやつと安井の友情は一気に深まった。共通の友人である渡邊美佐の計らいで一緒に仕事をするようになったのだ。きっかけは、ザ・スパイダース解散後にソロシンガーとしてスタートした彼が、一九七〇年にリリースした初のソロアルバム『ムッシュー／かまやつひろしの世界』だった。当時世界的にも珍しかった「一人多重録音」という方法で作られたこのアルバムの七番目の収録曲『二十才の頃』は、詞を安井となかにし礼が作り、かまやつが作曲・編曲して、三人で歌っている。同時期に出た安井の唯一のヴォーカル・アルバム『ＺＵＺＵ』には村井邦彦、加瀬邦彦、沢田研二、日野皓正ら『キャンティ』人脈の人たちが曲を提供しているが、無論、かまやつもその一人だ。「この企画をした時、いっしょに話し込んで面白がっていたのは、かまやつひろし」と、安井は自著に残す。

「僕は『プール・コワ』、なぜ？　っていうのを作ったの。今、考えてみるとセルジュ・ゲンスブールとジェーン・バーキンの曲のパクリだね。彼女の声はジェーン・バーキンみたいだったの。今でいうとカヒミ・カリィみたいな囁き声。フランス人に多いんですね。ＺＵＺＵが歌うことになったのは僕らの遊び心だけど、彼女は歌う時、珍しく照れくさがっていました。それくらいからよく一緒につるむようになったよね。若いグループのために一緒に曲を作ったり、ちょうど菊池武夫さんが『ＢＩＧＩ』を作った頃だったからみんなで一緒になんかやろうとしたり、もちろんよく遊んだ」

安井といつも一緒にいたコシノも加賀も、当然のごとくかまやつの遊び仲間であった。夜毎、ディスコ『ムゲン』や『ビブロス』に繰り出し、『キャンティ』で酒を飲みながら語り明かす。

「ムダ話ばかりしてましたよ。ZUZUの昔の男のアパートにどうも女が来てるらしい、『おどかしにいくからつきあえ』と言われて、僕とまりこさんが麻布十番のアパートの下で待っていて、『どうだった?』みたいな。そんなことを面白がっていたの。野良犬がつるんで遊んでいるような感覚だったので、僕から見てZUZUもジュンコちゃんもまりこさんも男の子みたいだった。ただみんな、洋服作っても作詞家としても女優としてもプロで、僕もプロのミュージシャンで、普通プロになると保守的になっていくのにそうはならなかった。仕事もそこそこできて自由奔放な人たちだった。だから面白かったんですね。あの時代、映画はトリュフォーとかヌーヴェルバーグに向かっていたし、音楽もチェット・ベイカーのジャズとか、そっちのほうがシャレていて開放的だったから」

学生運動が終焉に向かい、ヒッピー文化が生まれ、公害問題がクローズアップされる騒然とした時代。自由と解放こそが若者の特権であり、かまやつと安井のアイデンティティでもあった。二人は、ミーハー精神という点でも誰にもひけをとらなかった。かまやつは、安井と加瀬邦彦の三人で行った一九七三年のロンドンが忘れられない。

「ロッド・スチュワートのいたフェイセズを見に行こうってね。思いつくと、すぐ行っちゃうみたいなところが僕らにはあったんですよ。で、その行きの飛行機のファーストクラスにカトリーヌ・ドヌーヴが乗っていた。来日して帰るところだったらしいの。僕ら、『カトリーヌ・ドヌーヴだ!』って興奮して、三人ともパスポートにサインしてもらいましたよ。プライベートだとできるだけ安く行きたいから、三人ともエコノミーだった。向こうではコンサートやレコーディングを見て喜びに浸り、サッカーの選手や王室の一族が来るような店を探して出かけるの。おお、あそこにオナシスがいる、あ、マリア・カラスだ、チャールズ皇太子だって、それが楽しくてしょうがない。欲望のありどころというか価値観のチョイスが僕とZUZUはとても似ていたんだね。たとえばV12以外のエンジンのフェラーリならミニ・クーパーのほうがいいとか、自分の行くところにはケリーバッグは似合わないからケンゾーのバッグを持っていくとか、そういったところ」

音楽的なセンスも仕事へのスタンスも、二人はどこか似ていた。かまやつはジャンルを越えて新しい音を追い続けているミュージシャンだ。一九七五年に出したアルバム『あゝ我が良き友よ』は、彼と吉田拓郎との交流から生まれたものだが、当時はロックからフォークに行くなんてと批判の声も上がった。

「あの頃、ZUZUもよく僕らと一緒にいましたよ。僕もあの人も社交家だったんで、拓郎とか（井上）陽水と交流し、それはもう縦横無尽に走り回っていた。たぶん、自分で自分が楽しいスペースを探して歩ける能力を持っていたんだと思う。彼女は小柳ルミ子さんの曲を作ったりしていたけれど、それだけでは飽き足らずに、日本でもイギリスでもアメリカでもどんどん出てくるアーティストにタッチしていたがった。それによって延命しようとかじゃなくて、ただそっちのほうが面白いからってね。要するに個人の趣味だよね。この業界って成功すれば成功するほど、自分のステータスをキープしようとして人の話を聞かなくなって古くさくなっていくのが常だけれど、僕らは体力的にもインテリジェンスでもなんかムーブメントに触っていたいというタイプだったのね」

「妙な話だけれど本当のところ、よい歌を書きたい。ほんとの歌を書きたい。人々と分かち合える歌を書きたい。日本のマーケットに合わなくても、私の好きな歌も書きたい」（『空にいちばん近い悲しみ』新書館刊）

二人で作った作品は何曲もあるがヒットには結びつかなかった。

「あの人、アイドルに書いているときは、このぐらいの数字を出さなければというプレッシャーがあったと思うけれど、僕とやった時は当たろうが当たるまいが知ったことじゃないという感じで好きにやっていた。だから案の定売れなかった。たぶん、僕はその部分の友だちかな。経済、ショービジネスを計算して生きてこなかった。いや、彼女はシビアなビジネスも心得ていただろうけれど、自分を解放するためにちゃんと上手に使い分けができた人なんじゃない？　もちろん野心もあったと思うよ。瞬間的に自分を追い越そうとするやつを阻むみたいなところはあったし。ただそれも将来を見据えたものじゃなくて、ちょっとウザいよ的な感じ。いろいろやっていく中で自分のステータスとか価値観とかが見えてくるから、彼女も学びながら譲れないことを学習していった気がする」

かまやつは、安井が「日本レコード大賞作詞賞受賞者」の肩書を有効利用した時の笑い話を聞いている。

「レコ大なんかとっているから、ある種の場所に行くと政治力があるでしょ。ZUZUがロンドンにいる僕の友だちと付き合っていた時、ニューヨークのマジソン・スクエア・ガーデンでローリング・ストーンズのコンサートがあって、抽選でチケットが三枚当たったんだって。で、ロンドンから二人で行ったそうなの。そこからZUZUが大活躍して、日本大使館に『ケアお願いします』と頼んだら、大使館のでっかい車がやってきた。チケットが一枚余ったから、運転手の人に『一緒に行かない？』と誘うと、彼は『わかんないけど見たい』ってついてきて、三人で見ていたら、みんなが『ピース』と言ってる時に、その坊主刈りしたがっちりした身体の運転手が立ち上がって『安保反対！』って叫ぶんだって。そういうところをつぶさに見て、教えてくれるのがすごく面白かったよね」

一番身近な男友だちは、彼女の恋も一つ一つ見てきた。

「恋人が替わるのがあまりにも早くてね、その度に僕にも友だちが増えるという感じ。恋愛の数は僕より断然多かった。ＺＵＺＵは自分が翻弄できる男、つまり未知数の男が好きなんだよ。脂ぎっているような男は嫌いだったんじゃない？　『全部私が面倒を見てあげるから言うことを聞きなさい』って感じかな。でも、彼女は赤ちゃんぽくて、セックスしているんだかしていないんだかわからなかった。通常の女性よりも翔《と》んでいる？　なんか浮遊感がありました。あの時代にはマドンナみたいなフィジカルな女は絶対いなくて、ツイッギーみたいなのがイイ女だったわけ。小枝ちゃんだから、フィジカルにダメなところは『ちょっと助けて』と男に言えるじゃない。今は女が元気よすぎて少しつまんないけど、あの時代はやっぱり男性上位だったから、ちょうどバランスがよかったんだね。でも、あんなにいっぱい詞を書いていて、よく恋愛する余裕があったと思うよ」

その頃の安井は、自身が第二次量産期と呼ぶように夥しい数の作品を書いていた。時には一日に十曲も書くことさえあったが、彼女はその苦労も苦悩も決して人には見せなかった。そんな当時のヒット曲のひとつが、平尾昌晃とのコンビで作った『草原の輝き』だ。ヒットチャート一位の座はチューリップの『心の旅』に譲ったものの、この曲は四十万枚を売り上げ、小柳ルミ子、南沙織、天地真理の三人娘を追随していたアイドル、アグネス・チャンの代表曲となった。

い眠りしたのね
いつか
小川のせせらぎ
きいて
レンゲの花を
まくらに
今　目がさめた

恋しい気持ちが　夢で
逢わせてくれた　あの人
君は元気かと　聞いた
手を振りながら

今　涙をかくして風の中
ひとりゆけば　はるかな
私の好きな　草原

知らずに　遠くまで来た
野イチゴ捜して　ホント
手かごに持ちきれなくて
ポケットに入れた

あの人が　帰る時を
指おり数えて　待てば
いつのまにか　夕焼けに
あたりは　そまる

*ふと涙が出そうよ　風の中
こだまに呼ぶ　名前は

あなたの好きな　草原

＊（くりかえし）

一九七七年、三十八歳の安井は、一年半の同棲生活を経て三十歳の加藤和彦と結婚した。加藤は、かまやつの古くからのミュージシャン仲間であった。

「彼のことはサディスティック・ミカ・バンドの頃から知っている。音楽でも生活でも新しさを追求したやつです。この間も、フォークの人と話していたんだけど、トノバンってやっぱりすごいよな、という話になったね。とにかくＺＵＺＵとトノバンの二人はいろんな価値観が合ったんじゃない？　すごく似合っていた。ＺＵＺＵはトノバンと結婚してから我々が出入りするようなところにあまり来なくなったね。あの二人には二人の世界があって、幸せだったんだよ」

そう言ってにっこり笑ったかまやつは、安井が最も輝いていた時代は一九七〇年代だと再び回想した。

「あの時代、ウザいくらいエネルギーのあるやつが入れ代わり立ち代わり現れてきた中で、小動物のように飛び回っていたね。僕は、ＺＵＺＵのこと、サンジェルマン・デ・プレをちょっと切り抜いて持ってきたみたいな感じの人だと思ってずっと見ていました。

七〇年代はフランス文化の時代だったけれど、ロンドンにもパリにもモードに対抗して、ヒッピーみたいなファッションがあった。いつもカルチャーとサブカルチャーの両方があって、彼女も僕もそのどっちにものっかっていたかった。もうあんな人は出てこないと思う。特殊な時代と特殊な文化と特殊な価値観の中で生きてきた人だもの。早くに亡くなったのは残念だけれど、ちょうどよかったんじゃないかな。こんな疲弊していく日本を見たくもなかっただろうから」

安井とかまやつとコシノジュンコをはじめとするアーティスト仲間がギンギラに着飾った姿で写る写真が残されている。いかにトガっているか、いかに個性的であるか、いかに自由であるか――それは、日本が前だけを向いていた時代の、ポップカルチャーの雄たちの艶姿《あですがた》。今も圧倒的にカッコいい。

雪が降る

新田ジョージ

東京オリンピックの興奮がまだ心地よい熱として残っている一九六四年の秋に、二人は出会った。ボーイ・ミーツ・ガール。街には二十五歳のガールが二年前に訳詞をした、ザ・ピーナッツが歌う『レモンのキッス』が流れていた。

恋をした　女の子
誰でもが　好きなこと
目をとじて　静かに待つ
甘いレモンのキッスよ

ボーイは二十二歳。トリノ工科大学で建築美術を、ニューヨークのユニオンカレッジと上智大学で経済学を学んだ後、父が経営する赤坂のナイトクラブ『花馬車』に併設されたデパート部門『グラン・マガザン花馬車』を指揮する若き実業家であった。ガールの名前は訳詞家名を〝みナみカズみ〟といい、後の安井かずみである。ボーイの名前は新田信一、誰もが彼をジョージと呼んでいた。

その頃の東京は、生バンドが入るナイトクラブが最高の社交場で、『コパカバーナ』『ニューラテンクォーター』『花馬車』が並ぶきらびやかな一帯は赤坂租界とも呼ばれていた。ジョージの父、新田棟一は世界一の仏像コレクターとして知られた実業家であったが、日本が成長の急カーブを描く時代に、赤坂にナイトクラブの他にブティックやテラスカフェ――もちろん当時はそうした呼び名はなかったが――などを次々オープンさせていた。パリのシャンゼリゼにある二十四時間食べたり買物ができる店『ピュブリシスドラッグストア』にヒントを得たもので、長男の信一はその一軒を任されていたのである。

安井のエッセイによると、二人が初めて顔を合わせたのは六本木のイタリアンレストラン『キャンティ』だが、新田の記憶によれば、旧高松宮邸であった高輪の『光輪閣』。『キャンティ』の女主人、川添梶子が主催するピエール・カルダンのパーティの席であった。いずれにせよ初対面で意気投合した二人は、もう翌日には『花馬車』の隣にあった『ホテル・ニュージャパン』で会っている。

「ちょっとよれっとしたバーバリーのレインコートを羽織り——私の好みだった——グレイのフラノのズボンの足を組み——私の好みだった——英字新聞をひろげて——ちょっと気障《きざ》であるが——駅で汽車を待つ人のような、ざっくばらんな姿——とてもいい感じだった、（中略）その光景は即私に恋の準備をさせた。（中略）私の憧れをすでに体験——ヨーロッパの現地で美術を学ぶこと——をしていた彼は、即彼自体が私の憧れとなってしまった」（『女は今、華麗に生きたい』大和出版刊）

「パーティで安井さんは光っていました。着てるもののセンスもよかった。僕はまだ若くて、年上の人に憧れる気持ちがあったんでしょうね」

目の前の新田は取材時六十八歳、穏やかな声で、最初に「話せることと話せないことがありますから」と笑って断った。千鳥格子のジャケットの襟には、バロックパールのピンブローチが二つ並んでいる。

「お袋は日本人で親父が台湾の人だったので、戦後しばらくは僕の国籍は中華民国でした。高校一年まで中目黒にあるアメリカンスクールに通い、それからアメリカに留学したんですが、その時、日本国籍にしました。ほとんど外国語圏で育っているので、英語、イタリア語、フランス語、スペイン語はできても、日本語の漢字は四百ぐらいしか知らない。小さな頃から英語でものを考えるからみんなと話が合わなくて、ずっとアウトサイダーでした。安井さんと合ったのは、彼女は横浜育ちで、中華街も米軍基地も知っていて、フェリスで英語を学び、しかも絵を描いていたからでしょう。親父が美術品をコレクションしていたので、僕も美術や建築に関心が強く、古代ギリシア時代のエジプトや、古代ローマの骨董を扱いたいと思ってたんです。お互い、テニスやスキーなどのスポーツや車が好きだったことも、よかった」

少女時代の安井は、病弱で一人遊びが得意であった。彼女は、アートへの造詣が深く孤独の影をまとった青年に「同質であることをみつけだした」のだろう。二人には共通の友人知人が多かった。

「僕は友だちのレーサーの福澤幸雄さんとよく『キャンティ』に出入りしていて、安井さんが慕う川添梶子さんもよく知っていた。また、親父がやっているクラブではナット・キング・コールやフランク・シナトラを呼んでいたので、安井さんが懇意にしていた渡辺プロダクションの渡邊晋・美佐夫妻ともショービジネスの世界で顔見知りでした。狭い世界です」

新田と出会って間もなくの頃、安井は加賀まりことパリへ旅立っている。離れ離れの時間は二人をさらに結びつけたが、もう一つ、音楽も恋の触媒になった。

「彼女はアメリカンポップスやフレンチポップスの訳詞をしていたので、一緒にレコードを聴くと、まず僕がざっと意味を紙に書き取って、今度、それを彼女が歌詞にするんです。フランス・ギャルやサルヴァトーレ・アダモの歌とか、トランスレートしましたよ。あの人は作詞家になるだけあって言語感覚が鋭かった。英語でもフランス語でもパッと理解できて、語学の才能がありました」

初めてのデートから半年後、二人は、安井が暮らしていた南青山三丁目のマンションで同棲生活を始めた。

「僕にも彼女が必要だったし、彼女にも僕が必要だったんですね」

安井が訳詞家から作詞家へ転身していくのはその頃である。若い女性が紡ぎ出すお喋りそのままの詞は新鮮で、一九六五年、『おしゃべりな真珠』で第七回日本レコード大賞作詞賞を受賞した安井は人気作詞家へと駆け上がっていく。その高揚の時期を、新田は傍らで見ていた。

「レコード大賞をきっかけに安井かずみとしてガッと売り出していきました。あの時代はまだ戦争のあとだったから、今とは価値観が違う。世の中に名前が出るということが幸せに結びついて、上昇志向がなければ競争社会を生きてはいけなかったんです。今は、そうでなくとも十分幸せな人はいるけれど。彼女も名前が売れることに敏感な人だったので、売れていくことはとても嬉しかったんじゃないでしょうか」

お洒落であった安井がさらに洗練されていくのは彼の出現がきっかけだと、身近な人々は証言する。実際、海外旅行が庶民には憧れだった時代、欧米仕込みの新田の美意識が安井に与えた影響は少なくなかったに違いない。

「親父がお洒落な人でしたから、僕もファッションは好きでしたね。それに店のためにヨーロッパで家具やグッチやシャネル、イヴ・サンローランなどの服やバッグも買い付けていて、いろんなものを知ってました。ただ有名ブランドはあんまり好きじゃないんですが。当時はサンローランがすごくいい仕事をしていた時期で、『安井かずみ』になって歌が売れ始めた彼女は、自分の収入で好きなものを買っていました。僕は、Tシャツにジーパンといったシンプルでスポーティーな服装の彼女が一番よかった。家計はその頃から別々で、そこは彼女は僕によりかからなかった。生活費や旅行代はもちろん、僕が出していましたが」

その頃、若者に人気があった雑誌「平凡パンチ」の別冊「平凡パンチデラックス」のグラビアには、「かれんな女心を歌う」というタイトルで、センター分けのショートボブ、スレンダーな身体をパリの匂いがプンプンするファッションで包んだ安井の姿が紹介されている。そこで彼女は「新しいドレスと、遊ぶための分だけ仕事をすればいいの」と、笑っていた。

日本レコード大賞作詞賞の受賞から間もなく二人は仲間と志賀高原にスキーに出かけ、

その時、安井が踝《くるぶし》を複雑骨折した。恋人の手を借りなければ身動きがとれないギプスでの四か月の生活は、彼女の心を一気に結婚に向かわせた。

「結婚したがっている女が、その男をひとり占めし、その手中にするには、絶好のチャンスというかシチュエイションではあったから」（前出『女は今、華麗に生きたい』）

「僕が面倒をみているうちに結婚しようかということになりました。彼女は自分から『仕事をやめる』と言いました。その頃の僕は仕事も順調で、収入も安定していたので、今なら結婚できると思ったんですね。彼女の明るさが好きでした。ただ結婚を決めた後に親父が赤坂の土地を売ってしまったので、僕は親父と喧嘩《けんか》をして勘当状態になってしまった。親父は僕の結婚について何も言いませんでしたが、もしかしたら不満があったのかもしれない。でも、これはどこの家庭でも起こるクラシックな問題で、親父と長男というのはライバルですからうまくいかないんですよ。安井さんは男に『よし、頑張るぞ！』とやる気を起こさせるのがうまくて、僕を随分励ましてくれました。彼女の実家にも挨拶に行きましたよ。お父さんはエンジニアで、お母さんがすごい立派な方だった」

一九六六年十月十四日、新田と安井は、彼のイタリアでの身元引受人である画家のバルテュス夫妻の立ち会いのもと、ローマのヴィラ・メディチで挙式。新婦の指には、新郎がデザインしたダイヤの結婚指輪が光っていた。

「建築を勉強していた時に建物をすごく気に入っちゃって、そのお城で結婚式を挙げるのが僕の夢だったわけです。僕は紺のスーツで、彼女は池袋西武のサンローランで誂《あつら》えたイブニングドレス。今でも覚えてる、ベージュの生地に刺繍がしてあって、とても綺《き》麗《れい》なものだった。僕の友人が四、五人ぐらい来てくれたかな。式の後に写真を撮って、食事をするというこぢんまりしたものでした。それからの二か月は電車や飛行機や車を乗り継いでヨーロッパをぐるぐる回りました。ギリシア、ルーマニア、スペイン、オーストリア、チェコ、トルコ。新婚旅行でしたが、その時、僕は彼女にハッパをかけられて商売に燃えており、ヨーロッパの民芸展を開こうと買い付けも兼ねていたんです。結局それは開催できなかったけれど、いろんなところで民芸品を探しながら僕が好きなオペラを観たり、すごくよかった。イタリアの古い洋服屋で、彼女のクラシックなスーツを作ったりもしました」

　一九六七年の初め、ヨーロッパ旅行から戻った二人は、外国人用にしつらえられた代官山東急アパートの１ＬＤＫに新居を構えた。二百万円をかけた超モダンな内装は、新田がデザインを手がけたものだ。

「そんな大きな部屋ではなかったけれど、地中海ブルーと白でまとめて、古代ローマ時代の大理石で造ったヴィーナスの頭を飾っていました。僕の宝だったんです。その頃は畳の上にちゃぶ台を置いてご飯を食べるという生活が普通だったので、非常に贅沢ではありましたね」

しかし、誰もが羨むような生活をおくりながら、二人の間では微《かす》かな不協和音が聞こえ始めていた。

「私は自動的に、何気なく作詞を再開したが、自分の夫が何をしているのかまったく知らなかった。（中略）ヴィラ・メディチもルノワールもけっこうであるが、今や私は、原稿用紙とボールペン一本で、もっと確かに満たされている自分を感じ始めていた」（前出『女は今、華麗に生きたい』）

「彼女がグループサウンズの人たちと付き合うようになった頃から、うまくいかなくなりましたね。仕事だから仕方がないんですが、小さな頃からエルヴィス・プレスリーを聴いていた僕とは音楽の嗜好が違ってきた。それに僕はオーソドックスな生活を望んでいたけれど、あの人の場合は夜遅くまで人と付き合うことが仕事になるから、そのへんから違ってしまった。僕はよく癇癪《かんしゃく》起こしてましたよ。喧嘩のしこりが残る人と残らない人がいますよね。僕は五十歳の時に幼なじみと再婚しましたが、年のせいもあるのでしょうが、今の女房は残らない。安井さんは残った。でも、本当のところは僕に仕事がなくなったということが一番大きかったと思います。漢字を知らない僕のような人間は、日本ではあまり役に立たないからね。それでもなんとか二人で頑張ろうと、持っていた骨董品を全部売ってお金をかき集め、一緒にニューヨークに行ったんです」

安井が書いた伊東ゆかりの『恋のしずく』がヒットチャートを上昇していた頃、夫妻は世界一エネルギッシュだった街ニューヨークに移り住む。高校進学率が七六・八％に伸びて男女が肩を並べ、世界でスチューデントパワーが吹き荒れようとしていた一九六八年のことであった。

「当時、ニューヨークではジャクリーン・ケネディの影響でフランスが流行ってました。ファッションとか料理とか。フランス人の友人に誘われて、僕も宝石の仕事をやろうとニューヨークに行ったんです。僕は昔から人がいらないものを買ってきて、それを工夫して商品にするのが得意で、その時はアンティークビーズを買ってきて、それで首飾りとかファッションっぽいバンダナを作って一流デパートに卸しました。デザインは彼女がアイデア出したんじゃないかな。コネを使って『ＶＯＧＵＥ』に載せたら、超高級デパートの『ヘンリ・ベンデル』が置いてくれて、それからいろんなところで売れるようになった。夜作って昼間売りに行く。若かったから徹夜続きでも平気でしたが、手にタコができて大変でしたよ」

イーストサイドのアパートメント、レスリーハウスに暮らし、「VOGUE」の名物編集長、ダイアナ・ヴリーランドをはじめファッショナブルな人々と交流しながら、夫婦でアクセサリーを作っていた日々。安井は、その当時のことをいきいきとした筆致で、エッセイに綴っていた。

「ウールの手織りの、四センチ位の幅のひもをいっぱい買ってきて、腰で結べる長さに切り、私はダンボールの珠たちをイメージ通り様々に配した。並べ替えたり、スパンをふちどったり、ビーズでアクセントつけたりして、まあ、一種の手芸なのです。（中略）それから俄《にわか》に、東京の作詞家はニューヨークの新進デザイナーになるハメになってしまった」（『愛の回転扉』大和書房刊）

「アクセサリーはよく売れました。アメリカのサラリーマンの月収が三百ドルとか四百ドルぐらいだった時に、僕らは四千ドルぐらいの収入がありました。でも、グリーンカードを持ってるわけでないから、安井さんにはこれからどうなるのか、不安があったのだと思います。僕はその時はお金を稼ぐことに夢中で、彼女の気持ちをわかってあげられなかった……。苦労させました」

小さな綻《ほころ》びでしかなかった二人の間の齟齬《そご》は、ニューヨークという場所で決定的な亀裂となってしまう。

「ニューヨークってハングリーな人が多くて、厳しい街なんですよ。みんなひと旗揚げなくっちゃと命かけているから、そのプレッシャーたるや大変なもの。僕は向こうで暮らしていたから言葉もできるし、ハードでも結構面白かったけれど、あの人は元気がなかった。小さいから、歩いているだけでふっ飛ばされるしね。イーストサイドのビルの二十数階でポツンといたら、日本に帰りたいと思ったんじゃないかな。日本にいれば彼女は有名な作詞家でいられるわけですからね。よく喧嘩しました。あの人は優しいのに言葉がきついので、僕もカッとして手を出してしまったこともあります。申し訳ないと思いながらどうにもできず、彼女に優しくすることができなかった」

「男はよっぽどでなければ怒ったりどなったりはしないもの、ただ女のことを愛していて、その女が始末におえない感情のエスカレートや、男の自尊心（これが問題です、どこに、いつ、どんな風に彼の男としてのささえがあるのか？）を傷つけた場合、男は衝動的に手をあげる」（前出『愛の回転扉』）

「私は日本の歌を書きたかった。書いていけそうだった。この予想は、私が離婚する大きな引き金になったことは確かである。（中略）私は夫の知らない所で充実感を味わっていることを、誤魔化して続けていくより、潔い別れをとるのは当然だと考えた」（前出『女は今、華麗に生きたい』）

ニューヨークでの生活が八か月を過ぎた頃、安井は一人パリに発った。

「渡邊美佐さんがパリにいるというので、会いに行ったんですね。なんとなく終わりだなと感じました。一度ニューヨークに戻ってきましたが、彼女はその時にはもう日本に戻ると決めてました。頭のいい人だから先を見通せたのだと思う。正しい選択です。あのままニューヨークにいたら、彼女はきっと病気になっていた」

この時のパリで、安井はアダモの『雪が降る』の日本語盤レコーディングに立ち会ったと、エッセイに書いている。傷心の彼女を慰めるため、アダモは自身の世界的なヒット曲をもう一度安井の訳した日本語で歌った。安井の苦悩とアダモの友情が名曲を蘇らせたのである。

雪は降る　あなたは来ない
雪は降る　重い心に
むなしい夢　白い涙

鳥はあそぶ　夜は更ける
あなたは来ない　いくら呼んでも
白い雪が　ただ降るばかり

ラララララ……

雪は降る　あなたの来ない夜
雪は降る　すべては消えた
この悲しみ　このさびしさ
涙の夜　ひとりの夜

あなたは来ない　いくら呼んでも
白い雪が　ただ降るばかり
白い雪が　ただ降るばかり

ラララララ……

一九六九年三月、日本に戻った安井は川口アパートで一人暮らしを始め、六月、彼女が用意した離婚届に新田が判を押した。

「彼女は僕のためにも川口アパートの一室を押さえてくれたんですが、僕としては裏切られたような気持ちになってカンカンに怒ってました。男としてのプライドがありますから、ニューヨークでやり抜きたかった。彼女が日本に帰ってから夢中になれるものを必死で探しました。当時は、ジョナス・メカス監督などのアングラ映画が流行していて、僕も世界のヒッピーを撮ってみようと映画の勉強を始めた。結局、僕らの結婚が離婚という形に終わったのは、僕の結婚に対するイメージと彼女のそれが違っていたことに尽きます。あの人にはあの人の人生があり、道があったんです」

離婚後、安井は作詞だけではなくエッセイにも手を広げ、一人の自由を満喫しながら仕事や遊びに没頭していく。一方の新田は、その夏にニューヨーク州のベセルで行われた伝説のロック・フェスティバル「ウッドストック」でカメラを回し、アングラ映画の会社「ニューリアリズム」を立ち上げた。一九七〇年の大阪万博では、カナダ館で彼の撮った「ウッドストック」の記録フィルムが流れている。

別れた二人は、その後一度だけ青山で夕食を共にした。新田の横にはガールフレンド、安井の横には加藤和彦がいた。

「幸せそうでした。『いい人がいて、よかったね』と僕は言いました。加藤さんは頭がよく、優しい人だった。それから週刊誌などで彼女の活躍を見ると、頑張っているんだなぁって。あの人は頑張り屋さんでしたから」

一九九四年三月、新田はテレビニュースを見ていた母からの電話で、安井が五十五歳で亡くなったことを知る。

「彼女は走りきっちゃったんだなと思いました。一緒にいた時、僕は『あなたの生き方は突っ走りすぎだ。絶えず一番前を走っていなければ気がすまないなんて。もう少しスピード落としたら』と何度も注意した。彼女は山羊座なんですね。山羊が山に登るように、山羊座の人は上に登るのが生き甲斐で、あの人はまさにその通りでした。コーヒーを飲みつつ煙草を吸って、頭をひねって詞を書いていた姿が今も頭に浮かびます」

安井の思い出を語り終えた新田は、「お役に立ちましたか」と言って席を立った。これは、日本と青春時代を共有した世代の、ある恋の物語——。

危険なふたり

加瀬邦彦

二〇一〇年十一月二十二日の東京・五反田ゆうぽうとホールには、様々な年齢層の聴衆が集まっていた。グループサウンズ（GS）時代からの盟友、加瀬邦彦が率いるザ・ワイルドワンズと、ジュリーこと沢田研二のコラボ「ジュリー with ザ・ワイルドワンズ」が始動したのは同年の初頭で、この夜のステージがファイナルだった。揃いのステージ衣裳の五人がスポットライトを浴びて登場すると、満杯の客席は総立ちになった。

愛のピエロがかぞえた
愛のこころをかぞえた

たして引いてもかけても
ＡＢＣ　ａｎｄ　ＡＢＣ　ａｎｄ
シーシーシーシー

加瀬は六十九歳、沢田は六十二歳。メンバー全員六十代のバンドが二時間半をぶっ飛ばし、アンコールまで新旧のヒット曲二十五曲を会場に鳴り響かせた。その中には、安井かずみの書いた曲が五曲含まれていた。冒頭の『シー・シー・シー』のほか、『追憶』『あなたへの愛』『青空のある限り』『危険なふたり』。聴衆は全身でリズムをとりながら、思い出の曲を口ずさむ。

二十三歳の加瀬邦彦と、二つ年上の安井の最初の邂逅は一九六四年、日本中が東京オリンピックに沸いていた頃だ。当時の加瀬は慶應大学の学生でありながら、エレキの神様と呼ばれた寺内タケシが率いる、寺内タケシとブルージーンズのギタリストだった。寺内タケシとブルージーンズはエレキの演奏が中心であったが、加瀬は海の向こうから噂が聞こえてくるザ・ビートルズに傾倒し、自分たちの作った曲を自分たちで演奏しながら歌いたいと切望していた。

「それまでのバンドは楽器を持ってる人は演奏するだけ、歌う人は歌うだけだった。僕はインストゥルメンタルの曲は作っていたけれど、歌の曲も作りたくて一曲作った。でも、どうしても作詞ができない。それで、所属する渡辺プロの関係者に、安井さんにお願いして欲しいと頼んだの。エルヴィス・プレスリーやポール・アンカ、コニー・フランシスなどの歌を彼女が訳詞したのを聴いていて、いいなあと思っていたからね。彼女の詞は言葉が弾《はじ》けてポップで、今までの訳詞家とは違う感性というか、遊び心があったんだ」

だが、渡辺プロダクションの担当者は「お前はまだレコードを出したこともヒット曲も出したことがないのに、ZUZUに作詞を頼めなんて十年早いよ」と、にべもない。無理なのかと諦めかけると、「ZUZUがいいと言ってる」と連絡が入り、加瀬はギターを弾きながらハミングして録《と》ったテープと譜面を持って青山のマンションで暮らす安井を訪ねた。

「部屋に入ってまず思ったのは、すごいお洒落だなということ。インテリアもだし、彼女が着ている服もね。普段着だからそんなにお洒落しているわけじゃないのに、いいセンスしてた。親しくなってから僕は随分、洋服のことを教えてもらったよ。彼女はまだあまり作詞はしていなかった頃なので、自分より年下の人間が曲作ってきて、面白いと思ったんじゃない？　作詞を引き受けてくれた。で、できてきたのが『ユア・ベイビー』。♪昨日見たよ　お前のこと　二人づれで歩いていた♪という詞で始まる歌で、やっぱりいいなって思った。目のつけどころが違う。これがバンドで演奏や歌だけをやっていた人間が、作曲も同時に手掛けたという、日本歌謡界初めてのオリジナル曲。それから、『お前が作ったんなら俺も』とかまやつひろしさんとか、みんなが曲を作り出したの」

『ユア・ベイビー』は、最初は寺内タケシとブルージーンズで歌われて、レコードにもなり、二年後、加瀬がザ・ワイルドワンズを結成した時に、デビュー曲『想い出の渚』のB面でカバーされることになる。加瀬と安井は、この出会いから急速に親しくなった。

「僕は『キャンティ』のオーナーの息子と慶應の同級だったから、共通の知り合いも多くて、一緒に飲みに行くようになった。あの頃、ZUZUは加賀まりこちゃんやコシノジュンコさんと三人で集まることが多くて、よく『ご飯食べない?』と呼び出された。どういうわけか男は僕一人だけ。あの三人、ぶっ飛んでたから、普通の男なんかではまともに太刀打ちできない。僕は、なんとなくヘラヘラしていたから、よかったんじゃない?　いろんなジャンルの人が一緒になって遊んで、こんな風になりたいとか、こんな風に世の中を変えられるとか夢を持っていた時代だった。本当に楽しかったよね」

　加瀬と安井が作った一曲が蒔《ま》いた小さな種は、一九六六年のザ・ビートルズ来日をきっかけに一気に芽吹き、自ら楽器を演奏しながら歌うバンドが次々とデビューし、GS

ブームへと花開くことになる。ザ・スパイダース、ジャッキー吉川とブルー・コメッツ、ザ・サベージの人気が出て、加瀬もザ・ワイルドワンズを結成してその渦中に飛び込んでいく。そんな頃に、同じ渡辺プロダクションからデビューするグループがいた。ブームを過熱させることになるザ・タイガースである。

「はじめてジュリーに会ったのは、『想い出の渚』がヒットした頃。タイガースの五人が上京して、僕らのステージを見に来たんだ。彼は一言も喋らなくて、まったくカッコいいとも思わなかったから、メンバーの中で一番印象が薄かった。ところが、一緒に『新宿ACB』に出演した時、ステージを見て、こいつは凄い、こんなに豹変《ひょうへん》するのかと驚いた。独特のオーラがあって、客席全体に彼のエネルギーが行き渡るような感じがして、絶対売れると思ったよね。あれは持って生まれた華だね。それから話すようになったの。休みの日になると麻布のうちによく遊びに来てた。うちでご飯食べるのが好きで、飲めないジュリーに酒を教えたのはお袋なんだ。タイガースとワイルドワンズは一緒に夏休みもとっていて、彼はどこへ行きたいとかなくて、僕が海に誘えば、行くって言う。釣りもしたことないのについてきて、ボートで酔っちゃったり。うん、仲よかったね、その頃から」

一九六七年二月『僕のマリー』でデビューしたザ・タイガースは、『シーサイド・バウンド』『モナリザの微笑』と連続ヒットを飛ばし、ブレイク。毎週、毎月のように

「明星」や「平凡」の表紙を飾り、GSの頂点に躍り出た。ザ・タイガースに追随するかのようにザ・テンプターズ、オックスなどがデビュー。ブームがピークに達した一九六八年には、三百以上のグループが生まれていた。その中心にいたのが沢田であった。作詞家の故・阿久悠《あくゆう》は、著書の中でその魅力をこう描写している。

「何十というグループ・サウンズのソロ歌手の中で、沢田研二の魅力は群をぬいていた。華やかさだけではなく、艶《あで》やかさもあり、危険をはらんだ毒性もあった。少女たちは花を見、はるか年長のプロの男たちは、毒を感じて評価していた」（阿久悠『夢を食った男たち』文藝春秋刊）

マッチョな男らしさをよしとしてきたこの国で、沢田研二は、ジャニーズにはるか先行して男の魅力を書き換えた画期的なアイドルであった。同時にそれは女たちが自己主張を始めたこと、消費者としてマーケットの主導権を握りつつあったことを意味していた。

一九六六年にローマで結婚して長い新婚旅行に出かけていた安井は、ザ・タイガースのデビューを知らない。ヨーロッパから日本に戻った時、『キャンティ』のオーナー夫人、川添梶子から彼らの噂を聞かされたという。一九九一年の十一月、沢田のデビュー二十五周年を記念してNHKで放送された『沢田研二スペシャル』に、加瀬や大野克夫と並んで出演した安井は、沢田を前にその時のことを語っている。

「パリから帰ったら、川添梶子さんから『タイガース知ってる？　ジュリー知ってる？』と聞かれて、『知らない』と言うと、『時代遅れよ』と言って『新宿ACB』に連れて行ってくれたの。その時、ガーンとなった。こんな素晴らしいグループがいるのかって。ジュリーは目立っていましたね。普段はいっつも後ろにいる人なのに、ステージでは変わるんです」

沢田が「内田裕也さんが『キャンティ』に連れて行ってくれたりするんです。そういうところで、（安井さんは）作詞家然としていらした」と言うと、安井は「嘘ばっかり。みんなが、ジュリーがどこに座るか大騒ぎしてた」と、返している。

「ジュリーの貴公子のイメージを作ったのは安井さん」と司会の故・玉置宏に紹介された安井は、「あの頃、日本全国の女性はジュリーのファンでした。私はファン兼作詞家。一九六〇年代に海外に暮らして世界のポピュラーソングを知っていましたから、世界に出してもいいものを彼のために書いていました」と、笑顔を見せている。亡くなる二年半前の映像である。

加瀬・安井コンビの二作目は、ザ・タイガースの六曲目のシングル『シー・シー・シー』であった。レコーディングの前夜に発注された加瀬はこの曲をわずか三時間足らずで作り、メロディを聴いた安井があっという間に書き上げたという逸話を持つ作品だ。

「♪愛のピエロがかぞえた♪って何？　ＺＵＺＵ、これどういう意味なのと聞くと、『いいのよ、これで。これ言葉の遊びなんだから。言葉って色がついてるでしょ』と言った。彼女は絵描きだったから、絵を描く視線で言葉を探すところがあった。ああいう詞を書ける人は、今はいないな。僕らは一緒に遊んでいたから同じものを見ていて、感覚的にわかり合えた。僕はいろいろな作詞家の方と組んだけれど、ＺＵＺＵが一番合う。彼女は先に曲があったほうがよくて、あとから詞をつけてくれる。阿久悠さんなんか、最初に詞を原稿用紙にバーッと書いてきて、これでどうだ！　みたいな感じでくるから、もう字で脅かされちゃってね、作れないよ。ＺＵＺＵも、『加瀬クンの曲は、すぐにパッと詞が浮かんでくる』と言ってくれていた」

阿久悠は、「グループ・サウンズのヒット曲の中に、馴染みのある作詞家、作曲家の名前は一つもなかった。いずれも新しい名前であった」と、著書『夢を食った男たち』に書き記している。豊かになった日本でカルチャーが、音楽シーンが確実に変わろうとしていた。

しかし、ブームは長くは続かなかった。長髪やユニセックスなコスチュームで飾ったＧＳのコンサートで失神するファンが続出し、ケガ人まで出る事態が起こっていた。学校は生徒にコンサートに行くことを禁止し、『紅白歌合戦』には長髪でないジャッキー吉川とブルー・コメッツ以外出場できなかった。GSは規制すべき風俗、社会問題になっていく。サイケ、アングラ、ハプニング、フーテン、ハレンチなどの言葉が流行り、ファッションもミニ、ミモレ、パンタロンと百花繚乱《ひゃっかりょうらん》の中で、全共闘運動が全国の大学に波及していた。一九六九年に入ると、加瀬はGSの終焉を予感する。

「学生運動が激しくなってから若者の考え方が変わってきて、メッセージソングを歌うフォークが台頭してきた。ロックでも、アメリカで『ウッドストック』が開かれて、その流れが日本に伝わってきたから、GSが通用しないなとわかるよね。レコード会社もプロダクションもGSがいきなり売れちゃったものだから、お金を稼ぐことに夢中になって、音楽性よりルックス優先でメンバーを集めて売り出していけばいいと粗製濫造になっていた。でも、そうしたグループは曲も作れないから、既存の作曲家が作った曲をやっているだけ。それは、僕がビートルズに影響を受けて、自分たちで音楽を作りたいと思って始めたのとは別物だった」

一九六九年は、安井にとってもターニング・ポイントとなる年であった。前年から夫とニューヨークで暮らしていた安井は、一人でパリに向かった後、三か月間パリに住んでいて、友人のカーレーサー、福澤幸雄の死をきっかけにこの年の三月に日本に帰国していた。六月に離婚が成立した。一人で暮らしていくために家を買い、そのために稼がなければならなかった彼女を助けたのは、ザ・タイガース時代の沢田が出したソロアルバムだった。

「帰国、一週間後にジュリー（沢田研二さん）に再会。相変わらずハンサムで売れていた彼は、私の無一文さを救うべく、彼のレコード・アルバムを『ジュリー・ファースト』として、全作詞を書かせてくれた。／ありがたや！　売れ売れのジュリーのレコードの印税は、またたく間に銀行から借りた金の返済に役立った。ジュリーに感謝」（『30歳で生まれ変わる本』ＰＨＰ研究所刊）

一九七一年一月、ザ・タイガース解散。同年秋、ザ・ワイルドワンズ解散、沢田研二ソロデビュー。加瀬・安井のコンビが復活するのは、沢田のソロ五曲目、『あなたへの愛』からだ。ひとりになったジュリーは、加瀬の手でさらに高みへと駆け上がっていくことになる。

「その頃、外国でプロデューサーの地位が上がってきた。日本にない職業だから、僕はこれをやろうと思って、渡辺プロに、『ジュリーのプロデュースやらせてください』とお願いしたら、『うちにはそんな制度がないから社員になれ』と言われた。でも、僕は曲を書きたいし、絶対プロダクションの社員になんかなりたくなくて、契約社員という形でジュリーのプロデューサーになったの」

プロデューサー加瀬には、最初から沢田をこうしたいというイメージがくっきりとあった。

「せっかく日本の音楽シーンをポップなものにしていこうと思ったのに、GSがだんだん歌謡曲みたいになってしまったでしょ。だから、ジュリーで巻き返したいと思ったわけ。今までにないポップな歌謡界の歌手にしようってね。ヒントは、ロッド・スチュワート。ワイルドワンズを解散してから数年後、ZUZUとかまやつひろしさんの三人で彼のツアーを聴きにロンドンに行ったの。レンタカー借りて三か所ぐらいついて行ったけれど、ロッドはセンスがよくて、ステージもお洒落だった。ああ、ジュリーもこんな風に危なくカッコよくしたいなぁと思ったよね。化粧をしたり、ビジュアル面でも、次のシングルではどんな格好をするんだろうと期待される存在にしたかった。それはジュリーにしかできないことだった。彼は真面目だから、『えっ、こんな格好するの』なんて驚いてたけど、文句も言わず、すべてに全力投球してくれたよ」

一九七三年。円が高騰し、変動相場制が導入された頃、沢田が『危険なふたり』でソロシンガーとして初めてオリコン・チャート一位を獲得する。

今日まで二人は　恋という名の

旅をしていたと　言えるあなたは
年上の女《ひと》　美しすぎる
ア、ア、それでも愛しているのに

何気無さそうに　別れましょうと
あなたは言うけど　心の底に
涙色した　二人の想い出
ア、ア、無理して消そうとしている

＊僕には出来ない　まだ愛している
あなたは大人の　振りをしても
別れるつもり

きれいな顔には　恋に疲れた
虚ろな瞳が　又似合うけど
何で世間を　あなたは気にする
ア、ア、聞きたい本当の事を

＊（くりかえし）

今日まで二人は　恋という名の
旅をしていたと　言えるあなたは
年上の女　美しすぎる
ア、ア、それでも愛しているのに
ア、ア、それでも愛しているのに

「あの曲はZUZUに僕が頼んだんだ。タイトルは最初、違っていたの。会社は他の曲をA面にして、こっちはB面でいくというので、『絶対オリコン一位にしてみせますからA面にしてくれ』と説得した。それで、ジュリーとZUZUと『キャンティ』で会って、ZUZUにタイトルを変えてくれと頼んだの」

安井は、『危険なふたり』というタイトルが浮かんだのは仕事帰り、沢田を助手席に乗せて車を飛ばしていた時だったと、週刊誌で打ち明けている。

「あの詞は、ZUZUが自分をテーマに書いたような気がするんだよね。♪年上の女《ひと》美しすぎる♪なんて、図々《ずうずう》しいよな。♪それでも愛している♪なんて、これは絶対自分がそうされたい願望だよね。レコーディングの時に、ジュリーにそう言うと、彼は『そうですかね』と笑っていた。ZUZUはずっとジュリーに片思いしていたからね。恋人にはなれないとわかっていて、一緒にご飯食べたり、買物できたらそれでいいと思ってたんじゃない？　僕とのジュリーの仕事も心から楽しんでやっていたよ」

はだけた胸にパールを飾った白いスーツ姿の沢田が切なげに歌う年上の女への恋心は、その年の日本歌謡大賞の「大賞」に輝いた。

「ちょうど浅田美代子の『赤い風船』がすごい人気で、ずっと一位でなかなか抜けないわけ。あの曲もZUZUの作詞だから『どっちの味方なんだよ』と言うと、『こっちに決まってんでしょ』って。歌謡大賞の知らせも、ZUZUと一緒に海外で聞いたよ」

『危険なふたり』に続き、『胸いっぱいの悲しみ』『恋は邪魔もの』『追憶』と沢田は、加瀬&安井作品で次々とヒットを飛ばす。一九七五年一月には、『巴里にひとり』でヨーロッパ・デビュー。その際、安井は週刊誌で、ファン公認の女友だちとして沢田のことを「優しいし、きれいな、女性的にさえ見えるルックスと実はひどく男っぽい人間性」「パリジェンヌも彼に憧れた」と、熱っぽく語っている。

「パリやロンドンでレコーディングする時も、プロモーションでヨーロッパを回る時も、彼女は『私も行く〜』って追っかけて来たよ。渡邊美佐さんと一緒に来た時は、グレース・ケリーやシルヴィ・ヴァルタン、ジョニー・アリディが来るようなパーティに一緒に出た。そんな中でもZUZUは颯爽としていて、カッコいいんだ。ドレスの上に、ボロボロのデニムのジャケットをはおったりして。で、フランス語がペラペラ。海外に行くと、彼女のよさが際立って、僕もジュリーも加賀まりこもZUZUにくっついて歩いてた。『こういうところで輝くのは本物だよなぁ』なんて、ジュリーとよく言ってたもん。お洒落度は群を抜いていた。あんな人、なかなか日本にはいない」

加瀬は、十三年間、大衆の憧憬と欲望をかきたてる誘惑者・ジュリーをプロデュースした。そして、四半世紀が過ぎた暗澹《あんたん》たるこの時代に、再び「ジュリー with ザ・ワイルドワンズ」で沢田と組んだのである。

「ジュリーが還暦の時にやった東京ドームの『ジュリー祭り』を見て、やっぱりすげえヤツだと思ったんだね。日本の音楽業界がつまんなくなってきてるから、俺たちがまた何かやるのも刺激になるんじゃないかと、彼に声かけたの。ただ懐かしさだけではなくて、われわれの同世代の人たちに元気を与えたかったんだ。ZUZUが生きていたら、喜んだと思うよ。今やっても彼女の曲はすごくいいもの。また一緒に曲作りたかったな」

沢田研二はGSブームから一九八〇年代半ばまでの二十年を疾走し、日本の女たちを魅了した不世出のスーパースターである。その間、日本は動乱の時代を経てゼロ成長へ移行し、成熟への道を辿ってきた。音楽シーンは人々の意識を反映しながら色彩豊かに弾け、言葉が躍った。加瀬にとって沢田がカルチャーシーンを挑発しつづけた盟友であるように、安井も同じ時代を生きて闘った彼らの盟友であった。

文化学院の学生時代より通った『キャンティ』にて。
最新ファッションに身をつつんだ1970年頃の安井。

よろしく哀愁

金子國義

安井かずみの著作は、病床でつけていた日記も含めて三十八冊にのぼる。そのほとんどが女性の生き方やライフスタイルを綴ったエッセイであるが、生涯に一冊だけ書き下ろし長編小説を発表していた。一九七八年九月に刊行された『エイプリル組曲』が、それである。

デカダンな暮らしの中で恋にさまよう女、ケイの物語には時代の風俗がちりばめられて、安井自身の生活が色濃く投影されている。主人公の周囲を彩る人物の造型にも、実在の人を思わせる描写がそここに見られる。ケイが近親相姦《そうかん》をおかすほど愛している美しい兄・雪雄にも、モデルがいた。

「雪雄の寝ぐせで、捲《まく》れあがった衿足の生まれながらのカールした髪に、ケイはかるくキスして、もしゃもしゃと兄の髪の毛全体を弄《いじ》るのが好きだった」（『エイプリル組曲』光文社刊）

『エイプリル組曲』の表紙を描いた画家、金子國義の襟足がこんな風なのだ。安井と金子が出会ったのは一九六〇年代の終わり、安井が最初の結婚に終止符を打って間もなくの頃で、金子が作家・澁澤龍彦《しぶさわたつひこ》の勧めで初めての個展を開いてから二年ほどがたっていた。ファッションデザイナー、コシノジュンコが友人同士を引き合わせたのである。その瞬間に美意識の火花を散らせた二人は、ソウルメイトと巡り合ったことを悟った。

「最初に会ったのは、パリから戻っていらした頃です。すぐに意気投合しました。ZUは絵を描いていた人でしょ。僕の絵が大好きで、一九六七年に銀座で開いた最初の個展も見ていると、得意気に話してくれました。ほんとかなと思って後で芳名帳を調べたら、ちゃんと『安井かずみ』とサインが残っていました。彼女は、僕の絵を見て心臓が破裂しそうなほど興奮したようで、本当に好きだったみたい。それから僕を『ネコ、ネコ』って、愛称で呼んでいた。あの時代の仲間って、みんな、人と違ったお洒落をするのが生き甲斐という個性的な人ばかりで、誰もがエネルギーに溢れていました。ジュンコなんか、黄色地に黒の市松模様のスーツとかを着て、街を歩いていたらみんなが振り向くぐらい派手でしたよ。当時のＺＵＺＵは、ダークな色彩のあんまりデザインされていないものを好んで身につけてましたけど、ほんとにセンスがよくってねえ。人柄も意地悪なところが微塵《みじん》もなくて、気持ちのいい人でした」

金子も安井もコシノも、仲間たちはそれぞれのジャンルで脚光を浴びる存在になりつつあって、争うように自分を主張していた。その中で一九三六年生まれの金子と一九三九年生まれの安井は、審美眼も感性も嗜好も驚くほど似ていた。この頃は、「男と女の間に友情は成立するか」といった設問がよくとりざたされていたが、二人が週に一度は互いの家を訪ねたり、六本木のイタリアンレストラン『キャンティ』で食事をしたりする仲になるまでに時間はかからなかった。

「一言で言えば、ゴージャスという言葉が彼女には一番合っていた。それは作られたゴージャスでなくて、生まれながらのゴージャスを知っている感じ。僕も多分、そういうものを持っている。お洒落な人っていうのは、お洒落な人がわかるじゃないですか。僕らもいつも会った瞬間に、上から下までチラッと見て、あ、靴がちょっと違うなとかチェックし合っていたし、『今日は素敵ね』と必ず言い合ってましたよね。ＺＵＺＵは僕の審美眼を信じてくれていて、パーティに行く時も、『今日の髪形どう？』なんて聞くんです。キャンティ族の中では僕とＺＵＺＵのお洒落の競い合いがあって、それが楽しくて会っていたところもありましたよね。お洒落して胸はってお店に入って行くのが、我々の流儀。一緒にいると刺激があり、はりあいがありました。そういえば、『キャンティ』でお食事する時、彼女が最初に食べるのはサラダと決まっていた。サラダでお腹をいっぱいにしてから、メインをいただく。プロポーションを維持するためにね」

二人は兄と妹のように悩みを打ち明け合い、ファッションから文学、映画までを語り尽くした。

「僕、この間、山田五十鈴《いすず》主演の映画『おしどりの間』を観ました。もう十回ぐらい観てますけれど、ZUZUもきっと好きな映画だと思う。山田五十鈴が『私は貧乏なんて大嫌いッ』と言う台詞《せりふ》があって、そういう感性も僕とZUZUは似ていましたからね。お互い塵がなくても掃除するくらいきれい好きで、やっぱりこれはこうでなくちゃねとか、うるさいところがよく似ていました。彼女と何を喋っていたか……もうあんまり覚えていません。ジュンコが一緒の時、彼女が『私、停電でもメイクできるのよ』と笑わせると、ZUZUが『私はできないわよ』って言ったことぐらいかな。でも、ZUZUとはグレードの高い話しかしなかった。高級で耽美的な話。あの人が『私はフェリスだから』と言うのを何度も聞きましたが、フェリスで培われたものが大きかったと思います。知的な会話を好んで、ツーと言えばカーと通じる相手が好きでした。彼女がこう言うと、僕はどうだと言い返す。二人で喋ると、競い合って内容がエッフェル塔のように高くなっていく。今、彼女が生きていたら、僕たち、きっとまだ競り合っていますよ」

金子と仲良くなった頃、安井は恋人に会いに伊豆に行った帰り道、メルセデス・ベンツを運転中に崖から転落するという大きな事故を起こしている。すでにマスコミに名前が売れていた安井の入院は極秘にされたが、怪我は奇跡的に軽傷ですんだ。その経験があった安井は、金子が車を購入する時、迷うことなくベンツを薦めたという。

「『ベンツがいいわよ。私はベンツだったから助かった』と言われて、ベンツとジャガー・デイムラーを買いました。どっちも白。『白が似合う人は、日本ではネコ以外にいないわよ』と彼女に言われたものですから。スキーに行く時ももうどこへでも、白いベンツかジャガーで行きましたよ。あの頃、ZUZUは僕のアトリエにもよく遊びに来てくれて、置いてある油絵を見ては、『あ、これがいい』と持って帰るの。彼女の選んだものはいい作品ばかりです」

一九七〇年代に入ると、金子の絵は女性誌「婦人公論」の表紙に採用され、さまざまなメディアで脚光を浴びていく。一九七四年には、画家としての評価を決定付けた絵本『不思議の国のアリス』を刊行。その同じ年に、作詞家として売れに売れていた安井は、旬のトップアイドルのためにこの曲を書いた。

もっと素直に僕の
愛を信じて欲しい

一緒に住みたいよ
できるものならば

誰か君にやきもち
そして疑うなんて
君だけに本当の心みせてきた

＊会えない時間が
愛　育てるのさ
目をつぶれば　君がいる

＊＊友だちと恋人の境を決めた以上
もう泣くのも平気
よろしく哀愁

いちいち君が　泣くと
他人《ひと》が見ているじゃない

ふたりのアパートが
あればいいのに

おたがいのやさしさを
もっと出しあえるのさ
疲れた日の僕を　そっと眠らせて

＊（くりかえし）

＊＊（くりかえし）

郷ひろみの最大のヒット曲『よろしく哀愁』は、その後、吉田拓郎や桃井かおり、TOKIOの長瀬智也にもカバーされた名曲である。渡辺プロダクション所属の歌手に曲を提供することが多かった安井は、この頃から渡辺プロ以外のアーティストと組む仕事も増えていく。音楽シーンはシンガーソングライターの時代へ突入しており、吉田拓郎、井上陽水、松任谷由実、中島みゆきらの作った曲がヒットチャートの上位に登場するようになっていた。

安井の人生がただ一人の男に収斂《しゅうれん》されていくのは、それから間もなくのことであった。一九七五年の十二月二十三日、安井は、六冊目のエッセイ集『TOKYO人形』の出版記念パーティで加藤和彦と恋に落ちた。翌年、「二人とも一時も離れたくなかったので」という理由で、彼女はアメリカでレコーディングされた加藤のソロアルバム『それから先のことは…』の全作詞を手がけることにした。私小説のようなこのアルバムのジャケットには、安井がポラロイドカメラで撮ったというくつろいだ表情の加藤の写真が使われている。

「同棲してちょうど一年後。私たちは、銀座のマキシムでクリスマスをしました。そのとき、ふと彼がいったのです。『男が最も愛する女に与えられる最高のプレゼントは、結婚じゃないかと思う』と。（中略）私はその時、一生涯分のクリスマス・プレゼントをもらったのです」（安井かずみ・加藤和彦『ワーキングカップル事情』新潮文庫）

一九七七年、安井は親友のコシノがデザインしたウエディングドレスを着て、渋谷の本多記念教会で加藤と挙式し、『マキシム・ド・パリ』で披露パーティを開いた。以降、多くのヒット曲を生み出した人気作詞家の才能は、最愛の男のためだけに捧げられた。それは、加藤和彦という作曲家の才能もまた、一人の作詞家によって独占されたということを意味している。

「どんなに好きな人とでも、暮らしとなればマンネリスムというか、慣れ合いというか、ああ今日も又同じといった単調さはまぬがれません。／そこで多くのカップルも色いろ工夫しているのでしょうが、我が家は、音楽を作り出すという仕事が生活に割り込んでいますので、必然お互いがベストを尽くしてとり組み合うことになるのです。／ワーキング・カップルの面白さ、そして利点はここにその一つがあるようです」（前出『ワーキングカップル事情』）

加藤と結婚した安井は、独身仕様の自由な暮らしを夫婦仕様の健康で安定した生活へとギア・チェンジさせていく。それに伴い交友関係の地図も大きく塗り変えられていったが、金子とは変わらず親密な交流を続けていた。それは、金子が加藤とも昵懇になれたからである。

「結婚前は、加藤さんとは面識がありませんでした。でも、ジュンコに『今度、ZUZUと結婚する人はスペシャルランクの教養があり、趣味も性格もいいの。絶対、ネコとバイブレーションが合う』と言われて、実際会ってみると、その通りでした。センスが合ったんでしょうね。ZUZUたち夫婦と僕の仲間でよく食事や映画やコンサートに出かけました。あの二人は仲よくってね。外に出たら絶対手をつなぐというのが基本で、その姿がまた美しくて、素敵でした。まだ彼女たちが川口アパートで暮らしていた時、僕がカレー好きだと知って、加藤さんがカレーを作って招待してくれたこともありました。表にまで香辛料のいい香りがプーンとしていたこと、今でも覚えています。料理好きなところも僕と彼は趣味が合いました。そういう僕らを見ているのが、ZUZUも嬉しかったんじゃないですか。こういう言い方をすると誤解を招くかもしれませんが、僕やZUZUと合う人なんてそうはいませんから」

安井と加藤は、金子個人だけでなく金子の作品もこよなく愛した。一九八一年にリリースした『ベル・エキセントリック』以降、加藤のすべてのソロアルバムジャケットには金子の絵が使われており、安井と加藤の二冊目の共著『ワーキングカップル事情』の表紙や挿絵のイラストも金子の手によるものである。

「ZUZUや加藤さんと仕事をする時、打ち合わせなんてしません。『こうしてくれ』なんていう注文も一切なくて、全部任せてくれていた。それまで女性の絵ばかり描いていた僕が、男性の絵を描くようになったのは、加藤さんのアルバムがきっかけです。大抵は彼が鼻歌でメロディーを歌うデモテープが送られてきて、その素敵なメロディーを聴いていると、自然と絵が浮かんできた。それがそのままジャケットになるという感じで、これこそが僕の描く男性像の原点になっています。デモテープを聴いてると、いつも加藤さんてすっごい才能あるなぁと感心したものです。七枚目のソロアルバム『VENÈZIA』とか、ほんとうに、とても素敵なんです。……率直に言えば、その曲にZUZUの詞がつくと、ガタンと落ちるのが残念でしたね。彼女の詞は甘ったるくて。詞にやっぱりそういうのが入ってくるということは、彼女は加藤さんに甘えたかったんだと思います」

雑誌「ミュージック・マガジン」の一九八〇年十月号のインタビューに登場した加藤は、「作詞家が安井かずみになってから、変わった部分がありますか」と音楽評論家の北中正和に質問され、夫婦が共作する強みと妻への全幅の信頼をこう語っている。

「こういう感じでこういう詞をつけて下さいという頼み方はしない。ぼくが明確な意図を持って作ったメロディだと、説明しなくても、その通りの詞が出来てくるね。ぼくがララ……とハミングでうたってるテープを聞くだけで、歌詞が聞こえるというんだよね」

金子が、安井・加藤夫妻と組んだもう一つの大きな仕事がある。一九八七年に渡辺音楽出版から発売された『ニューヨーク・レストラン狂時代』、続く『ヨーロッパ・レストラン新時代』（一九九〇年刊）、『カリフォルニア・レストラン夢時代』（一九九一年刊）の「レストラン三部作」の装丁である。これは安井が敬愛してやまない、当時渡辺プロダクションの副社長で渡辺音楽出版の社長でもあった渡邊美佐のプロデュースで誕生したものだった。当初、渡辺音楽出版側は、ファッションや食に造詣の深い安井の単著として考えていたが、企画会議の段階で、安井が「加藤と二人でやりたい」と強くこだわり、夫妻の共著として出版されたという。

安井は、装丁に関しても「アートディレクションはネコに頼みたい」と熱心に希望した。黄色と赤と黒の表紙はとびっきり斬新で、今でも人々の目を釘付けにする。アメリカやヨーロッパの最上級にお洒落なレストランと、そうしたレストランを軽々と使いこなす安井・加藤の贅沢なライフスタイルが紹介された三冊。惜しみなく経費をかけて作られた本は、大衆の願望と欲望をそのまま先取りしていた。日本経済がアメリカと肩を並べた時代に、「レストラン三部作」は日本のグルメ本の嚆矢となったのである。

「ニューヨークやフランスで暮らしたことのあるZUZUはグルメでもあって、世界中の美味《おい》しいレストランを知っていましたね。あの時代、『フランス料理はあそこの店のあのシェフ、イタリアンはあそこの店のこのシェフがいい』なんていう話が通じたのは、彼女だけです。実際にそこで食べていて、料理人と互角に話ができるZUZUだからこそ、作れた本です。僕も取材に誘われましたが、その頃の僕は旅行が嫌いでしたから行きませんでした」

出版時、夫妻はプロモーションのためにいくつかのグルメ番組に出演している。その一つが日本テレビ系列『地球おいしいぞ!!』でフランスのカオール地方を訪ねた旅である。映像は今もネット動画などで見ることができるが、流暢《りゅうちょう》にフランス語を操る安井の横で、加藤が優しく笑っていた。まさに〝理想のカップル〟であった。

安井と加藤夫妻は、金子作品のコレクターでもあった。金子の個展や展覧会には必ず二人で足を運び、気に入った作品を買い上げた。

「二人が買った六本木の家にも、僕の絵が何点か飾られていました。あの家、ガラス窓が大きくて、外から中が丸見えなんですよ。僕が『どうするの?』と聞くと、『丸見えだから、かえって向こうは見なくなるよ』と加藤さんは言ってましたね。僕の絵はうまく飾ってありましたよね。あそこの家はまるで教会のようで、すべてがシンメトリーで、真ん中にマントルピースがあって、その上に絵が飾ってあったんです。ああ、センスいいなぁって思いましたよね。代官山のヒルサイドテラスで陶芸展をやった時も、一枚八万円の洋皿を何枚も買ってくださった。どれもこれもいいのばかり。あの二人、いい目を持ってるんですね。もちろん、審美眼で言えばZUZUがうんと上。加藤さんはZUZUが『いい』と言えば『うん』ですから、随分特訓されたんじゃないですか。彼は気取り屋さんでしたから。ZUZUが亡くなってから、加藤さんは、僕の絵を全部ギャラリーに売ってしまいました。彼女の匂いを残したくなかったんでしょうね。当時、二人の家に遊びに行ったジャック・ニコルソンが、僕の絵を気に入って売ってくれと言っても譲らなかったほど執着していたのに」

金子の記憶には、病いを得てからの安井の姿はない。覚えているのは彼女が亡くなったあと、鳥居坂教会で行われた葬儀で棺《ひつぎ》を担いだ場面だけだ。

「僕、楽しいことしか覚えていないんです。辛いこと、悲しいことは、すぐ忘れてしまいますから……。あの日は僕の個展が新宿の伊勢丹で開かれた日で、葬儀は午前中にありました。『ネコが一番前を担いで』と言われたので、僕が前の右を担いで、左側は沢田研二さんが担ぎました。加藤さんは誂えたばかりの素敵な三つ揃いのスーツ姿で、出棺の時まで立派に夫を演じていらした」

伴侶で、仕事のパートナーでもあった安井を失った加藤は、その一周忌を待たずにオペラ歌手の中丸三千繪と結婚した。周囲にはそれはあまりにも急な心変わりに映り、安井を愛した人たちを当惑させた。しかし、彼は、安井が参加した一九九一年の『ボレロ・カリフォルニア』を最後に、その後、一枚もソロアルバムを出していない。その理由の一つは安井の不在のせいだと、二〇〇四年に加藤は語っている。

「まあ、具体的に、作詞家としての安井（かずみ）がいなくなったっていうのもあると思うんだよね。曲が作りにくいというか、詞の部分のウェイトが非常に大きかったし、かわるべき作詞家がなかなか見つからないというか。『あの頃、マリー・ローランサ

ン』以降っていうのは、なかなか、ああいう詞って書けないよね。それがいないってい
うのと。それと、あとはなんだろうな。なんか、自分ではよくわからないけど、モチベ
ーションがないという事が大きいんじゃないかなあ」（「文藝別冊　追悼　加藤和彦」）

一九七八年にリリースしたレコード『ガーディニア』は、公私ともパートナーとなった加藤と安井が組んだ二枚目のアルバムである。そこで安井は「二人の未来にわかっているのはｔｏｇｅｔｈｅｒ一緒にいること」と最愛の男に歌わせた。少なくとも作品世界では加藤は誓いを守り、彼女の願いは叶《かな》ったのである。

安井が逝って十五年半後の二〇〇九年十月十六日、加藤は「ただ消えたいだけ」という言葉を残して、軽井沢で自死を選んだ。

「加藤さん、どうして死んじゃったんでしょうね。ＺＵＺＵが恋しかったのかもしれませんね。僕はＺＵＺＵはいい時に死んだと思います。ただ、いなくなってつまらないですね。互いに影響し合い、認め合っていた親友を失ったんですから」

金子の瀟洒《しょうしゃ》なアトリエは安井が通った頃のままで、時が滞留しているかのようであった。だが、日本の音楽業界はあの頃から大きく構造を変え、安井かずみが誇りにした作詞家という職業はもはや消えつつある。

赤い風船

太田進

安井かずみは、訳詞家、作詞家として生涯に四千曲もの歌を世に送り出し、多くの名曲を生み出した。女たちに向けて幾冊もの本を書いた。だが、八歳年下の加藤和彦との優雅でスタイリッシュ、愛の伝説に満ち満ちた結婚生活こそが、彼女が書き上げた最高傑作かもしれない。

安井が加藤と出会ったのは、一九七〇年代の初めである。当時、安井の恋人のミュージシャンが加藤の友人という縁もあり交流があったのだが、加藤にも福井ミカというパートナーがいて、恋には至らなかった。

その頃の二人は、出自とスタイルは違えど共にヒットメーカーだった。ザ・フォーク・クルセダーズからソロの時代を経て、サディスティック・ミカ・バンドを結成する加藤は、吉田拓郎の『結婚しようよ』や泉谷しげるの『春夏秋冬』など、さまざまなアーティストの曲をプロデュースしていた。

一方の安井も、沢田研二の一連のヒット曲をはじめ、書けばヒットチャートにランクインする勢いだった。TBSの人気ドラマ『時間ですよ』から生まれた『赤い風船』もそうした一曲で、筒美京平のつけた童謡を思わすシンプルなメロディと相まって八十万枚を売り、浅田美代子をスターダムに押し上げた。

あの娘はどこの娘　こんな夕暮れ
しっかり握りしめた　赤い風船よ
なぜだかこの手を　するりとぬけた
小さな夢がしぼむ　どこか遠い空

こんな時　誰かがほら
もうじきあの　あの人が来てくれる
きっとまた　小さな夢　もって

この娘はどこの娘　もう陽が暮れる

隣の屋根に飛んだ　赤い風船よ
なぜだかこの手に　涙がひかる
しょんぼりよその家に　灯りともる頃
こんな時　誰かがほら
もうじきあの　あの人が来てくれる
優しい歌　うたってくれる
あの人が　優しい歌　うたってくれる

この曲を作った頃、安井は、仕事にプライドを持ってはいたがそこに生き甲斐を感じていたわけではなかったと、エッセイに綴っている。

「脂は乗っていましたが、私の詞ははっきりいって『注文通りのオーダーメード』でした。世相には合わせていましたが、私自身の考え、私自身の感覚とはシンクロナイズしていなかったのです。（中略）私は『自分のしたいこと、いいたいことはなにも無理に仕事で表現しなくても、私生活の中で生かせばいいんだ』と非常にビジネスライクに割り切って考えることにしました。（中略）生活を持たず、いつも何かが欠落していた私は、それを埋めるために、仕事に没頭していくほかなかったのです」（安井かずみ・加藤和彦『ワーキングカップル事情』新潮文庫）

体と心をギリギリまで締めつけながら詞を書き、さまざまな男性をとっかえひっかえ、まるで「救急車代わり」のようにしていた安井の前に、独りになったばかりの加藤が現れたのである。二人の再会は一九七五年十二月、安井のエッセイ集『ＴＯＫＹＯ人形』の出版記念パーティであった。加藤の離婚を聞いた安井は「しめた」と思い、「明日、電話してください」と加藤に囁いた。それから、二人の運命は一本に編まれていくのである。

加藤は、自分のマンションを売り、持ち金を二人の暮らしのために遣い果たしてしまうような気前のいい男であった。一九七七年、結婚。「女は結婚して、男の人生にそっくりはまり込むわけではないが、（結婚の）基本は男の人生の種類に則ってする二人のクリエイションである」と安井が自ら著書に書くとおり、夕食も休暇も、すべての愉しみを夫婦で共有するのが安井の望んだ結婚の形であった。その抜きんでたセンスと経済力に支えられた生活は、日本経済がバブル期に突入して以降も、庶民には到底手の届かないものだった。

ライターの川勝正幸が、加藤を追悼した雑誌の中で「音活一致の美学」と題して夫妻の思い出を綴っている。一九八四年、ワインのPR誌の取材で、安井・加藤と共にウィーン、ヴェネツィア、ローマを巡った時、夫妻は、広告制作会社が用意したビジネスクラスのエアーと四つ星のホテルを、自費でファーストクラスと五つ星にアップグレードしたという。

「ルイ・ヴィトンのフルセットを肉眼で見たのは、この旅が最初で最後だった。ポーターたちがヴェネツィア本島の船着場に積んだ夫妻のラゲージは、小さなお引越しか！　打ち合わせで訪ねたスイートには、結婚式の写真などが入った銀製の写真立てが並び、ご自宅のリビングの一角がそのままテレポーテーションしたようであった」（「文藝別冊追悼　加藤和彦」）

この時、安井四十五歳、加藤三十七歳であった。

こうした多くの人々にため息をつかせた安井と加藤の生活を間近で見てきた人物に、太田進がいる。彼は、雑誌「週刊ホテルレストラン（HOTERES）」を一九六六年に創刊し、日本のホテル・レストラン業界を牽引してきた「オータパブリケイションズ」の二代目社長である。安井より二十歳、加藤より十二歳年下で、「サム」と呼ばれ、加藤の弟分として夫妻に可愛がられた。世界中のホテルを知るその見識と経験を信頼し

て、夫妻は旅に出かけるとなると、太田にコーディネイトを依頼するようにもなってい
た。

「『今度ロシアでレコーディングするから、ホテルをとってくれないか』とか、『二人で今度あそこに行きたいんだけれど、とってくれる？』とか。加藤さんは『一番いいところに泊まりたい』とか『ロールスロイスで迎えに来てもらいたい』といった注文はすごく細かくて、また僕はそれを受けるのが得意でしたから、『今回はベントレーでいいですか』とか。加藤さんは、旅ならサムに頼めといろんな人に紹介してくれました」

太田と安井・加藤が初めて会ったのは、夫妻が結婚して間もない一九七八年のハワイだった。十五歳からアメリカにわたり、当時、ハワイの寄宿制の学校で学んでいた太田のもとを訪れた母親が、安井と加藤を紹介したのだ。太田の母は、安井のテニス仲間であった。

「僕はバンドをやったりして、音楽にハマってましたから、かずみさんというより〝加藤和彦〟に会えるのが嬉しかった。会ったら、一方的に音楽の話をしまくる僕を加藤さんは全部受け止めてくれて、ああ、いいお兄ちゃんだなあという印象でした。かずみさんのことは母から素敵な人だと聞いていたし、作詞家だということも知っていましたが、どんな曲を書いていたのかも知らなかった。でも、ほんとうにカッコよくてね。もう他の人とは全然違って、オーラが立ち上っていましたよ。別れる時、『アメリカから帰っ

たら、うちに遊びに来なよ』と言ってくれて、ね。とにかく楽しい人たちでした」

再会は一九八二年。太田がアメリカでの武者修行を終えて帰国、父の興した会社に入社したのを契機に、夫妻の家に頻繁に出入りするようになったのだ。

「『みんなでメシ食いに行こう』『ディナー食べにおいで』って、加藤さんからよく電話がかかってきました。お二人の六本木の家ができてからは、いつも押しかけて行って、一緒にお茶飲んだりワイン飲んだり。そんな時、かずみさんの若い頃の武勇伝を聞いたこともあります。加賀まりこさんとサン・モリッツに行った時、ホテルが火事になり逃げたら、上から小さな袋がボンボン落ちてくるんだって。宝石の入った袋（笑）」

太田はその時すでに、二千五百泊以上を海外のホテルで過ごしており、世界中の富裕層の立ち居振る舞いを目に焼き付けている。そうした太田からしても、二人の旅のスタイルは特別に洗練されたものであった。

「世界のホテルで世界中のセレブのドレスコードやマナーなどを見て、学ぶところは多かったのですが、あの二人は最初から日本人離れしたものを持っていました。加藤さんは、サディスティック・ミカ・バンドで一九七〇年代にイギリスツアーをやってるぐらいだから、きれいなブリティッシュイングリッシュを話していました。かずみさんは英語もフランス語もできて、イタリア語も挨拶ぐらいはできたし、どんな人を相手にしても動じない雰囲気を持っていた。あの二人はホテルに入ったら、かずみさんの指示のもと、スタッフを呼んで部屋の模様替えや家具の配置転換をするんですよ。机を動かしたり、カウチを取り換えたりね。部屋が気に入らなかったらもちろん即、替えてもらう。海外の人がよくやるそういうことを、普通にしていましたよ。ロンドン、パリ、ニューヨークのセレブたちの集まりや、彼らがよく行くレストランに行っても、二人は全然違和感なくスーッと入り込んで、『ジャポネであなたたちは普通の人じゃないよね』なんて言われていた。かずみさんは、また、そうしたレストランに行くと妙にハマるんです。ウエイターのトップが来て、一所懸命マダムに向かって説明すると、彼女もそれに対して『こうして』『ああして』とちゃんと我儘《わまま》言うんです。そのやりとりは、見ているだけで面白かったですよ」

安井と加藤の旅の時間の多くは知識を深めたり、リフレッシュしたりすることに費やされ、海外の観光地で買物に夢中になる日本人像とは明らかに違っていた。

「フィレンツェに行った時、僕がネクタイを買いに行こうと誘っても、加藤さんは『別に〜』って。そのくせ、一八〇〇年代の聖書をほしがったりね。かずみさんなんか買物にまったく興味がないみたいで、『もうアートも物もいらないし〜』って。家に行くとすごくお洒落なオブジェとか絵がいっぱい置いてあったんですが、それは、たぶん彼女のセンスで選んだものです」

太田を感心させたのは、旅に行くにあたっての夫妻の熱心で徹底した勉強ぶりであった。

「ガイドブックから専門書まで、書物を山のように買い込んで、歴史からアートまでを頭にいれるんです。そしてお互い勉強した知識を交換し合う。それがたぶん詞や音楽に反映されていくんだろうと、僕は勝手に分析していました。音を生み出したり、詞を書いたりするクリエイターというのは、こういう思考回路になっているんだなぁ、って見てました。僕は、彼らがテレビの話題や芸能人の噂話をしているのを聞いたことがないんです。世の中、こうだという話もなかった。何でも話し合っていましたけれど、会話の中身がインテリジェントで、ワールドワイドなんですよ。レベルが違う」

こうした夫妻のスタイルは、もちろん、二人の共同作業ではあったが、主導したのは「女はそれ（筆者注・男の仕事）に上手にアジャストしながら、自分のキャリアなり、好みなり、理想なりを盛り込んでゆくのが、夫婦のライフ・スタイルになるのだ」と著書に書く安井であった。

「加藤さんを崇拝する僕に、うちの母が言ったことがあります。『加藤さんはかずみさんと出会ったことで、相当いろいろ学んだのよ。フォーク・クルセダーズでミリオンセラーを出した時は、エスタブリッシュの世界にくるような人ではなかった。かずみさんによって、立ち居振る舞いやワインのこと、絵のことなどを学んでいったのでしょう』って。確かに、いろんなシーンでかずみさんが『こういう時はこうなのよ』と言って、加藤さんが『うん、そうだね』と納得していました。しかし、ただ影響を受けていただけではなく、加藤さんはかずみさんを凄く愛していて、彼女にとってベストは何かということを一番に考えてたんじゃないかな。夕食は二人で食べようというポリシーを守っていたし、かずみさんが『ハワイに行って、ゴルフしたーい』と言えば、そうする。加藤さんって本来は色が白く細くて、太陽を浴びるような人じゃないから。でも、かずみさんに付き合ってカパルアに別荘を買い、一月は必ずハワイに行っていた。かずみさんのこと考えて全部やっているというのはわかりましたよ」

加藤は安井との生活を大事にしていると公言し、どんなに多忙でも、二人で夕食を摂るという決め事を破ることはなかった。

一九八八年、加藤の掛け声のもとに高橋幸宏、小原礼、高中正義が集結し、桐島かれんをヴォーカルに迎えて復活したサディスティック・ミカ・バンドのアルバム『天晴《あっぱれ》』（発売は一九八九年）のレコーディング時のエピソードがある。夕方になると、スタジオから加藤の姿が消え、休みの日も出てこなかった。作業が大詰めに入った年末年始には、安井とハワイに行ってしまい、周囲を呆《あき》れさせた。この『天晴』には加藤が作曲し、安井が作詞した曲が二曲入っているが、新しい音楽性を追求したアルバムの中でこの二曲だけがどこか古めいており、浮いている。

　太田は長い付き合いの中で、安井と加藤がケンカをしているところを見たことがない。

「加藤さんが言うことをきいちゃうんですね。時々、ムッとしているなというのもわかるんだけれど、『うん、わかった』『じゃあ、そうしよう』って、かずみさんの言い分を受け入れちゃう。だから、かずみさんの女友だちがよく『あなたはいいよね。自分がやりたいことをやり通せて』と羨ましがっていました。それに対してかずみさんは、『あなたは子どもがいるじゃない。普通の家庭に入って、普通の女の人がやるようなことをやるのならこの人とはたぶん一緒にならなかった』と言っていた。二人の間には、一緒に生きるためのルールが出来上がっていたんでしょう」

　しかし、加藤は安井の望みも我が儘もすべてきいてはいたものの、それを周囲に強《し》いることはなかった。安井が加藤のマネージャーに「私のこともマネジメントしてほしい」と望んだ時、加藤は彼に忠告している。

「ＺＵＺＵは全部自分だけにエネルギーを向けられないと気が済まなくなるから、苦労するよ。やめたほうがいい」

　加藤は、安井のそうした性格も含めてすべてを受容していたのである。そして安井のほうも、加藤を中心に世界が回っていた。女友だちの目には「気を遣いすぎで痛々しい」「尽くしすぎ」と映っていても、彼女は喜んでそうした。
「男に気を遣いたいために結婚しているのである。／男に気を遣うことほど、女にとって、女らしい嬉しい気持のする行為はない。（中略）男に気を遣うということは、ひいては自分に気を遣うことなのである。（中略）女は懸命にその男との愛と人生を守るのである」（『女の楽しい結婚方法《バイブル》』大和出版刊）
加藤の作った曲のためにしか詞を書かなくなっていた安井の関心の大半は、伴侶との生活に向けられていた。詞に代わって結婚生活が世間に流通していき、あの時代、メディアでは、二人は理想のカップルであった。そうした完璧に映る夫婦であったからこそだろう、仲間うちでは加藤に恋人ができたという噂が何度か流れたこともある。
「そうした話は出ては消えて、出ては消えて、いっぱいあったんですが、どれも噂だけ。加藤さんは優しい人だからモテました。女性のほうからアプローチしてくるんです。たとえば一緒に写真を撮っただけで、すぐ話題になったりしていた。『あの人との噂を聞いたんだけれど』と僕が聞くと、『まったくないよ』といった答えが返ってくるだけでした。僕も、あり得ないと思っていました。だって、常にあの夫婦は二人で一つで、離れられない状況にありましたからね。どうやってかずみさんの目から逃げるのか、って。

二人が一緒の時はほんとうに幸せそうだったし、お互い、他の誰とでもあんな関係は結べなかったでしょう」

太田にも、強力なマグネットで結ばれた安井と加藤は憧れの夫婦であった。

「こういう夫婦が理想だと思っていたので、結婚する時に仲人を頼みました。『ああ、やったことないね。面白いからやろうか』と引き受けてくれました。『楽しくやってちょうだいね。二人は二人のルールを作ってやっていけばいいんじゃない』と言われて、クリストフルのフルセットを結婚祝いに贈られましたよ。ずっしり重くて、わぁー、すげえって」

一九九一年、太田は、自社が発行する月刊誌「ｔｈｅ ＨＯＴＥＬ」でイタリア特集を組んだ時、安井・加藤夫妻に登場してもらうことにした。広告の仕事でも夫婦二人で登場するもの以外は受けなかった夫妻に、いかにもふさわしい仕事であった。題して「加藤和彦・安井かずみのイタリア華麗なる休日」。グラビアには、イタリアの街並みやリゾートホテルに溶け込んだような、お洒落で贅沢な雰囲気を漂わせた二人の写真が並ぶ。前文に、安井は「自分の知的好奇心と常に貪欲に学ぶ姿勢」から、「思い入れのある過ごし方」が生まれると書いていた。

「二人にモデルになってもらって、いろんなところに行きました。イタリア屈指のリゾート、ポジターノとか、サルデーニャとか。当時は日本人ノーサンキュー、取材はノーサンキューだったところばかり。僕が先に現地に入って何度か通い、オーナーに直接会って口説いたんです。ブルガリのオーナー、パオロ・ブルガリ氏へも二人がインタビューしました。『写真、色々と撮るからいっぱい服を持ってきてね』と頼むと、ほんとうにいろいろ持って来てくれましたよ。こういう旅をしている時は、かずみさんは加藤さんや僕を『お前たち、オーダー係』なんて言って、僕らに食事のメニューを選ばせる。ヴェネツィアに行った時は、『ハリーズバー』に行って、ポレンタやイカスミ食って、ベリーニ飲んで。かずみさんはとても元気でよく飲み、よく食べて、夜中まで喋っていた。シャンパンが好きで旅の間はよく朝から飲んでたので、朝シャンのかずみちゃんと、僕らは呼んでいました」

この旅の終わりに、ある出来事があった。イタリアの空港で帰りの便に乗り込む時、たまたまそこに居合わせたオペラ歌手の中丸三千繪を、彼女と旧知であった取材スタッフの一人が安井と加藤に引き合わせたのである。この出会いが、加藤と中丸を結ぶきっかけになるとは、無論、この時の太田は知らない。東西冷戦時代は終わり、湾岸戦争が始まって、日本経済衰退の予兆がかすかに見え始めた時期である。

それから三年後の一九九四年三月十七日、安井は一年の闘病生活を経て、肺ガンのために死去。その一周忌を迎える前に、加藤と中丸の結婚が発表された。近しい人の話によれば、この頃の加藤は安井の服も靴もバッグも、二人で集めたアートもすべてを処分して、安井の写真さえ一枚も手元に残さなかったという。

「安井さんの死後、加藤さんが『キャンティ』で食事をしている時に、中丸さんが『イタリアでお会いした中丸です。今度、コンサートに来てね』と声をかけたのがきっかけで、交際が始まったと聞いています。加藤さんは、自立していて、自分を出せる強い女の人が好きなんですね。加藤さんから、『今、三千繪ちゃんと二人でイギリスにいる』とか電話をもらっていましたが、結婚すると聞いた時はさすがにあまりにも早いんじゃないかと気にすると、彼は『ま、いいじゃない』と。加藤さんはかずみさんの看病も含めてもの凄くがんばったので、次の人が現れて癒されるなら、それも悪くはないと思いました」

だが、加藤と中丸との結婚生活は長くは続かず、五年でピリオドが打たれる。二〇〇九年十月に軽井沢で自死するまで、加藤に恋人が途切れることはなかった。けれど、加藤がどんな恋をしようと、友人たちが彼を語る時には安井が切り離せない存在として登場するのが常であった。安井こそ加藤のベスト・パートナーであり、安井を失って以降の彼はまるでベースをなくしてしまったかのようだったと見る向きは多い。それほど安井と加藤の結婚生活は、完成度の高い〝作品〟だったと言えるだろう。

「加藤さん、どうしちゃったのと言うぐらいぐちゃぐちゃでしたね。服装も、スーツはいいやみたいになってきて、ジーンズ姿が増えた。もともとクリエイターだからスタジオに籠もるタイプなんです。加藤さんは、かずみさんのところにいったんですね。加藤さんの死後、僕は、かずみさんの眠る青山墓地に行って『加藤さんがそっちにいったから探してあげて』と言いました」

安井かずみの作った歌は今も多くの人の記憶に焼きつき、心を揺らす。彼女が三十八歳のときから十七年の人生を賭けて書き上げた愛の物語も、いまだ色褪《いろあ》せていない。

不思議なピーチパイ

大宅映子

我々が知る安井かずみの人生は常にスポットライトが当たり、キラキラしいものである。だが、その生活は、一九七七年に加藤和彦と結婚したのを契機にガラリと変わっていった。日本が高度成長を完成させ、大衆消費社会へなだれ込んでいった一九六〇年代から七〇年代半ばまでの安井は、数多《あまた》のヒット曲を書きながらどこまでも自由で、あくまで奔放で、危なく、アンニュイな魅力に溢れた女だった。加藤と結婚して以降の彼女は変わらず女たちのロールモデルであり続けたが、世の中の志向を先取りするかのようにテニスを始め、昼型の健康的なライフスタイルへと生活を一変させた。

「私は何かに追われるようにハードスケジュールをこなし、肉体を傷めていきました。

不眠症、頭痛、腰痛、肩こり。あまりの過労で胃が食べ物を受けつけなくなり、ほとんど栄養失調のようになりました。そんなときは毎日のようにブドウ糖の注射を打ってもらいながら、仕事を続けました。絶対に書ききれないようなスケジュールを取るので、もうこれで私は気がおかしくなる、といった瞬間をよく味わったものです。そんな夜は震えおののいて、孤独をいやという程かみしめたものです」

「加藤と一緒になってから、それでは体がもたないと考え始めたのです。二人で生活するのが面白くなったので、もっと広げたい、長続きさせたいと、生活に欲が出てきたのでしょうか」（安井かずみ・加藤和彦『ワーキングカップル事情』新潮文庫）

独りの夕食を何より恐れていた作詞家は運命の男と出会い、生活の重点をワークからライフへ移すことを望んだのである。自ら盟友と呼んだ加賀まりこやコシノジュンコらとの絆《きずな》も徐々に薄れ、交友関係も大きく変わっていく。五十五年で幕を閉じた安井の後半生、「再婚以降」に現れた大切な友人は、評論家の大宅《おおや》映子であった。

「ZUZUのお葬式の日、加賀まりこさんに『あなたはZUZUというお月さまの裏側しか知らないのよ』と言われました。確かに、私は月の裏側というより太陽になってからの彼女しか知らない。けれど、若き日の武勇伝は聞いています。大麻所持で捕まった時のこと。留置場で出された食事を一切摂らなかったので、心配した刑事に『どんなものなら食べてもらえるのでしょうか』と聞かれ、『キャッフェ・オ・レとクロワッサーン』と答えると、刑事は『キャ、キャって、それは何ですか』と言ったとか。鼻にぬけるフランス語の発音が何度聞いてもおかしかった。彼女は和彦さんと結婚して、そうした過去も含めて生活を変えようとしたんでしょう。一人でがむしゃらに生きていくのと、男と生活するのは違うと断言していました」

売れっ子ジャーナリストと人気作詞家の出会いは、日本経済が絶好調であった一九八〇年代の半ばに遡る。松田聖子や小泉今日子らアイドル歌手がブームで、女子大生がもてはやされ、女たちは率先して消費を楽しみ、贅沢は誰もが手を伸ばせば届く快楽だった。二人が意気投合したのは、カルティエが主催するテニストーナメントの帰りのバスの中であった。

「きっかけは、昔の流行歌です。知っている歌で盛り上がって、二人で古い歌を何曲も歌いながら帰りました。それまでの彼女は私にとって華やかで、別世界のスターだった。ある女性雑誌でカルティエの特集があった時、安井かずみは全部自前のものをつけてグラビアに登場していたのに、次のページを開くと大宅映子は全部貸し出し。エッセイには、男はアフリカに限るとか書いている。すごい人生をおくっている女がいるもんだなあって思った。でも、そこから一気に距離が縮まって、夫婦二組でよく遊ぶようになりました。ハワイのカパルアの別荘にも、毎年家族で招待してもらっていました。私はZUZUの影響をとても受けてるの。彼女に『今日の格好、つまんない』と言われるかと思うと、服を選ぶのもすごく考えた。国際人で考え方に一本筋が通っていて、気に入ったものしか身につけず、自分の価値観を頑固なまでに譲らない。他人の子だって、間違っていると思えば叱る。今、そんな人いないんじゃない？」

一九三九年生まれの安井と一九四一年生まれの大宅は同世代であるが、安井が二十一歳で世に出たのに対して、大宅がメディアに登場するのは三十七歳の時と遅い。まだ女の人生の選択肢が限られていた時代に生まれた二人のキャリアの選び方は、ある意味対照的でさえある。偶然のように訳詞を始め、作詞家という天職を得た安井と違い、稀代のジャーナリスト大宅壮一の末っ子として生まれた大宅が確固たる職業を手にしたのは、二人目の娘が小学校に入学した後であった。

「大宅家の中で末っ子だった私は異端児で、みそっかすでした。何でも一人でやるし、戦後教育の〝第一期生〟だから男女同権は当たり前のこと。しかも、姉たちは母に似て美人だけれど私は父似で〝ブス〟と言われて育ったので、玉の輿《たまのこし》に乗る道はない、一人で生きていくんだというのを子どもの頃から刷り込まれていました。本当はアメリカに行きたかったのですが、父は見かけによらず気が小さくて、私を外国には出したがりませんでした。だから代替の選択として創設間もない国際基督教大学（ＩＣＵ）に入学したけれど、創成期で評価も定まらないＩＣＵを選ぶって変わったヤツが多かった。東大に合格したのに振って来たりね。世の中のモノサシに引きずられない自分を持った人が多くて、大学の中には人と同じようなことをやっていてはダメだという空気が流れていたの。人と違う論理を構築して、相手を説得しない限り存在する意味はないみたいなところがありました。そういうところは、パリやニューヨークで暮らしたＺＵＺＵも同じだった」

人生の道程は違っても、互いに相手の仕事や生き方へのリスペクトがあったのだ。大宅と安井には最初からスパークするものがあり、気が合った。

「日本人で親友というと、頭の先から足の先までべったりしていなきゃ嫌だという感じがするけれど、そういうのじゃなかった。違うから面白いという関係でした。私は元々そういう人間でしたが、それに輪をかけたのがＺＵＺＵ。意見が違うのが当たり前という前提なんです。戦争の話になった時、彼女が『日本が負けた時、フィリピンみたいに英語を公用語にしちゃえばよかったのよ』と言うから、私が『そんなことあるもんか』。ギャーギャーやり合う二人を、横で旦那たちが、また始まったよとニタニタ笑いながら見ている。議論を闘わすことができた。だって、四十五年も同じ男と暮らしている私と、世界をまたにかけて恋をしてきた人と、本来は話が合うとは思えないじゃない？　でも、違うからよかったの」

最初から安井は、遠慮なく自分の意見と価値観を表明したという。大宅の主張やセンスを認めたうえで、「化粧だけはどうにかしたら」と忠告し、「ジュエリーっていうのはどこのメゾンのものかによるのよ」と教えた。

「例えば私が二、三万円の指輪をしていると、『くだらない』って言うの。彼女は厳選するから数はそう多く持っていないけれど、つけている宝石は二千万円の指輪とかですからね。あの頃、四十代でおばさんじゃないという先行指標だったのでしょう、作家の森瑤子《ようこ》とZUZUと私で雑誌やシンポジウムで話をすることが多かったんです。ある雑誌で鼎談して、シャネルが好きという話になった時、『一着や二着シャネルを買って、シャネル好きなんて言わないでちょうだい。ラックの端から端までバーッとシャネル買ってから、シャネル好きだって言うのよ』と言われて、私と森瑤子はシュン……。テニスシューズにまでシューキーパーをして、十五年前の靴でもとてもきれいに履いていました。エルメスのケリーバッグを買っても五十歳までは持たないと決めて、ちゃんと箱にしまってあるの。うちの娘が高校生でゴルフをやった時は、『早すぎる』って、すごく叱られました。私もテーブルについ足をのせたら、まあ怒られた、怒られた」

雑誌「クロワッサン」の一九八九年四月十日号では、件《くだん》の三人で「おばさんとは、呼ばせません、わたくしたち。」と題した鼎談が行われている。そこで安井は「夫と妻としての素敵な関係が稀薄になった女は、どうしてもおばさんになってしまう」「男を愛するとか、男に対する尊敬とか、より愛されたいという努力、そういう環境を持っている人は、おばさんにならないと思いますね」「その人が自然に学んだことを表現しながら生活していくのが、知的な女の人生だと思う」としたうえで、さまざまな自己管理を披露している。毎朝十五分のストレッチ、バカンスに行った時は一番細いビキニを着て緊張感を保つ、自分に似合うものしか着ない、部屋に等身大の鏡を置く……。

「『知性が許さない』というのは、二人でよく使った言葉ですね。高すぎるブランドものとか、高すぎるご飯だとか、何にでも知性の許す範囲というのはあるということ。ZUZUは結構辛辣で、団地で主婦がマイクを向けられて『税金が重くて生活が苦しい』なんて言うのを聞くと、『嘘つけ、税金を払ってないくせに』なんて言っていた。彼女には努力して作詞家になったという自負があったのでしょう。努力をひけらかすなんてカッコ悪いことはしないけど、自分の仕事には自信を持っていたと思いますよ。そして、あれだけ芯が強く確固たるものを持っていた人でありながら、男に甘えられる人でもあった。和彦さんのこと、甘い声でダーリンと呼んでいたけれど、そんなこと私なんか絶対に言えません」

大宅が安井と懇意になった時には、安井・加藤夫妻は既に日本一カッコいいカップルとして女たちの憧憬の対象であった。アーティスト同士の共働きで、八つ年下の夫は料理が得意、夕食は着替えをして必ず夫婦で愉しむ、年に二回は長い休暇を海外で過ごし、夫も妻も自他共に認めるファッションリーダー。結婚直後に出された共著の『加藤和彦・安井かずみのキッチン＆ベッド』は、ワーキングカップルのバイブルになっていた。

安井は、さまざまなところで「結婚してからが人生の本番」と書いている。雑誌「ｗｉｔｈ」の一九九〇年四月号で夫婦対談をした折には、こんな発言をしていた。

「結婚したら自分以外の相手のことを認め、なおかつ愛し、共存していかなければならない。それはとてもハイレベルなことですもの。知性も感性も必要になってくる。でも、それをやらなければ一人前の人間にはなれないの」

二人の生活を、日本中がショーウィンドーに飾られた商品のように見ていた。キャンペーンごとに流行を発信していた資生堂は、一九八〇年春のキャンペーンＣＭソングを安井と加藤に委ねている。竹内まりやの名前を世に知らしめた、初めてのヒット曲『不思議なピーチパイ』は四十万枚を売り上げて、その明るい歌は夫妻の幸福そのもののように映ったものだ。

思いがけない　Good timing
現われた人は　Good looking

巻き込まれそな
今度こそは
それならそれで
I'm ready for love
ふりそそぐ陽ざしも
Wow wow wow
Good timing

＊恋は初めてじゃない
けれども
恋はその度ちがう
わたしをみせてくれる
不思議な　不思議な　ピーチパイ

かくしきれない
気分は　ピーチパイ
わたしの気持は　七色に溶けて

いい事ありそな気分は　ピーチパイ
春のざわめきが　手のひらに舞う

街を歩けば　Good timing
ときめくハートが　その証拠
人生が　今キラキラと
近づいてくる
I've got my feeling
あの人のイメージは
Wow wow wow
Good timing

＊（くりかえし）

光にゆれる気分は　ピーチパイ
私の体を　バラ色に染めて

恋が始まる予感は　ピーチパイ
小さな私の　宇宙はまわる
光にゆれる気分は　ピーチパイ
私の体を　バラ色に染めて
そして不思議な　気分はピーチパイ
ちょっとまぶしい　大人の世界を

「私がＺＵＺＵと仲良くなったのを知った人によく『着替えて夫婦でディナーなんて、毎晩やっていられるのかな』って聞かれました。でも、あの二人は本当にやっていましたよ。夕食時に突然お宅にうかがったこともありますが、ある時は、すごい銀製の鍋でおでんを作ってた。カパルアの別荘に行った時は、朝食は和彦さんが作ってくれるの。ＺＵＺＵはコーヒーをいれるだけ。食べた後は、彼女はストレッチ用の服に着替えてストレッチして、『便秘はいい女の条件じゃないから』と言って出すものを出す。そうしないと一日が始まらないんです。夕食を作る時は、和彦さんはちゃんと前掛け締めて、帽子までかぶっていた。パーティに行っても、ＺＵＺＵは和彦さんにすべて持たせて、何でもやってもらっていた。男の沽券《こけん》なんか捨てていたのが、彼のえらいところ。私の趣味ではないけど、こんな男の人が〝一家に一人〟いたらいいと羨ましかった」

二人の生活ぶりは、親友から見ても豪奢《ごうしゃ》を極めていた。安井が「衝動買いしちゃった」ものが、カパルアの別荘であった。大宅の目には、ハワイの空港で自分たち一家の到着を待っていた二人の姿が焼きついている。真っ黒に焼けた安井は、決まって白いポロシャツに紺かカーキのショートパンツというスタイルだった。

「背の高い和彦さんの横に小さなZUZUが寄り添う姿は、『小さな恋のものがたり』のチッチとサリーのようで様になっていた。ただ、別荘なんて、〝贅沢は敵だ〟の大宅壮一の家で育ってる私にはあり得ない話。和彦さんからの誕生日プレゼントが紫色のポルシェであったり、クリスマスプレゼントがカルティエの五百万円のイヤリングであったり。もう笑うしかないでしょ？　私が『いいな』と言ったら、『何、贅沢言ってんの。映子は二人の宝物の娘がいるじゃないの』とピシャリと言われました」

大宅を感心させたのは、ボストンに行くとなると書物を繙《ひもと》いてボストンの歴史の研究から始めるなど、何事にも真摯に取り組む二人の姿勢であった。だが、評論家の洞察力は、同時に理想の夫婦の葛藤《かっとう》も捉《とら》えていた。

「本当によく勉強していました。リードするのは和彦さんなんですが、新聞や雑誌で得た知識だけではないから、話していても面白いの。でも、和彦さん、前の奥さんのミカさんがいるという理由で、ずっとロンドンに行かせてもらえなかったんです。『くだらない』と言われるから、入りたい店にも入れなかったみたい。SPAMおむすびのことをＺＵＺＵが『もう下品』と嫌がるのを横目に、うちの旦那と和彦さんはわざと『この下品さが何とも言えないんだよな』と食べていた。ＺＵＺＵには男とはこうあるべきだというのがあり、彼を〝飼育〟しているところがありました。彼女の価値観の中で生きるのは、大変です。私も誕生日にトレーナーをプレゼントしたら、『私、この色着たことないわ』と言われた。和彦さんは、うちに来ると茄子《なす》の煮たのとかあるから嬉しいわけね。やっぱり、それなりに我慢していたと思いますよ。一方でＺＵＺＵも和彦さんをマエストロと呼んで、立てて、立てて、ものすごく気を遣っていました」

安井と加藤には収入の格差があった。結婚以来、夫以外の作曲家と組むことはなくなった安井だが、カラオケブームによって彼女に入る印税は莫大《ばくだい》なものであった。プロデューサー・作曲家の加藤の収入は少なくなかったが、妻には及ばなかった。年齢も収入もキャリアも女のほうが上という世間の標準とは違うパワー・バランスは、妻に遠慮を、夫にコンプレックスをもたらしたであろうことは想像に難くない。

大宅が、安井に小さな異変を感じたのは彼女が亡くなる三、四年前のことだった。二組の夫妻で成田の全日空ホテルに泊まってゴルフ合宿をしていた時のことだ。朝食時に、安井がダイニングに降りて来なくて、加藤が部屋までバターを届けに行ったことがあった。

「自分の好きなパンとコーヒーを持参して、部屋で食べてたんですね。そのあたりから、

ＺＵＺＵのこだわりが激しくなっていったような気がします。同じ頃、車を走らせていて急に息苦しくなったという話を聞いたこともあります。過呼吸でしょうか。自分で自分を縛りすぎたんじゃないかしら」

大宅が加藤から安井の病気を告げられたのは、一九九三年の三月であった。「肺ガン末期で余命一年と宣告されたが、病名以外はＺＵＺＵに伝えていない。本人は病気のことは誰にもしゃべるなと言ったけど、映子さんには知らせると思うからそれまで黙っていて」と、加藤は言った。

「その頃、ＺＵＺＵは咳《せき》が出始めていて、『ランチして買物にいきましょう』って誘われて、『西武ＰＩＳＡ』に行きました。飛行機の中で買ったお揃いのコンパクトをプレゼントされたのも、同じ頃。今思えば、今までしたことのない、普通のことをやってみたかったのでしょう」

安井が親友に自分の病名を告げたのはこの年の七月、胃ガンで亡くなった森瑤子の葬式の帰りであった。久しぶりに会った友人を安井は自宅に誘い、「私、〝キャンサー〟なの」と切り出した。

「森瑤子は、病床で私に『死ぬってこんなに幸せだと思わなかったわ』と言ったけれど、ＺＵＺＵは『絶対負けない』と、本当に生きるつもりでした。それから二人でフィフティーズのレーザーディスクカラオケをかけて、片っ端から歌ったの。八月にはカパルアで一緒にゴルフもしたんですよ。インテリア改造の品々も買いに行ったしね。入院した時は、ラルフ・ローレンのチノパンにポロシャツ、ルームシューズで過ごしていて、カッコいい病人だった。『ネルのパジャマが欲しい』と言われて探し回ったけれど、彼女の気に入りそうなものはなくて。段々小さくなっていくＺＵＺＵを見るのは辛かった」

一九九四年三月十七日、安井かずみ永眠。妻の命の期限を知ってから仕事をすべてキャンセルし、看護に専念した加藤は前夜式（仏式の通夜に相当するプロテスタントの儀式）で「妻が神のもとに旅立っても、私はいまだに夫婦だと思っています。悲しくなんかありません。ただ淋しいけれど」と挨拶し、列席者の涙を誘った。その加藤が中丸三千繪と婚約したのは、安井の一周忌を迎える前であった。

「和彦さんの再婚には驚きました。日本中の女たちを羨ましがらせた結婚生活は、ＺＵＺＵが生涯をかけてつくり上げた作品と言ってもいいくらい。それがあっさり他の女性にとって代わられることは、誇り高い彼女には耐えられないことだとわかりますからね。ＺＵＺＵが亡くなってから、私たちも和彦さんとのお付き合いは一切なくなりました。彼はＺＵＺＵ関連の付き合いは一切絶ったと聞いています。でも、それでも、彼女の徹底した美学に最後まで付き合い、献身的に看病し、看取《みと》った彼は見事だったと思う。ＺＵＺＵは最後までカッコいい安井かずみでい続けることを望んでいたのですから」

加藤の三度目の結婚生活は五年で終止符が打たれた。そして、二〇〇九年十月、加藤は軽井沢で自死を選ぶ。亡くなる前に、安井が眠る青山墓地を訪れたと聞く。

「和彦さんが亡くなったのはいまだに信じられない。ZUZUも森瑤子も和彦さんも、みんな、先に逝っちゃって失礼しちゃうわ。何が淋しいって、老後、一緒に思い出を語り合う同時代を生きた女友だちがいなくなるってこと。どうしてくれるの、私の老後を。ZUZUが生きていたらって？　〝森瑤子のデブ〟は想像できても〝ZUZUのデブ〟はあり得ない。だからあのまんま、スレンダーでカッコいいバアサンのはずですよ」

ちょっとだけストレンジャー

黒川雅之　加藤タキ

パリ、ニューヨーク、ローマ、カリブ……。安井かずみは「旅こそ、人生で最も重要な快楽のひとつである」と公言し、世界中のさまざまな都市や島を愛した。そんな彼女が後半生の多くの時間を過ごしたのはハワイ・マウイ島西端に位置するカパルア。それは、安井が最期の時まで慈しんだ特別な場所であった。

二万三千エーカーの広大なカパルア・リゾートは、プウ・ククイ自然保護区とホノルア湾海洋生物保護地区という二つの広大な自然保護指定区に囲まれて、ゴルフコースやホテル、ヴィラを擁し、世界のセレブの別荘が数多くある。安井と夫の加藤和彦が初めてこの地を訪れた一九八〇年代初めは、日本では知る人ぞ知る贅沢なリゾート地だった。以来、夏と冬の一～二か月ずつをここで過ごすのが、夫妻のルーティンになっていた。

「ハワイはマウイ島・カパルアベイが我が家の滞在地。／風光は明媚なのであるが、実は何もない所。またそこが気に入って行くのである。（中略）まずは、一日中、夫婦ふたりが一緒にいられること自体が何よりのハワイなのである。（中略）夫婦単位というのは、日本ではあまり要求されないようであるが、一歩外国に出ると、必ず夫婦が一単位。遊ぶにしても、食事するにしても……。だから、我が家としては、とても居心地よいのである。（中略）私、まっ黒に陽やけして、健康を回復して帰国する」（『女の素敵な生き方の選択《チョイス》』大和出版刊）

夫妻のお気に入りの滞在先はマウイの大自然に溶け込んだようなカパルアベイ・ホテルであったが、一九八七年にはついに、ホテルに隣接する古いヴィラを「衝動買い」している。日本が本格的にバブルに突入したこの同じ時期に、安井の妹、オースタン順子夫妻と、その夫ガエルの両親もそれぞれヴィラを購入していた。無論、安井が誘ったのであった。

安井の最後の十年をヴィラの隣人として過ごした友人に、コーディネイターの加藤タキとその夫で建築家の黒川雅之がいる。夫妻がカパルアにヴィラを所有することになったのは、一九九一年、安井から黒川のもとに入った一本の電話がきっかけだった。

「妹さんのご主人のご両親はフランスにいて、なかなかハワイまで来られないのでヴィラを売りたいという。どうせ買ってもらうなら知らない人は嫌だから、と電話がかかってきたんです。僕がすぐに一人でカパルアに飛んだんですよ。小さな飛行場に降りて、ヴィラに着いた時、ああZUZUたちらしいなと思いましたね。ハワイでもホノルルじゃなくて自然豊かな田舎のマウイ島を選んだ、そのマウイ島の中でもみんなが行く東側ではなくてカパルアに決めた。『ここはほとんど日本人がいないのよ、アングロサクソンばっかりよ』と彼女は言ったけれど、そこが彼女らしいですよね。ZUZUたちや彼女の妹の順子さんご夫妻のヴィラは、一番最初にできた、湾に面したベイヴィラ。まあ長屋で、二、三軒のかたまりが、ぽつんぽつんとある。いかにもハワイのヴィラらしい雰囲気をそこだけが持っているんです。木の柱が見えていて、籐《とう》の椅子が置いてあってというたって素朴な家でした」

島の先端に建つヴィラの前は、二七〇度視界が開けていた。ラナイ島、モロカイ島、マウイ島の一部を望み、水平線に沈んでいく太陽を眺めることができた。家の中は、気持ちのいい風が陸から海へと通り抜けた。夜は、まっ黒な闇の中に満天の星が降ってきた。

「風がモロカイ島にぶつかって雨になって、日によっては雨が降っているように見える中を太陽が沈んでいく。丸い虹も見える。そういうちょっと信じられないような光景に出合うんです」

黒川はヴィラの購入を決めた。

安井とタキの出会いは、一九七〇年代まで遡る。安井より六歳年下のタキは、アメリカ留学を終えて「タイム・ライフ」誌のリサーチャーとして勤めた後、モンキーズやオズモンド・ブラザーズの通訳として活躍。二十五歳で、オードリー・ヘップバーンなど海外の俳優やアーティストのコーディネイトを手掛けるようになっていた。

「私が日本のショービジネス界で活動し始めたとき、かずみさんはファッションリーダー的存在で、憧れの目で見ていました。彼女との距離が近づいたのは、私が一九七二年に『東京音楽祭』の仕事を手掛けるようになってから。日本の歌手と世界の大物歌手が一堂に会した音楽祭で、ゲストもダイアナ・ロスやドナ・サマー、フランク・シナトラなど大物ばかりでした。そこでザ・ピーナッツや布施明さんたちが歌う〝安井かずみ作詞〟の曲を聴き、改めて凄いなと思いながら、同じ世界で仕事をしている実感はありました。忘れもしないのは、カンヌで開かれたフランス政府主催の音楽祭のパーティ。イブニングドレス着用のパーティでしたが、日本人はそんなの着ても様にならないからみんなと同様に、私も着物にしたんです。だけどかずみさんだけはイブニングドレス姿で、オーラを放っていました」

二人が親しくなるのは、それから数年後の一九八〇年のことであった。当時、テクノ

&ニューウェイブ・ムーブメントを起こしていたイエロー・マジック・オーケストラの番組がロサンゼルスから衛星中継された。日本の音楽界では前人未到の快挙であったこの番組の司会を、芳村真理と共に務めたのが加藤和彦。タキは通訳兼レポーターとして出演しており、安井もまた夫についてロス入りしていた。

「和彦さんが司会に選ばれたのは、音楽に通じていて、YMOとも親しく、ルックスも英語力も含めて世界に出しても恥ずかしくないインターナショナルな人だったからでしょう。三宅一生《みやけいっせい》さんや、テレビドラマ『将軍　SHOGUN』でアメリカでも人気者になった島田陽子さん、カーペンターズなどが会場に来ていたけれど、彼の司会ぶりは堂々としたものでした。かずみさんは仕事するわけではなくて、彼の打ち合わせを片隅で聞いていたり、お食事の時に一緒になったりという具合で、彼の後ろを三歩下がって歩いていた感じ。だから、私の中では、彼女は〝ミセス加藤〟なんです。洒落たウエスタンブーツを履いていてね。『おしゃれー、私も欲しい。どこで売っているの』と聞いたら、彼女、最初はなかなか教えてくれなかったけれど、粘ってお願いして、ようやくビバリーヒルズのロデオドライブにある店まで連れて行ってくれました。それからガールズ・トークをする仲になったの」

一九八二年にタキが黒川と結婚してからは、夫婦同士の交流が始まった。

黒川とタキのカパルアのヴィラは海に向かう斜面に建っていて、パーキング・ロットから直接入るフロアにある。小径《こみち》の階段を降りてグランドフロアに建つ安井と加藤のヴィラまで歩いて二十秒もかからなかった。夕暮れ時、二人がベランダから下を見下ろすと、安井が芝生の上にデッキチェアを持ち出し、赤く染まっていく空と、ラナイとモロカイの二つの島影が映る海を眺めている姿が見えた。黒川が言う。

「真っ白い天の川が見えたりするんです。ＺＵＺＵは海だけでなくて、空、宇宙も見たかったんでしょう」

黒川とタキは、安井・加藤の六本木の家にも招かれていた。だが、黒川にとって、そこはカパルアと対極にあるような世界だったという。

「ガサガサしたお化け屋敷のような家に見えました。いや、それが六本木族のお洒落な空間だとしたら、およそ僕の世界じゃないですから。僕はＺＵＺＵより二つ年上の同時代人ですが、『人類とは、社会とは、建築とは』とそんなことばかり考えて生きてきた人間です。彼女とは世界の表と裏ぐらい違うところで過ごしてきて、それがカパルアで出会ったわけです。しかし、ＺＵＺＵにとっても、六本木的な世界から抜け出してカパルアがあったと思う。都会という服を脱ぎ捨てて自然の中で子どもに帰っていたんじゃないですか。たまたま死ぬ前に彼女は、最も自然に近いところで過ごせたんですね」

「ヴァケイションと太陽は我家にとって同義語である。（中略）仕事が自分の能力や体力の放電の時と考えれば、ヴァケイションは蓄電の時である。結婚という長い道のりを健全に生き抜くためには、自分を長持ちさせなければならない。命というものも洗濯しないと汚れてくるのである」（『女の楽しい結婚方法《バイブル》』大和出版刊）

「時代にそって、現代を生きていなければ、いい女とは言えなくなってしまった。（中略）時代はエコノミック・アニマルから、夫婦単位の人生の充実、豊かさを追求する時代にさしかかっている」（『30歳で生まれ変わる本』ＰＨＰ研究所刊）

安井には、日本人のいないマウイの田舎は最も「新しい」場所であり、そこで夫と過ごす長期の休暇は、〝時代の男と女〟が描くにふさわしい「新しいライフスタイル」であった。

夏と冬、それぞれ一か月以上滞在する安井と加藤に比べて、多忙な黒川夫妻の滞在は年に一度、しかも二週間足らずと期間も短かった。だが、行けば必ずディナー・パーティに招待され、一緒にゴルフを楽しんだ。タキにとっては、そのワンシーン、ワンシーンが思い出だ。

「パーティに呼ばれる客はみんなご近所の白人で、交わされる会話は英語でした。リタイアした方々が多かったかな。彼女は、そこでもちゃんとコミュニティを作っていましたよ。いつも和彦さんが料理をして、かずみさんが鼻唄を歌いながらテーブルセッティングしていた。お魚からお肉からサラダからいろんなメニューがありました」

中でもタキの記憶に鮮烈に焼きついているのは、メイドである女性の、安井への崇拝ぶり。ある時、タキと黒川が先にカパルアに入り、翌日にやってくるという安井と加藤のヴィラの前を歩いていたら、そこからメイドが顔を出したのだ。安井・加藤の家はトイレ、バスがついた寝室とゲストルーム、他にダイニングと、ペギー・ホッパーのリトグラフが飾られていた素朴なリビングがあった。

「『風と共に去りぬ』に出てくるマミーが着ているようなメイド服を着たメイドさん。我が家は、お掃除から洗濯、台所まで私が一人でやっていましたけれど、あちらはしょっちゅうホームパーティをするから、メイドさんをお願いしてたんですね。その彼女が『マダムは明日お見えになるんだ』と、ほんとうに嬉しそうに言うの。マダームって、かずみさんのことをそう誇らし気に呼んでいたのが忘れられません」

安井と加藤がゴルフを始めたのも、歩いて五分のところにゴルフコースがあるこのヴィラのオーナーになってからだ。テニスの時と同様、プロについて習うことからスタートした安井のゴルフの腕前は、タキとはいい勝負であった。男たちは、アロハの裾を風になびかせてプレーした。

「私たち四人の中で一番うまかったのは和彦さんかな。かずみさんは、『百獣の王だ、百叩《たた》いて、悔しい』と言っていたから、百切るか切らないぐらいでしたね。ほんとうに楽しむためのゴルフでした。ゴルフをする時のかずみさんは必ずポロシャツの襟を立てて、お洋服に合わせた色のバンダナを首に巻いていました。『どうして巻いてるの？暑くない？』と聞いたら、『首が焼けないようにするためよ』って。顔はきれいに日焼けしているかずみさんが、そう言うの。それからずっと、今も私はそれを真似ています」

安井は、黒川夫妻の一人息子も随分と可愛がってくれた。タキが四十二歳で産んだ息子はその頃はまだ小さくて、大人たちの集まるパーティには不釣り合いな存在であった。が、ずっと〝おりこう〟にしていた彼を、安井は「あなたはいい子だ。どうしたらこんな子に育つの？」と褒めて、贔屓《ひいき》にするようになった。

子どもを持たない安井は、何度かタキに「子どもがあってよかったね」と言ったことがある。タキは、社会活動家で政治家だった加藤シヅエが四十八歳で産んだ娘で、自身も高齢出産の体験者。安井は、そのことをよく夫の前で話題にした。

「かずみさんが子どもをほしがっているんだと感じました。でも、その話題になると和彦さんはスッと席を立ったり、話題を変えたりしたので、私は同じ女として、かずみさん、淋しいだろうなと思ったものでした。子どものいない夫婦って独特のいい距離感がある。お互いが同じ方向を向いて歩いて、時には互いに向き合う。でも、子どもがいればやっぱり川の字になったりして、関係は変わってきます。いい夫婦関係が保たれれば保たれるほど、女性よりも男性のほうが、子どものいない二人だけの関係をキープしたいと思うのでしょうね」

ずっと第一線で仕事をしてきたタキには、夫の作った曲のためにしか詞を書かなくなった、まるで仕事が趣味でしかないような作詞家に対してどこか歯がゆい思いがあったのかもしれない。二人でお喋りしている時に、「もう詞は書かないの？」という言葉が口をついた。

「何気なしに聞いたら『うん、もうお腹いっぱい。今が幸せなの』と言っていましたね。それは、彼女の本心からの言葉に聞こえました」

黒川の目にも、安井と加藤は睦まじいカップルに映っていた。

「和彦ちゃんが料理を出してくると、彼女が座ったままで『私のレシピよ』と言っていました。彼女はプロデューサーとしての自分をきっちり主張していて、それが象徴的な二人の姿でした。ちゃんと夫を立ててるように見せながらコントロールしていた。そこはZUZUは見事だった。対等ではなかったから、喧嘩にもならない。和彦ちゃんというのは優しい人で、どこかマゾ的な部分もあるのかなと思うぐらい、にこにこと優しくZUZUをケアして、いつも目線を彼女のほうに向け、内面が強い彼女に従っていた。

まるで自分を捨てているかの如《ごと》くにね。彼女を非常に尊敬していたんじゃないでしょうか。僕には、彼らは彼らの好む二人の関係を最適な状態で過ごしているように見えましたよ」

タキが、夫の言葉に続ける。

「二人の間では彼女が〝ドミナント（支配者）〟であったことは確かですよね。いつも奥さんをやっていたけれど、和彦さんが主夫で、かずみさんが女王様。そういうふうに見えましたよね」

この頃、安井・加藤が作ってヒットした曲に、加山雄三が歌ったＪＲ東日本のキャンペーンソング『ちょっとだけストレンジャー』がある。詞を書くにあたっては歌い手を徹底的に研究する安井らしく、加山雄三のイメージを大事にした詞に仕上がっている。

何んにももたず
ちょっとだけ　ストレンジャー
旅に出よう　どこかへ
多分　君に
電話もしない
ちょっとだけ　ストレンジャー

グッドバイナウ

ひとりで行けば
ちょっとだけ　ストレンジャー
二・三日だけ　気ままに
君に黙って
愛している
心はストレンジャー
グッドバイナウ

山あいの風に
吹かれながら
たまには　都会の人生から
離れて　ストレンジャー
ちょっとだけ　ストレンジャー

緑の草原を

さまよいながら
ふと　自分自身に
気がつくだろう

淋しいけれど
ちょっとだけ　ストレンジャー
心の底の涙は
君に見せない
夕陽《ゆうひ》が赤い
ちょっとだけ　ストレンジャー
グッドバイナウ

このCMソングが流れたのは、「ジャパン・アズ・ナンバーワン！」と日本中が全能感に満ち満ちていた一九八八年。雑誌のグラビアや広告の中から、最高にお洒落で、新しいライフスタイルを実践する理想のカップル、安井と加藤が大衆に向かって微笑《ほほえ》んでいた。

しかし、その五年後、一九九三年八月が、安井の最後の夏となった。彼女はこの年の三月に肺ガンを告知されていたが、タキと黒川はそのことを知らないまま、カパルアでの時間を安井・加藤夫妻と共有した。

「ゴルフをした時、あんなにゴルフ好きなかずみさんが一ホール終わると『ちょっと休む』と言ってカートに乗るの。で、二、三ホール休んでまたやるという具合でした。声も出なくなっていて、風邪だと言うんだけど、私たちは心配しましたよ。ホームパーティに招かれた時は、食事の後、彼女はすぐに床に座り込んでしまった。和彦さんはその彼女の肩をずっと揉《も》んだり、さすったりしてあげてましたね」

「おかげで、僕は女房に『あなた、見てご覧なさい。和彦さん、かずみさんにあんなに優しい。それに比べてあなたは、あんな風に私に優しくない』と随分と責められましたよ」

その夏、安井と加藤はヴィラのラナイ（屋根つきのベランダ）を部屋に改装した。タキが振り返る。

「随分お金をかけたと思います。私は、よりベターな暮らし方を求めた改装と思っていましたが、今から考えると、かずみさんの『こうしたい、ああしたい』に、和彦さんがすべて応えてあげていたんでしょうね。彼は、本当に尽くしていましたから」

それから七か月後、一九九四年三月十七日未明、安井は五十五歳の生涯を閉じた。同年八月、黒川夫妻は、加藤、渡邊美佐、コシノジュンコ夫妻、安井の妹オースタン夫妻、大宅映子らと共に、カパルアで神父の立ち会いのもとに行われた安井の散骨式に参列した。加藤がホノルルで準備し冷蔵保存しておいた香り高いレイを崖の上から海に投げると、レイは寄せる波と共に何度も戻ってきた。それは、まるで安井自身のようであった。この時、加藤は、新しい恋人と出会っていたのである。

タキが率直に胸の内を語る。

「まるでかずみさんが『行きたくない、行きたくない』と言っているみたいに思えました。……実は女性陣の何人かは和彦さんの様子がおかしいと気づいていました。彼が散骨式を終えた翌日すぐ、イタリアの友人とラナイ島に行くと言って、借りている車を置いたまま旅立った。ああ、誰か女の人がいるんだなって、ね。葬式の時、参列していた女性は全員、和彦さんの『僕は、ＺＵＺＵとイエス・キリストと三位一体でこれから生涯生きていきます』という挨拶に、自分も夫にそう言われたいと感激したわけです。だから、その時、なーんだ男は、と落胆しました。だけど、かずみさんはやっぱり幸せだったと思います。ああいう台詞も、和彦さんの本心から出たもので、真実だったのですから」

安井の一周忌を待たず中丸三千繪と結婚した加藤は、以降、安井と結婚していた時代に親しかった友人たちとの関係を絶ってしまう。安井が愛したヴィラも売却して、タキや黒川とも会うことはなくなった。だが、加藤と中丸との結婚生活は長くは続かなかった。離婚後の加藤と何度か六本木ヒルズのエレベーターで出くわしたことのある黒川が、旧友を思いやる。

「いつも違う女の人を連れていたのにどこか淋し気でした。『また飯食おうよ』と誘ったら、彼は『僕のこと、みんな批難しているから受け入れてもらえない。昔の世界には戻れない』と言うんです。ＺＵＺＵの莫大な遺産を相続しただろうなんて彼に面と向かって言う人もいたから、それも重かったと思います。決してＺＵＺＵから自由にはなれない。女性陣は彼の早い再婚を批難したけれど、和彦ちゃんは仕事をやめてまでＺＵＺＵを看護し、尽くしたんだから、僕は、ああ、よかったねと思った。彼には喪失感を埋めてくれる人が必要だったんですよ。でも、やっぱり、最後は、尊敬して愛したＺＵＺＵのところに行ったんだと思いますね」

カパルアベイ・ホテルは二〇〇六年に取り壊され、周囲には別のホテル＆スパも建ち、安井がこよなく愛した〝完璧な景色〟は永遠に消えてしまった。時は過ぎ、欲望の形も変わっていくのである。

加藤和彦と暮らし始めて約3年が過ぎた頃。
以前より顔がふっくらとし、穏やかな印象。

キッチン＆ベッド

玉村豊男　玉村抄恵子

　安井かずみが加藤和彦と東京・銀座の『マキシム・ド・パリ』で結婚披露パーティを開いたのは、一九七七年四月二十三日のことであった。安井三十八歳、加藤三十歳で、安井の川口アパートの黒いドアに「ＫＡＴＯ」「ＹＡＳＵＩ」と二人の名前を並べてから、一年四か月が過ぎていた。前年には女性の地位向上を目指す「国連婦人の十年」がスタートしており、人気作詞家と年下の音楽家のカップルはその全身から時代の空気を放射していた。

　二人は、結婚した年に共著で『加藤和彦・安井かずみのキッチン＆ベッド――料理が好きで、人生が好きで……生活エンジョイ派のメニュー・ブック』を出版して、夫婦で料理を作り、生活を楽しもうという新しい結婚の形を提唱している。日本で男性が厨《ちゅう》房《ぼう》に入ることがちょっとした流行になったのは、一九七〇年代に入り、ウイメンズ・ムーブメントが起こって以降である。海外ではジョン・レノンが子育てのためにハウス・ハズバンドに専念し、五年間、表立った音楽活動を休止していた。男女平等意識の浸透した世代にとって、男と女の役割分担にとらわれず、仕事より生活を重視するスタイルは共感できるものであった。政治の時代はとうに終焉を迎え、人々の関心は暮らしや健康といった個人の生活に向かっていた。

初めての共著の前書きで、安井は誇らしげに宣言している。

「うちの特徴は、すべての食事は、ふたりでふたりの共通項として考えること。協同事項なのです。時間も内容も足並みそろえて、そういうふたりの生活のリズムをたいせつにしています。（中略）人生は長丁場ですから、じょうずに楽しく食べて、私たち、いっぱい人生しなくちゃならないんですから……」（安井かずみ・加藤和彦『加藤和彦・安井かずみのキッチン&ベッド』主婦と生活社刊）

安井と加藤は『キッチン&ベッド』というタイトルを、結婚の前年、一九七六年十二月にリリースした加藤のソロアルバム『それから先のことは…』の一曲にも使っていた。恋の高揚期にあった二人がレコーディングの時間さえ一時も離れがたくて、安井が全作詞を手がけることになったというアルバム。ジャケットには、安井がポラロイドカメラで撮った加藤の写真が使われていて、歌詞カードには同じ場所で同じカメラで加藤が撮ったであろう安井の写真も収められている。ともにカジュアルな服装で、小倉エージによるライナーノーツには「心の安らぐ場所を見つけ出したことを明らかにするよう」な自分の心のありのままを歌った作品がある、と解説されている。『キッチン＆ベッド』はもちろん、そうした一曲だ。

France-Bed に　あの子と
G-E-Kitchen あれば
あとは　どうにか　なってゆきます
上みて　下みて　きりがない
いっそのことなら
事を単純に　考えました

All right, 何はなくても Kitchen & Bed
今日も昨日も Kitchen & Bed
Mu―明日も続く

ブラックペパーにウスターソース
一日終われば
そこにあの子が　いればなおいい
雨が降ろうと風の日も
広い地球はまわる──

Tokyo-Bed に　あの子と
Toshiba-Kitchen あれば
あとは　どうにか　なってゆきます
車にテレビに　Fashion-Show
あれこれ迷わず
ふたり楽しく　暮らすことです

All right, 何はなくても Kitchen & Bed
今日も昨日も Kitchen & Bed
明日も続く

オムレツ　ベーコン　キャンベルスープ
France-Bed にあの子と
スコッチでも　あればなおいい
雨が降ろうと風の日も
広い地球はまわる──

All right, 何はなくても
Kitchen Kitchen & Bed
You & Kitchen, Me & Bed
Me & Kitchen, You & Bed
Love & Kitchen, You & Me & Bed

夕食は二人で摂り、日曜日は二人で過ごし、冬と夏は二人で長い休暇を愉しむ──加藤と生きることを選んだ時から、安井にとって彼といることがすべてに優先されていき、仕事も、友情も、生活も、ファッションもそのためのものへと変わっていった。結婚後の安井は、シングル時代には〝命綱〟だった女友だちより、夫婦単位で付き合える友情を好んだ。そうした仲間に、エッセイストにして画家であり、現在、長野の東御《とうみ》市で「ヴィラデスト ガーデンファーム アンド ワイナリー」を経営する玉村豊男とその妻の抄恵子《さえこ》がいた。

豊男が安井・加藤夫妻と出会ったのは一九八四年の暮れ、ワインメーカーの雑誌「和飲倶楽部」一九八五年二月号の対談がきっかけであった。「和飲倶楽部」は毎号、監修に著名人を起用して、ヨーロッパやアメリカを取材するというバブル期にふさわしく豪華な作りであった。安井と加藤が監修したその号は「ウィーン〜ヴェネチア〜ローマ」を夫妻が巡るというもので、最後のワイン談義を交わす鼎談ページでゲストとして豊男を招いたのだ。そこで三人はたちまち意気投合し、安井と加藤が軽井沢に居を移して間もない玉村夫妻の家に遊びに行くことが決まった。そのときのことを、抄恵子はよく覚えている。

「突然、玉村に『加藤さんと安井さんが泊まりに来るよ』と言われて、ギョッとしました。すごい緊張して掃除をしたのは覚えています。やっぱり、時代の先端にいるというイメージが強いカップルだったものね。でも、ドキドキしていたら、意外に普通の優しい方たちだった。その印象は最後まで変わりませんでした」

「僕らがそれまで知っている安井かずみ像というのは、親友が加賀まりこだとか六本木族とかいった華やかな面。僕らも六本木近くには住んでいましたが、まったく別世界の住人でした。それが出会ってみると、ＺＵＺＵは加藤・安井という完璧な夫妻の貞淑な妻で、全然イメージとは違っていました」

「彼女は、ちゃんと妻していたわね。私は最初、加藤さんがかずみさんに気を遣っているのかと思っていましたが、どちらかと言うとかずみさんのほうが加藤さんに気を遣っていました」

「加藤さんも随分気を遣っていた部分もあるけれど、ＺＵＺＵが彼を立てていた。実際、僕らにも『夫は立てなきゃ』とも言っていた。そういう関係の夫婦として、我々と出会ったんです」

　互いのカップルがテニスに夢中になっていた時期でもあり、夫が料理上手で、夫婦一緒に生活を楽しむスタイルや価値観など共通点も多かった。テニスをして、食事に行き、旅行に行って、互いの家に泊まりに行くという夫婦単位での親密な付き合いが始まった。安井は、一回り年下の抄恵子を「さえちゃん」と呼んで、可愛がったという。

「はい、随分可愛がってもらいました。外ではなく家で会うことが多くて、みんなで家事したり料理を作ったりしてね。かずみさんも気楽で楽しかったんじゃないかな」

「うちに来たら僕が料理を作って食べさせて、向こうの家に行けば加藤さんが料理作ったりお酒注いでくれたり。それを互いのパートナーが飲みながら見ているんです。完全に仕事とは別の世界でした」

「お仕事だって、あの頃のかずみさんは加藤さんとたまーにやるぐらいでしたもん。私たち、彼女たちが仕事をしているところを見たことはありません」

「ある時、ZUZUは僕に『玉さん、毎日印税入らないの？』と聞いたことがあります。『音楽は毎日入るけれど本は一発出たらお終い』と言うと、『そうなの？』って。カラオケ・ブームも始まってましたから、彼女には印税が毎日入ってきたんでしょう」

テニスをするときは、豊男と安井、加藤と抄恵子が組んでミックスダブルスをすることが多かった。実際打ち合ってみると、それぞれの性格がわかる。

「玉村とかずみさんの組のほうが攻撃的なの」

「僕もかずみさんも性格的に攻撃的だから勝負にこだわるんです」

「私と加藤さんは、別に負けてもいいわよって感じでやってましたから。一緒にリゾートに行くと彼女がよく言ってたのは、『ここでは掃除や洗濯がバカンスなのよ』って。みんなで洗濯するぞーって、いっせいにいろんなものを洗濯機に放り込むんだけれど、かずみさんと玉村のやる洗濯はそこまで。私と加藤さんが二人で、洗い終わった洗濯物を乾燥機にいれて、畳むの」

その頃、安井と加藤は、文京区春日の川口アパートから六本木の一軒家に引っ越しを決めたばかりだった。赤茶を基調にした川口アパートは夜のイメージであったが、サンルームがある六本木の家は、後に加藤のスタジオになる地下にスカッシュ用のコートまである贅沢さで、結婚後の安井の望む暮らしがそのままそこにあるような家であった。

「二人とも全財産投げ出して買ったみたいです。おかしかったのは『ＺＵＺＵが、片っ端から電気を消すんだよ。そんな消したって電気代なんて大したことないのに』って加藤さんが笑っていたこと。私、かずみさんもそういう普通のことをするんだなぁって」

「だって、ＺＵＺＵは〝校長先生〟だから、極めて健全なライフスタイルを実行することに歓びを感じていたんじゃないですか、きっと。僕らが付き合っていた頃の二人は、生活全般でトラディショナルな英国風スタイルみたいなものを完成させていた頃でした」

　豊男の言う「校長先生」とは、四人の間で使われていた安井のあだ名である。たとえば服装ひとつとっても、その頃の安井と加藤はコンサバティブな服装を選んでいた。主導したのは、誰もが認めるセンスの持ち主であり、あるべきスタイルを守りたい安井であったろう。

「加藤さんはいつもビシッとしていて『うちでもネクタイしているんだよ』と言うから、『本当？』って。僕には信じられないことです」

「かずみさんもお洒落でカッコよかったけれど、最先端というよりトラッドな感じ。常に新しいものを身につけるというんじゃなくて、お気に入りのものを何年も着ているような、そんなしっかりしたレディでした。伝統的なものが大好きだったわよね」

「だから、女学校の校長先生みたいだねと、よく僕らは言って笑っていた。すごく真面目でモラルに厳しかった」

安井のモラリストぶりはいろいろなエピソードにうかがうことができる。たとえば、ハワイのカパルアの別荘に滞在したときのこと。夕食に出かけたレストランのワインリストに、当時入手困難であった正統派ボルドースタイルのカリフォルニアワイン、「オーパス・ワン」があった。豊男と加藤が「飲もう、飲もう」と盛り上がっていると、安井が「ハワイのようなリゾートで飲むワインではないでしょう。やめなさいよ」と怒ったのだ。

「かずみさんには、この場じゃこういうことをするなというのが常にあったわね。私たちが『軽井沢に住まなかったらフランスに住みたい』なんて話をすると、『日本人は外国に住んじゃダメ。日本文化の中で暮らさなきゃダメ』って。かずみさんからそういう意見が出てくるとは思わなかった」

「妻はこうすべきだとかいうのも、強くありました。『年上だからいつも若くなきゃいけないのよ』とか『年上の方がいつもきれいにしようと気をつけるからいいのよ。愛されなかったらお終《しま》いだから』と、しょっちゅう言っていましたよ。それは過去の経験から彼女が築き上げてきたひとつの理想の価値観であったと、僕は思います」

「トランプもよくやったけど、彼女とするとつまんないの。我々三人は一所懸命、あっと言わせるような手を作ろうとしてるのに、かずみさんが必ず堅い手で勝つんだもの。私が『それで楽しい？』とからかうと、『もちろん、ゲームはこういうふうにするんだ』って真面目な顔で言ってましたね」

そうした安井の性向は、テニス選手の好みにも表れていた。一九八〇年代はテニス・ブームで、その頃よく、玉村夫妻は、安井と加藤をプラチナチケットだった「セイコー・スーパー・テニス」のボックス席に招待した。特製のサンドウィッチにシャンパンとワインを持ち込んで、当代一級のプレイヤーたちの試合を見るという贅沢な時間を過ごしたのだが、安井のご贔屓は、強いのに「機械」と呼ばれて人気がなかったイワン・レンドルだった。

「僕らが『マッケンロー、カッコいいね』と言ってると、『レンドルはどうして人気がないの』と怒っていた」

「〝レンドルの母〟って、私たちは彼女を呼んでいたわよね。よく、こんなつまんないテニスをする選手が好きね、って。でも、わかるの。あの端正なフォーム。かずみさんの好きなタイプよね。女性プレイヤーではパワーテニスのマルチナ・ナブラチロワと、良妻の鑑《かがみ》のようなクリス・エバートが好きだった。どちらも正統派ですものね」

「そう、強いものは正しく尊敬されるべきだというのがZUZUだった。彼女は正しいのが好きなんだね」

玉村夫妻の記憶に残る安井と加藤は、「さりげなく努力しながら素敵なカップルを実行してきた」仲のよい夫婦であった。旅行に行くと、安井は、朝食のあとに必ず自分で〝開発〟した体操にみんなを誘った。そんな時、加藤はにやにや笑いながら最後のほうだけ加わるのが常だった。安井は、夫にものを頼むときは決して命令せずに、「ダーリン、〇〇しようか」と呼びかけた。二人はいつも互いに優しく、大事にし合っていた。共通で仲よくしていた、ある別の夫婦の夫に恋人ができた時は、玉村夫妻と安井・加藤で彼を「離婚してはならない」と責めたてた。

「そんなこと言ってもしょうがないですが、僕ら四人は、みんな怒っちゃって。彼が帰ったあと、加藤さんが高い『ロイヤルサルート』の瓶を出してきて、みんなで一本空けましたよ」

「あの時の加藤さんとかずみさんの話を聞いていると、彼らには離婚の危機なんて一度もなかった感じでしたね。少なくとも私にはそう見えました」

一九九一年、豊男と抄恵子は長野県小県《ちいさがた》郡東部町（現・東御《とうみ》市）に農園を購入して、自給自足の暮らしを始める。翌年、安井と加藤は結婚十五周年のパーティを銀座の『マキシム・ド・パリ』で開き、その直後に玉村家の農園にやって来た。

「かずみさんは自分は更年期だと言ってたけれど、もしかしたら体の不調を感じていたのかな。あのパーティは今思うと、生前葬みたいでした。うちに泊まりにいらしたとき、かずみさんが『さえちゃん、これ使って』と手鏡とスカーフを置いていったの。彼女の使ったものをいただくのは初めてだったので、なんだか不思議な感じがして……」

それから一年後の春、抄恵子のもとに、安井から「今、病院にいるの。検査入院なの」と電話がかかってきた。

「結構元気で、かずみさんは治る気でいたと思います。その年の十一月にも電話がありました。昼間なのに随分酔っていて、どうしたのかなあといぶかったものです」

だが、翌一九九四年一月、加藤から「実はＺＵＺＵはもうダメなんだ」と電話が入る。豊男と抄恵子は病院にかけつけたが、安井には会えなかった。加藤は「苦しまないようにしてほしいということだけを医者に頼んだ」と悄然《しょうぜん》としていた。

三月十七日早朝、安井の死を知らせる電話が鳴った。その日、豊男たちが六本木の家に向かうと、憔悴《しょうすい》しきった加藤がいた。

「加藤さん、かずみさんの葬式のときに初めて着るんだと私たちにスーツを見せてくれたの。きっと、前年の夏の間に喪服を準備してたんでしょうね」

「だから覚悟も準備もしていたんですね。彼女の死を受け入れるために牧師さんになるぐらいの勢いでキリスト教の勉強もしていた。そうして自分を納得させようとしていたのでしょうが、空っぽになっているのが僕にはわかりました」

安井が亡くなってからの加藤は仕事も手につかず、半ば抜け殻のようであったという。そんな彼を案じた玉村夫妻は、その年の五月に、「気分転換しないか」と加藤を自分たちの農園に誘った。エルメスの長靴を持ってやってきた加藤は「できたら、僕、自殺したい」と口にしたかと思えば、夫妻がケンカをしていると「ケンカする相手がいるだけいいな」「せっかく生きてるんだからケンカなんかするな」と止めに入った。抄恵子が「大丈夫、大丈夫」と元気づけると、「うん、ZUZUもよく『大丈夫』と言っていた」と呟《つぶや》いた。

「きっと加藤さんはかずみさんに大丈夫と言われて頑張ってきたんだなぁと、私、思いました。『自分が先に死んだらZUZUが困るだろうと思って、自分名義の生命保険をたくさんかけていたけれど、まさか彼女が先に逝くとは思っていなかったので、彼女には保険をかけていなかった。だから手を尽くして高い治療費を払い、ZUZUの希望はすべて叶えてあげた』といった話もしていた。彼女が犬がほしいと言えば犬を飼い、家を改装したいと言えば改装して……。加藤さんは一年間、仕事を休んでかずみさんのために生きていたのね」

いかに加藤が安井に忠実であったか。この時期、豊男と抄恵子は、ずっと朝食の時はコーヒーを飲んでいた加藤が、実は紅茶が好きだと知って驚いた。

「結婚して十七年も、相手に合わせてたんですね。それが加藤さんのスタイルなんだと、僕らは感心しました」

しかし、加藤のその忠誠心はやがて別の女性に向けられることになる。

諸用のために一旦東京に戻った加藤は、六月半ばにコンピュータや大量の荷物と共に再び農園に現れた。自動車学校に通い、料理を引き受けて、急速に元気を取り戻していた。中丸三千繪との恋がいつしか始まっていた。

「東京で中丸さんと会って、久しぶりに楽しかったという話は聞いていました。加藤さんが滞在していた我が家の離れの電話がやけに高くつくと思ったら、ヨーロッパにいる中丸さんに電話してたんですね。加藤さんがＺＵＺＵの一周忌を待たずに中丸さんと結婚した時、もっと前から付き合っていたのではと疑った友達は多かったけれど、僕らはそれは絶対にないと思っています。亡くなる時まで、彼はＺＵＺＵ一筋でしたから」

「あの夏に中丸さんのことがすごく好きだと、私たちには白状したわね。『僕は絶対強い女性じゃないとダメなんだ。何かを持っている人じゃないと好きになれない』と言っていたし」

中丸と恋に落ちた加藤は、パリのセーヌ川に安井の骨を散骨した帰り、中丸のもとに駆けつけている。六本木の家は新しい恋人のために全面改装を施し、安井の服や靴も、安井と二人で集めた食器もすべて処分した。中丸のツアーについて回り、彼女のステージ時間に合わせパスタを作っていると嬉しそうに話した。そうした彼の行状は、当然、安井を愛した人たちの怒りを買った。けれど妻を亡くした直後の彼を見ている玉村たちには、それもしようのないことのように思えた。

「才能ある強い女性が現れたら、すべてをなげうって献身するというのが、彼の恋愛のスタイルです。ZUZUにはあれだけ尽くして、きちんと送った。ポッカリ胸に穴が空いたところに、また新たな気持ちが生まれたんだと僕は思いました」

「かずみさんのことは燃焼し尽くしたんでしょう。私も、加藤さんはやるだけのことは全部やったし、中丸さんに尽くしている話を聞いた時も、それはそれで立派な人生だと思いました。それでも、加藤さんって、やっぱりかずみさんが一番合っていたのよね」

加藤と中丸の結婚は五年で終止符が打たれる。そして、二〇〇九年十月、加藤和彦自死。豊男も抄恵子も加藤の死を知った瞬間に、安井のところに行ったんだなと感じた。

豊男が語る。

「加藤さんは相手の女性に合わせて自分を染めることが方針なんだけれど、ZUZUとの十七年間で完全に加藤和彦ができあがってしまった。あの時間が最高の時代だったんでしょう。ZUZUとの暮らしで学んだことなど、彼女がある意味、彼の大切な部分を作っているところがありました。凄い吸引力でお互いを結びつけていたんでしょうね。二人は最高のパートナーで、完全に一体になって存在してしまったので、彼はそこから抜けることはできなかった。音楽的な悩みなどいろんなことがあったでしょうが、遅ればせながらＺＵＺＵの後を追ったということじゃないでしょうか」

豊男と抄恵子は、今も時々、安井が生きていたらと語り合う。

「年とった彼女を見たかったなぁって。私、酔ったかずみさんにまた説教されていたわよね」

「うん、ＺＵＺＵは説教してた。あのエディット・ピアフのようなダミ声でね。可愛くて、お洒落で、おっかないおばあさんになっていたでしょう。七十歳と八十歳ぐらいの加藤・安井夫妻を見てみたかったですね」

そう言って顔を見合わせた豊男と抄恵子は、今も豊かな自然の恵みを受ける農園で共に働き、共に暮らしている。

だいじょうぶマイ・フレンド

内田宣政

安井かずみの名前で発表された著作は三十八冊にのぼるが、自著に収められることのなかったエッセイも何編か残されている。そんなエッセイの一つに、「愛の長距離ランナーに憧れて」とタイトルのついた一編がある。一九九二年二月に大和書房から発売されたアンソロジー『私の三十歳　女が自分と出会うとき』に、犬養智子、大橋歩、加藤タキ、澤地久枝、時実新子《ときざねしんこ》、馬場あき子らと並んで書き下ろしたものだ。スイスのサン・モリッツで迎えた三十歳の誕生日の描写から始まったこのエッセイには、加藤和彦との出会いがいかに幸運であったかが綴られている。

「もう、愛の短距離選手は止《や》めて、長距離選手になりたかった。日夜、呪文を唱えた、長く、深く、男《ひと》を愛させて下さいと。（中略）つまり、彼が私を見つめてくれたから、私は自分をそれほど見つめる必要もなく、安心して、相手を見つめることが出来たのだ。するりっと至難の技と思われたことが出来たのは、彼のおかげである、感謝。（中略）私はやっと、他を見つめられる女になっていった。他を愛せる女になっていった。このことは、私にとって画期的事件であった、いえ、画期的幸運であった。すべては、彼のおかげである、感謝。／私の人生に得た、最大の天からのチャンス、そして幸運は、三十代半ば、紆余曲折《うよきょくせつ》を経たあげくに訪れた。それは勿論《もちろん》、加藤と出会い、そして結婚してもらえたことである。／私の三十代は、生き心地のわるい、半ぱな前半と、結婚によるトータル人生への歩みをスタートさせた希望の後半である」（大和書房編集部編『私の三十歳　女が自分と出会うとき』大和書房刊）

結婚十五年を迎えようという時、亡くなる二年前に、安井は短い文章の中に加藤に感謝していると二度も書いていたのである。加藤との結婚を、「してもらえたこと」と表現していたのだ。それほど、彼女にとって夫は人生に欠くべからざる、そして誰よりも気遣わなければならない相手であった。

安井が「トータル人生」と呼ぶ、夫婦の生活の後半数年を加藤側から垣間見《かいまみ》ていた人物がいる。加藤のマネージャーであった内田宣政《のぶまさ》である。

もともとレコード会社のディレクターであった内田が、安井・加藤夫妻と出会うのは一九八〇年代後半。当時、内田は、山下達郎や竹内まりや、大貫妙子らが所属するプロダクション「スマイルカンパニー」の社長を務めていた。

「僕は一九五五年生まれですから、世代的にお二人より下です。同じ業界にいても、僕がディレクターをしていた頃はシンガーソングライターの時代に移っていたので、職業作詞家や作曲家の方とお付き合いする機会はあまりなくて、安井さんと仕事をしたこともありませんでした」

一九八八年、内田のもとに、博報堂からある仕事が舞い込んできた。サントリーの愛唱歌を作っており、作曲はスティービー・ワンダーに依頼したのだが、その作詞を安井に、歌唱を加藤に頼んでほしいというものであった。

「あの頃はドラマブームの前で、音楽はCMで売っていく時代。僕はマネジメント会社と並行してCM音楽制作会社をやっていたので、その仕事が来たんです。社内向けの愛唱歌にこのメンバーを起用しようなんて、やっぱりすごい時代でした。博報堂の人と一緒に六本木のお二人の家に伺いました。その時、加藤さんはちょっと抵抗したんですよね。『僕は人の作品を歌ったことがないから、たとえスティービー・ワンダーの曲でも嫌だ』って。でも、安井さんが詞を書くことになり、マウイにバカンスに行くので録音をマウイでやるならという条件で歌ってもらえることになりました。歌詞ができあがった時もお宅に行き、そこで印象的な出来事がありました。歌詞の中に少しネガティブな表現があったので、『ここがちょっと気になるんですが』と言ったら、安井さんが『じゃあ、私が佐治《さじ》パパに連絡してみる』とその場で、サントリーの経営者、佐治敬三さんに電話をしたんですよ。すごいな、この人って。電話は繫《つな》がらなかったのですが、安井さんの人脈は政財界にも広がっていたようです」

その頃の安井と加藤は、バブル時代の日本で最もスタイリッシュで、ゴージャスなワーキングカップルとして自他共に認める輝ける二人であった。夫婦で作った歌も『不思議なピーチパイ』に続き、映画の主題歌『だいじょうぶマイ・フレンド』をヒットさせた実績があった。この曲は一九八四年、加藤がサウンドトラックを手がけた『探偵物語』と合わせて彼に第七回日本アカデミー賞優秀音楽賞をもたらしている。

目を　閉じてごらん
愛が　見えてくる
遠く近くに　あなたをとりまく
優しいハーモニー　感じたら
目を開けて見て！

だいじょうぶ　マイ・フレンド
だいじょうぶ　マイ・フレンド
あなたを愛している人がいる
だいじょうぶ　マイ・フレンド
だいじょうぶ　マイ・フレンド
決して　一人じゃない　この世界
だいじょうぶ　マイ・フレンド

手を　出してごらん
愛が　触れてくる
友だちの　また友達の輪が
広がるシンフォニー　素敵でしょ
勇気を出して！

＊だいじょうぶ　マイ・フレンド
だいじょうぶ　マイ・フレンド
あなたを　信じている　人がいる

だいじょうぶ　マイ・フレンド
だいじょうぶ　マイ・フレンド
決して　淋しくない　この世界
だいじょうぶ　マイ・フレンド

...and I love you all
...and I love this world
この地球のかたすみで

＊（くりかえし）

サントリーの愛唱歌のレコーディングは、一九八八年夏、マウイで行われた。スタッフの一人としてレコーディングに立ち会った内田は、安井・加藤と向かい合う時、緊張を強いられたという。共にビッグネームであるカップルの洗練された生活は世間に広く喧伝されており、内田にとってもひどく眩しい存在に見えたからだ。

「レコーディングのときは、リラックスして休みを過ごしている彼らの邪魔をしているようで、申し訳ない気がしたものです。一緒に食事をするなんてとんでもないという感じでね。でも、仕事は気持ちよくやってもらえました。できあがった曲は『やさしい地球』というタイトルで、全体的にミディアムチューンの柔らかく優しい、とってもいい曲でした」

ちょうどこの時期、加藤は桐島かれんをヴォーカルに迎えて、小原礼、高橋幸宏、高中正義と共にサディスティック・ミカ・バンドを再結成していた。内田は、レコード会社からミカ・バンドとタイアップできるCMのスポンサーを探してほしいと依頼され、加藤との縁が深くなっていく。

「音楽を聴かせられる大きなキャンペーンを探して、マツダのファミリアがフルモデルチェンジするのでそれでいこうということになりました。新生サディスティック・ミカ・バンドのアルバム『天晴』のレコーディングは一九八八年の夏から翌年の頭にかけて行われたんですが、あの時のミカ・バンドは、あんまりバンドの感じがしなかった。レコーディングのスタイルが、みんなで一緒にやるというより、いろんな人が打ち込みの音をもってくるという個人プレーが当時の主流で、リーダーの加藤さんも百パーセント集中できていなかったんじゃないかな。他に受けていた仕事が遅れていたこともあったし、安井さんとの時間を優先していましたからね。夜は二人で食事をすると公言していて、レコーディング中も夜の七時になると誰にも告げずにいなくなるので、『あ、またトノバン、いなくなっちゃったよ』って。佳境に入った暮れには忽然《こつぜん》とハワイに行ってしまうしね」

高橋幸宏も、加藤の死後、こう語っている。

「トノバンは（著者注・再結成を）自分から言い出したわりにあまり熱心じゃなかった。ズズ（安井かずみ）との生活が大切だったということもあって、『明日は国民の休日です』とか言って休みの日は仕事しないとかね」（「文藝別冊　追悼　加藤和彦」所収「特別インタビュー高橋幸宏」より）

一九八九年四月、『天晴』がリリースされ、その夏、内田は加藤に乞われて彼のマネジメントを引き受けることになった。

「マネジメントといっても、加藤さんの場合は地方キャンペーンとかはやらないし、コンサートはやらないし、やらないことのほうが多かったから手を煩わされることはほとんどありませんでした。アーティストではあるんですが、サラリーマンみたいなところもあって、締切りや約束はきちんと守るし、時間に遅刻することもなく、すごくちゃんとした人なんですよ。努力家で勉強家でもありました。優雅に泳いでいるように見える白鳥が、水面下では必死で水をかいている、あんな感じかな。凝り性で、いい意味でのオタクでしたね。僕、あの人ぐらい固有名詞を知っている人を知らない。スーツの襟の形にしろキッチン用具にしろ、ワインとか料理とか由来から語れるんです」

　スマイルカンパニーに籍をおいて間もなくの頃、加藤は「安井もスマイルでマネジメントをやってほしいと望んでいる」と伝えたうえで、「受けちゃダメだよ」と内田に助言した。

「受けたら大変だよ、と彼は言いましたね。『ZUZUは全部自分だけにエネルギーを向けられないと気が済まなくなるから、ものすごく苦労することになるよ』とサジェスチョンしてくれたのを覚えています。あとでわかったのですが、その頃の加藤さんはフォークル（ザ・フォーク・クルセダーズ）時代の仲間とは疎遠になっていたようです」

　内田が安井と言葉を交わすことは、それほど多くはなかった。

「六本木の家は駐車場を上がると玄関なんですが、地下のスタジオに直接入れるドアもあった。あの家には客に対して一種の序列というか暗黙のルールがあって、夫妻がゲストをお招きして僕がホストをやる時や、安井さんをいれた打ち合わせの時は僕も玄関から入りましたけど、普段はほとんどスタジオ直行でした。だから二階にあった安井さんの仕事部屋も行ったことがないし、安井さんと話をするのも当たり障りのない会話。いずれにしろ加藤さんにまつわる話でした。そう言えば、『加藤にもっと仕事をさせなきゃダメじゃない』なんて冗談とも本気ともつかない口調で言っていました。彼女は団塊世代の前の世代で、オンとオフのある生活を過ごすことをよしとして、それをストイックに追求していた人ですよね。加藤さんにも休む時は休み、働く時はしっかり働いてもらいたかったんじゃないかと思います」

内田の目には、安井と一緒にいる時の加藤と、そうでない時の加藤の態度がどこか違うと映っていた。

「加藤さんは安井さんといると紳士な感じで、安井さんから離れてスタジオにいるとリラックスするというか、フランクになるんですね。お昼もスタジオにカレー南蛮とかって、アシスタントと一緒に食べていた。加藤さんって一人の時は颯爽と背筋を伸ばしている印象だったけど、安井さんといる時は猫背でした。それは、背の高い彼がいつも安井さんの目線に合わせていたということで、微笑ましかったですよ。あの二人には、演出している部分もあったと思いますが、独特のオーラとバリアがありました。夜、『キャンティ』から戻ってくる二人とフッとすれ違ったりすると、ものすごい絵になっていて。どうやってもなかなか作れないような、そういう二人でした。安井さんは加藤さんのこと、『ダーリン』と呼んでいたけれど、普通なら恥ずかしくて言えないその言葉も、わざとらしくもなくごく自然で、稀《まれ》にみる素敵でカッコいいカップルだった。もう別世界、異次元の世界の人たちでした」

内田がその別世界を体験したのが一九九二年の春、夫妻が『マキシム・ド・パリ』で結婚十五周年のパーティを開いた時であった。

「メニューもワインも席順も全部二人が決めたパーティで、僕らは受け付け業務を担っただけですが、ブラックタイ着用ですからそのためにわざわざタキシードを買いました。招待客は五十人ほどで、着席のフルコースディナー。社交という言葉が似つかわしい特別な場所の特別な非日常の時間で、あまりにも浮世離れしているからまるで映画を観ているようでした。やっぱり作詞家であったり、作曲家は普通のサラリーマンとは違う生き方ができるんだな、って思った。同じ頃、彼らはヴーヴ・クリコに日本のＶＩＰとして夫妻で招待されて、サンクトペテルブルクの宮殿に行っていますが、その時の話なんか聞くとすごいスノッブです」

傍目《はため》にはバブル崩壊の予兆さえ入り込めないような華やかな夫婦の暮らしが転調するのは、一九九三年に入って間もなくの頃だった。加藤がパタリと仕事をしなくなったのである。

「加藤さんを担当していた女性マネージャーが仕事をもっていっても、一切受けなくなった。僕は、その女性マネージャーが原因かなと思ったんです。というのは、ある人に『安井さんって案外嫉妬深いんだよ。彼女のことは気をつけなきゃ』と言われたことがあったので、加藤さんが安井さんの手前、彼女と仕事をしづらいのかなと深読みしてね。でも、あまりにも仕事をしないので腹を割って話し合おうと、彼女と二人で加藤さんの家に行ったんです。春でした。そこで彼の口からキャンサーという言葉を聞いた。安井さんがステージⅣの肺ガンで、進行が早くてシリアスな状況なので仕事をしている状態ではない、と。安井さんは新宿の東京医科大学病院に入院中で、毎日、病院に行っていると沈痛な面持ちでした」

安井は、その年の冬を夫や妹の家族と共にカパルアの別荘で過ごすことができたが、クリスマス直前に容態が急変して急遽《きゅうきょ》帰国、日本に着いた日にそのまま入院した。年末年始は六本木の家に帰宅し、正月中の五日に再び入院。それから間もなく、内田は加藤から一枚のリストを渡される。

「リストには、何名かの方の連絡先が書いてありました。『安井が逝った時、たとえ何時であっても、この人たちに連絡してくれないか』と言われて。その時にはもう覚悟を決めていたのでしょう」

一九九四年三月十七日、安井かずみ永眠。内田は、形見分けとして安井の使っていた机をもらった。横浜元町の家具屋で買ったというその机は、古い木に革が張られ、両袖に引き出しがついている立派なものであった。後に内田は、「スマイルカンパニー」を退社する時、自分にはとても使いこなせないと考えて、加藤の懇意にしていたレコード会社社長に譲った。

加藤が六本木の家を全面改装したのは、安井が亡くなって半年経つか経たない頃であった。彼の前には、早くも中丸三千繪という新しい愛の対象が登場していた。

「その夏ぐらいから加藤さんは頻繁にヨーロッパへ行くようになり、また仕事しないわけです。家の改装はびっくりするくらい大がかりなもので、家具も食器も、カーテンに至るまでほとんど処分されたんじゃないかな。安井さんの痕跡がなくなるくらいの総入れ替えだった。一九九五年が明けてすぐの頃に、あるところから安井さんの写真が欲しいと言われて、加藤さんに聞いたら『全部処分しちゃった。まったく一枚もない』と平然と返ってきたので、ちょっとびっくりしましたね。これは想像ですが、加藤さんは安井さんに全力投球したように、中丸さんにも全力投球したのではないでしょうか」

東京・港区界隈で加藤と中丸が二人連れで食事をしたり、手をつないで歩いている姿が頻繁に見かけられるようになり、二人の仲が噂になり始めていた。噂の広まりを案じた内田が、加藤に「付き合っている人がいるのか」と遠回しに確かめると、加藤は「どうしたらいい？」と相談をもちかけてきた。

「加藤さんは、もう公表したかったんです。そこで、僕が顔見知りのフリーの編集者に頼んで、『フライデー』にツーショットを載せてもらうことにした。ただ、加藤さんは写真を撮られる場所が六本木あたりでは嫌なわけで、ヨーロッパに行くからそこで撮ってくれということになりました。女性マネージャーが二泊四日でイタリアへ飛んで、写真を撮ってきて、それを『フライデー』に出したんです。結局、彼らは安井さんの一周忌を待たずに二月に入籍しちゃったんです」

中丸との結婚発表の記者会見で、「安井さんのことはどうなるのか」と質問を受けた加藤は、「安井のことは完結しました」と答えている。

「安井さんの周囲の女性たちはみんな怒りましたよね。怒らなかったのは、渡邊美佐さんだけだったと聞いています。美佐さんは『あれだけ一所懸命尽くしたんだから、いいじゃないの』とおっしゃっていたようです。僕も、どんなにお金と時間があっても、あそこまでなかなかできるもんじゃないから仕方ないと思いました」

しかし、加藤と中丸は五年で離婚、実質的にはその結婚生活は二年で破綻していた。「スマイルカンパニー」を退社してレコード会社に移った内田と加藤のビジネスの関係は一旦は切れるが、時折食事をするという緩やかな友情は続いていた。

「加藤さんから、『ご飯食べない?』と電話がかかってくるんです。話すことは本当に世間話で、『今、猿之助（現・猿翁）さんと歌舞伎やっているんだ』とか、そんな話。再び僕がマネジメントをやるようになったのは二〇〇六年です。キリンから、CMソングに使いたいのでミカ・バンドを復活させてほしいという話が彼にあったようで、『また、一緒にやらないか』と言われたんです。多分、再々結成にあたり、事務的なことをメンバーに伝えるのは自分より第三者のほうがいいというのもあったのでしょう」

再々結成されたサディスティック・ミカ・バンドのヴォーカルは木村カエラで、メンバーは加藤に小原礼、高橋幸宏、高中正義。アルバム『NARKISSOS』のレコーディングは軽井沢や河口湖のスタジオで合宿し行われた。

「再結成の時と比べて、加藤さん、すごく楽しそうだったし、すごく変わったと思う。合宿を言い出したのも彼だし、河口湖には車いっぱいに調理器具を積み込んでやってきて、午前中にノルマを終えると、二時頃からスタジオの隣のコテージでコックさんの格好して料理を作っていた。メンバーも楽しそうで、打ち解けていて、以前の時よりはるかにバンドっぽくて、やりたいことができたという感じでした。加藤さんは、安井さんといた時は彼女に全エネルギーを注いできたと思うんですね。安井さんから聞いた話ですが、ヨーロッパに旅行した時、彼女が駅に咲いていた花を綺麗だと言ったら、加藤さんは翌朝わざわざ一時間かけて摘みに行きテーブルの上に飾っておいたそうです。加藤和彦って、そんな人なんです。だから安井さんが亡くなってから、もう少しいろんな人にエネルギーを向ける余裕ができたんじゃないかな。海外に行くと、僕にも『これ、内田君が喜ぶんじゃないかと思って』と、お土産を買ってきてくれたりしました。人が喜ぶのを見るのが好きな人でした」

中丸と結婚して以降、加藤は公式の場で亡き妻の話をすることは一切なく、安井を特集する番組でコメントを求められても「絶対嫌だ」と断り続けた。それは彼が決めたルールのようであったが、親しい人に向かっても安井のことを話すことはほとんどなかった。

「ところが、亡くなる一年前ぐらいから僕にも安井さんのことを話してくれるようになったんです。『最後にハワイに行った時、すごく元気になったのでこのまま治るんじゃないかと錯覚した』とか。夫婦共作には行き詰まりを感じていたようで、『僕は安井の詞じゃないと曲を書かないなんて言ったことはない。ただ、仕事を断る方便としてそういう言い方をしたのは確かだから、それが音楽業界に広まったのかもしれないね』という話もしました。晩年安井さんが加齢で悩んで鬱っぽかった、とも言っていましたね。加藤さんが亡くなった年の安井さんの命日には、『今、ZUZUの墓参りしてきたんだよ』と言っていました。思えばあの頃から、彼は死に向かってスイッチが入っていたのかもしれません」

二〇〇九年十月十六日、加藤和彦、軽井沢で自死。

現在、音楽業界から離れて新規事業を立ち上げた内田が回顧する。

「借りていた六本木のマンションの十二月までの家賃を支払っていたり、自分宛ての手紙は全部弁護士に転送するようにしてあったり、遺書も複数の人に送られてあった。だから完全にプログラムして、全部一人でやったのでしょう。僕は察しが悪いから、ほんとうに彼がそっちに向かっているなんてわからなかった。加藤さんはある種の天才であったたし、とにかく面白い人で、そして最後までわがままだった……。晩年、安井さんと一緒に作った『パパ・ヘミングウェイ』『うたかたのオペラ』『ベル・エキセントリック』のヨーロッパ三部作を再生させたがっていました。あれは二人にとって子どものようなものだった、と言っていましたから」

加藤の墓は京都にあり、青山墓地に眠る安井の傍らにはいない。だが、二人は人生の充実期を共に生きた。安井にとって加藤が運命の男であったように、加藤にとってもまた安井は運命の女であったのである。

1974年の著書『愛のめぐり逢い』の
ためのフォトセッションの1枚。

耳鳴り

矢島祥子

安井かずみは作詞家という職業に誇りを持っていたが、後半生はエッセイストとしての仕事が大きな比重を占めていく。回転の速い流行歌を生み出していく作業に比べ、自分のペースで書けるエッセイのほうが、健康的にも精神的にも〝適当〟だったと、彼女は自著に記している。

安井の信頼を得て、彼女の本を数多く作った編集者がいる。大和書房の矢島祥子である。三十八冊の安井作品の中で五冊のエッセイ集と、最後の日記を出版して、およそ四半世紀にわたり少し離れた場所から安井を眺めてきた。

矢島が安井に本を書いてもらおうと思いついたのは、社会人になって二年目の一九七一年だった。街には売れっ子の安井が作詞した曲が何曲も流れていた。小柳ルミ子の

『わたしの城下町』や、沢田研二と萩原健一をツイン・ボーカルにしたロックバンド、PYGの『自由に歩いて愛して』。同じ時期、加藤和彦と北山修の歌う『あの素晴しい愛をもう一度』も大ヒットしていた。

作詞家より八つ、九学年下の新米編集者は無論、安井の作った歌はよく知っていたし、彼女が出した二冊のエッセイ集も読んでいた。

「その頃、テレビで安井さんと平尾昌晃さんが神宮前の縁日を歩いている姿が流れていたんです。カッコよくてね、憧れました。是非、安井さんに愛についてのエッセイを書いてもらいたいと思って手紙を出して、ドキドキしながら電話を入れました。そしたら本人が出て、川口アパートにうかがうことになった。ドアを開けてくれたのは、なんと上半身裸にジーンズ、カーリーヘアーの若々しい男性。当時一緒に暮らしていたドラマーでした。書き下ろしをお願いすると、テーマが気に入ったらしく、すぐに引き受けてくれました。嬉しかった！　それが『私のなかの愛』。私が立てた構成案に沿って書いてもらいました。締切りの日にうかがうと必ず原稿は仕上がっていて、清書されているのか、きれいな原稿でした。その場で拝見して感想を伝え、それから二、三時間ぐらいは恋や愛についてのおしゃべり。原稿をいただくのが、毎回楽しみで楽しみで。編集作業を夢に見るくらい一所懸命でした。あの時、編集という仕事の醍醐味《だいごみ》を実感できたからこそ、今まで続けてこられた。私にとって安井さんとの仕事が原点です」

一冊目の本を作っていたある日、矢島が電話を入れると安井は引っ越しの最中だった。三十三歳になったばかりの安井は、超高級マンションで知られた川口アパートの小さな部屋から、三千万円で手に入れた一番大きな部屋に移ったのである。

「それがあの伝説の部屋です。それはそれは美しい部屋だった。玄関が広くて、高い天井まで届くような大きなドア、壁は赤茶色で、リビングの南側一面には白いブラインド。赤茶色の革製の大きなソファが置いてあった。仕事部屋は化粧台の裏の細長いスペースだけで、その裏にも鏡が張ってあり、加賀まりこさんが『この人は鏡を見ながら詞を書くのよ』と言っていた。台所にはディスポーザーまで設置されていました。私は弘前の出身で、家賃一万一千円の六畳一間の風呂なし電話なしのアパートに住んでいた頃だったので、田舎娘がいきなり都会の洗礼を受けたという感じだった。それからもあんな素晴らしい部屋を見たことはありません。成金趣味じゃなくて、スタイルがあってとにかくカッコよかった。安井さんは外ではジュンココシノやサンローランを着ていたけど、家ではノーメイクで、ジーパンにTシャツ、ノーブラに素足で、当時高級品だったウエラのシャンプーの匂いをさせていました。でも、不思議なんですが、安井さんのほんとうの顔ってよくわからなかった」

一九七二年の七月、四谷シモンが装丁したポップな表紙の『私のなかの愛』が発売され、たちまち重版された。安井に憧れる女たちが読者であった。安井は若い編集者に感謝を込めてティファニーのシルバーのペンダントを贈り、自分が着ていたサンローランの茶色のコットン・スーツを譲った。

「ブラウスとスカート姿の私に、『ちょっとこうするといいのよ』と自分のグリーンのスカーフを巻いてくれたこともありました。みんながちょっとずつブランド物が欲しくなっていた時代、私はサンローランが欲しくて初めて西新宿の三井ビルの中に入っていた『西武ＰＩＳＡ』に行きました。サンローランは素敵だったけど、高くて高くてとても手が出なかった。やっとの思いで、もらったスーツに合わせる半袖のインナーを買ったの。スーツはサイズが少し小さかったけど、何せサンローラン、無理してしばらく着てました」

矢島は『愛のめぐり逢い』（一九七四年刊）、『愛の回転扉』（一九七五年刊）とたてつづけに安井の本を作ってゆくが、娘の世話をしにやってきた安井の母とも何度か顔を合わせている。

「上品な山手の奥様という感じで、時々、娘を心配して来られていた。控えめな着物に真っ白な割烹着《かっぽうぎ》で、お茶を淹《い》れてくださったり。お父様がご一緒だったこともありましたね。本が出ると、お母様は横浜の書店にせっせと通い、何冊も娘の本を買っていかれたとか。サイン会には必ずキンピラを作って持っていらしたので、安井さんは『ママったらカッコ悪い』って、恥ずかしがっていました」

矢島は安井の恋の観察者でもあった。

「暮らす相手が替わっても全然隠さないんです。恋多き、可愛い人でした。私が知っているのはミュージシャンや編集者や作家たち、ハンサムな年下の男性が多かった。今をときめく時代の寵児と付き合い始めた時は、『今、彼と一緒に〝キャンティ〟でご飯を食べているんだけど、来て～』と呼ばれたことがありました。『彼が料亭でご馳走してくれる時は、わざと汚い格好していくの』なんて言っていましたね。別の恋人と喧嘩した時も呼び出されましたが、安井さんの顔には痣《あざ》ができていました。原稿の締切り日に、ある作家を追いかけてどこかの島に行ってしまったこともあった。加賀まりこさんが後で、『あんたって、突然いなくなるんだから』と心配していました。男の人に衒《てら》いなく甘えることができた人で、狙った男は絶対外さない。奔放なのに結婚に憧れ、とてもモテた人です。私は、ただただボーッと見ていました」

安井が嬉しそうに「トノバンと付き合い始めたの」と矢島に告げたのは、一九七六年の初頭であった。

「彼女の恋人だったミュージシャンのコンサートに呼ばれて行くと、客席には安井さんと加藤さんが並んで座っていました。加藤さんは大きなチェック柄のスーツを着て、信じられないくらい優しい声で『ＺＵＺＵ』って呼んでいた。安井さんは『やっとピッタリの相手を見つけた！』という感じで、彼を自宅に招いたまま帰さなかったみたい。加藤さんて、背が高くてスーツが惚れ惚れするくらいよく似合って、美しい男だった。銀座の『マキシム・ド・パリ』で開かれた結婚披露パーティに招かれた時は、安井さんが着ていたサンローランのオートクチュールのドレスと化粧が彼女らしくなくて一瞬違和感を覚えたのですが、彼女は嬉しそうでした」

結婚式から二か月後の一九七七年六月、矢島が編集した四冊目の安井のエッセイ集『愛――それから先のことは』が出版された。それは、前年に加藤が出したソロアルバム『それから先のことは…』からタイトルをとったもので、大半のページは「理想の男性」への礼賛と、彼を得た幸せで埋められている。

「『彼と一緒に住んでいます』と、公言してはばからないのは、単に男と女だけの関係のみならず、社会の一カップルとしてやっていけることが信じられるからです。（中略）やさしさを持って、つまり調和をもって生きてゆける人を尊敬します。その人を尊敬して、そばに寄り添っているうちに、私まで、いつのまにか人生に調和して生きてゆくことができるように思うからです。宇宙に和して、自然に和して、愛に和して生きてゆけることはとても幸せです」（『愛――それから先のことは』大和書房刊）

本の裏表紙は、安井と加藤が二人して空を眺めている横顔の写真である。中にも、ジャージ姿で自転車に乗る加藤と、その横を歩くサスペンダー姿の安井の写真が収められている。

一九七八年、まだ育休制度がなかった時代に長女を出産した矢島は、九か月後、職場に復帰し、再び安井との仕事にとりかかった。一九八〇年には『自由という名の服を着た女』を、一九八三年には『テニスでグッドモーニング』を出版する。

「加藤さんと出会ってからその頃までの安井さんが、一番幸せそうだった。『トノバンて、すごいんだから』とノロけて、身体も心も満たされていたようでした。ふくよかになって健康的で、ふわ〜んとしていました。加藤さんと二人でよくご飯を作って食べていました。打ち合わせにうかがった時に、私も何度かご馳走になったことがあります。加藤さんが『ただいま〜』と帰ってきて、それから加藤さんが昆布で出汁《だし》をとって鍋焼きうどんを作ってくれたりして」

「この一年間の彼との暮らしの中で、頬もふっくら、つやつやと、どうやらヒップもバストも五センチはふくらみ（?）、体重は四キロも増え、真昼のサイクリングもこなし、十時間の睡眠もうれしくねむり、ちゃんと人並みにお腹もすく、ブラボー健康というところなのです」（前出『愛——それから先のことは』）

だが、矢島は、安井の嗜好が変化していることを見逃さなかった。

「加藤さんと暮らし始めてからの安井さんは、家具の趣味が変わりました。いかにも高そうなものが増えた。リビングの素敵な白木のテーブルがまるでココ・シャネルの部屋に置いてあるようなテーブルに替わったり、コートもエルメスになりました」

一九八五年、安井は加藤と十年暮らした川口アパートを売り、六本木の一軒家に移った。矢島は、この時期の安井をほとんど知らない。矢島は料理研究家の小林カツ代との仕事に夢中で、一方の安井も他の編集者と組んで次々と本を出していたからだ。

「一人の編集者が一人の著者と売れる本を作り続けていくのには限界があります。四冊目、五冊目はそんなに売れなくなりました。最大の原因は私が企画を出せなくなったためです。私は仕事と子育てに必死で、安井さん的な世界ではなく別の世界に興味が行くようになったんですね。新しい編集者が出した安井さんの本は売れていました」

矢島が、八年ぶりに安井と向かい合ったのは一九九一年の秋だった。二十六人のエッセイストによるアンソロジー『私の三十歳　女が自分と出会うとき』の執筆を依頼するために、初めて六本木の家を訪ねたのだ。矢島は安井の変貌に驚いた。

「メイド服を着たメイドさんがいる家の中で、アルマーニのジャケットを着て、ヴァン クリーフ&アーペルのダイヤのイヤリングをつけていた。私の知っていた安井さんってお金持ちで、サンローランも着ていたけれど、パリの名もない店で見つけたスカートをはいていたりする人。アクセサリーも好きだったけれど、高級宝飾店のものにこだわったりしませんでした。ブランドで飾りたてることを一番嫌っていた人が、ブランドずくめのコンサバになっていた。髪も短くなって、もともと少女体形だったのに随分痩せていた。幸せそうに振る舞っていたのに、私にはあんまり幸せそうな顔には見えなかった。インテリアも素敵は素敵だったのですが、安井さんのセンスじゃないみたいだった。印象的だったのがキッチン。前のキッチンは家庭の温かみが感じられ、すごく健康的だったけれど、新しいキッチンは家の間取りのせいか、料理を作るという雰囲気じゃなかった」

後に矢島は、遺作となった闘病記『ありがとう!愛』（一九九四年刊）を編集した時、安井の周辺にいた人たちに取材している。

「あくまでも私の推察ですが、安井さんが六本木の家を買ったのは、加藤さんとの関係を再構築するためだったんじゃないかと思います。結婚して数年たった頃、加藤さんの浮気問題に、安井さんはひどいショックを受けた。それから加藤さんは携帯電話を持たされるんですが、電話に出ない時もあって、その度に安井さんは混乱したと聞きました。だから二人の関係を立て直す必要があった。川口アパートはやっぱり彼女の家だから、加藤さんと家を構え、加藤さんを家長として立てようとしたのでしょう。六本木の家で地下のスタジオからネクタイ姿の加藤さんが顔を見せた時、『お父さんに頑張ってもらわなきゃ』と言っていました」

矢島の分析は、恐らく核心を突いている。六本木に移る前年、一九八四年にリリースされた梓みちよの『耳鳴り』で、安井はこんな意味深長な歌を書いているのだ。

その事　知ってから
その手紙　見てから
細い女文字の
あなたへの恋文
その事　知ってから
少しずつ　あなたに
気をつかったりして
可笑《おか》しな　はなしね

＊泣けるだけ　泣いたけど
何ひとつ　変わらない
思い切り　笑ったの

耳鳴り　しただけ……

その事　知ってから
あなたの背中に
同情に似たもの
感じはじめたわ
その事　知ってから
わたしはわたしで
特にジンを飲むと
いつも咳きこんだ

＊（2回くりかえし）

安井と加藤のカップルが週刊誌を賑《にぎ》わした頃から、傍目には、キャリアも収入も上の女が年下の男をリードしているように映っていた。だが、「彼女なしでは暮らせなかった」はずの親友とも疎遠になり、気がつけば安井の人生は加藤を中心に回りだしていた。愛して欲しいと願った瞬間、人は自由を手放すのである。ただ一人の男が他の女に気持ちを移した瞬間に、二人のパワー・バランスは完全に逆転し、あの自由奔放な人でさえ自我を折り、夫の顔色をうかがいはじめて萎縮していったのだ。曲を作った加藤は、どんな気持ちでこの詞を読んだのだろう。

だが、世間はそんなことは知らない。バブルの狂騒曲が鳴り響く日本で、ブランドを着こなした安井と加藤が、時代の先端を行くカップルとして雑誌や広告の中で肩を寄せ合っていた。夫以外の作曲家の曲に詞を書かなくなった安井は作詞家として現役感をなくしており、加藤と夫婦を生きることがアイデンティティになっていた。加藤にとっても、安井とカップルでいることはステータスだったに違いない。

久方ぶりの再会を果たしてから二年後、一九九三年春の早朝、矢島のもとに安井から「祥子ちゃん、私、入院しているの」と突然電話が入った。

「病院に行くと、ラルフのピンクのポロシャツを着て、チノパンをはいた安井さんがいました。エスプレッソマシンでカプチーノを淹れてくれ、『キャンサーだから……、日記を書いてる』『和彦さんが毎日来てくれるの』って言っていた。その日は『また本を作りましょう』ということで病室を出て、退院後にご自宅にうかがいました。お昼は、安井さんの好きな玄米のおかゆにちりめんじゃこ、虎屋の羊羹《ようかん》『夜の梅』。その時、アビシニアンがいたんですよ。でも、猫を加藤さんが嫌がるのでくれた人に返さなきゃと言っていた」

その後、安井は入退院を繰り返すが、病状が深刻になっても「次の本」への意欲が衰えることはなかったという。けれど、年末になると容体は悪化した。矢島が最後に安井に会ったのは、一九九四年の年が明けてからだ。訪ねた病室では、安井がポツンと一人で寝ていた。

「その時はもう意識がほとんどない状態でした。着ていたものが売店で売っているような浴衣の寝間着だったのが忘れられません」

そして三月十七日、加藤からの電話で安井が亡くなったことを知った。

「当日はお邪魔だろうと思って、翌日、お花を持って六本木の家に行きました。そしたら加藤さんがご自分のご両親と一緒に穏やかに過ごしていて、安井さんのご遺体はなかった。『安井さんは?』と聞くと、彼は『いいの、ZUZUは神様と一緒だから』って。加藤さんが病院の霊安室に置かれたままの安井さんを引き取ったのは、亡くなって四日後の前夜式の日、教会に行く前でした。安井さんのお母さんや妹さんご一家、コシノジュンコさん、大宅映子さん、私も同席しました。正直に言うと、この時期、私は安井さんの日記と加藤さんの手記を是非本にしたいという編集者としての〝野心〟があったこともあり、よく加藤さんと連絡をとっていました。加藤さんが『徹子の部屋』に出て安井さんの思い出を語っているのも、六本木の家で彼と彼のお母様と三人で見ました。加藤さんが自分のテレビ映りをクールに観察していたことと、部屋の中にエドワード八世とシンプソン夫人の分厚い写真集があったのを覚えています」

加藤は本を出すことにとても協力的で、その折、さまざまなことを矢島に打ち明けている。

「病気になる前から安井さんは何かにこだわると止められなくなっていた。飛行機の毛布の色はこれじゃなきゃ嫌だとか、会食があると何日も前から食事を抜くとか。加藤さんは北山修さんに相談していたようで、『八歳の年の差をZUZUはずっと気にしていて、結局はそれを埋められなかった』とも言っていましたね。彼女の更年期の話もしていた。私は自分が六十歳を超えたからよくわかるのですが、安井さんは更年期を乗り越えるのが難しかったんだと思う。あの時代は今のように情報がなくて、自他共に認めるカッコいい女が自分の老いを認めて、更年期だなんてとても言えなかったんだと思う。胸が痛みます」

葬儀が終わって間もなく、六本木の家の前に、安井の服や下着や写真が透明なゴミ袋に入れられて大量に捨てられていた。「下着は母が整理した」と加藤は淡々と説明し、矢島にショックを与えた。そうした中で遺作の編集作業は進み、加藤の手記のタイトルも、参列者の涙を誘った彼のスピーチから『寂しいけれど悲しくはない』と決まった。だが、その原稿が四十枚まで進んだ頃、頻繁に入っていた加藤からの連絡がプッツリ途絶えた。

「電話をかけても話し中ばかり。それからまったく連絡がとれなくなりました。中丸三千繪さんが登場していたんですね。加藤さんの手記は頓挫しました」

矢島は、安井の最後の本を作るために、のめり込むように取材を続けた。夫婦のセックスの問題、妻の闘病を「いつまでかかるのか」と呟いた夫、献身的な夫を演じるための準備と計算……驚愕《きょうがく》する証言がいくつも飛び出してきた。そこで浮かび上がってきたのは、理想の夫婦の痛ましい現実だった。

「安井さんの最後の本なのに、加藤さんはチェックしようともしないし、日記の返却も求めなかった。別人のように関心がない。加藤さんのほうはもうとっくに終わっていて、夫婦生活はギリギリのところまで来ていたのかもしれません。加藤さんのことを〝アイスキャンディー〟と言った人がいました。一見甘くて舌触りがいい。でも、中は冷たい……。なるほどと思いました。最後のほうは外食ばかりで、彼女は炊きたての白いご飯が大好きなのに、『そんなものを食べたいと言わないからよかった』と加藤さんは言っていた。結婚生活の後半、安井さんは相当辛かったんじゃないでしょうか。病気になって、そういう苦しみからは解放されたのかもしれない。あの日記は、本にすることを私に託して意識的に書いたものだと思いました」

遺作となった日記をまとめた『ありがとう！愛』は、安井が亡くなった年の十月の終わりに全国の書店に並んだ。そこには夫婦愛が高らかに謳《うた》い上げられ、いかに自分が夫に愛されているかが綴られていた。それは愛されなくなる恐怖に怯《おび》え続けてきた安井の願望であり、夫への叫びのようなメッセージとも読める。

「完璧な夫婦を演じるのは、大変だったでしょう。安井さんに加藤さんと別れるという選択肢があれば、もっと違う人生があったのではと思います。でも、きっと無理だったんですよね。安井さんは一人でご飯が食べられない。加藤さんは安井さんの望むライフスタイルにぴったりな男性だったんですね。そして結局、加藤さんも安井さんと一緒にいた時が一番輝いていた」

矢島は、安井が亡くなった翌年に離婚、娘が自立した今は一人で暮らし、定年を迎えてからも同じ会社で嘱託として編集者を続けている。瀬戸内寂聴をはじめとする多くの女たちの本を編んできた彼女の編集者人生の中で、最初の著者、安井かずみは今も鮮烈に刻印されている。

ジャスト・ア・Ronin

吉田拓郎

安井かずみの交友録を繙くと、各界を代表する綺羅星のような才能が集まっている。吉田拓郎もその一人だ。一九七〇年代、フォーク&ロックと歌謡界を結んで日本の音楽シーンに革命を起こし、今なお団塊世代の絶対的な憧れを誘発する巨星と、歌謡ポップス黄金期の作詞家が交差していたのである。

レコーディングの合間だという二〇一一年の夏の終わりの午後。約束の時間に現れた白いシャツ姿の拓郎は、安井と一緒に写った写真と彼女の書いた文章を携えていた。そして「安井さんのためですから」と、静かに語りだした。

拓郎と安井の邂逅は一九七〇年代初頭。しかし、彼には、その前に加藤和彦との〝出会い〟があった。地元では人気者だった二十三歳の拓郎がプロになるために広島から上京したのは、一九七〇年。若者のカリスマ雑誌「平凡パンチ」が「和製ボブ・ディラン」と呼んだ音楽青年を東京へと誘ったのは、一九六八年に発売されたザ・フォーク・クルセダーズの『帰って来たヨッパライ』だった。

「学生の時に聴いて、これはすげえと思ったら、他にも『イムジン河』とか一連のいい曲をいっぱい作っていた。僕は加藤とは同じ学年です。そんな彼らがテレビに出て、ギンギンのスターになっていくのを見てると、これだ、これだ！　って。『お前たちも東京に出ておいで』と言ってるように聞こえたんです。ボブ・ディランが『ギター一本あれば歌を作れる』と思わせてくれ、フォーク・クルセダーズが『東京に行けば音楽で生きていく道がある』と思わせてくれた。当時、音楽やってるヤツはみんなそう思ったんじゃないですか」

一九七二年、『結婚しようよ』が爆発的にヒットし、拓郎は「フォークの貴公子」と呼ばれ、時代の寵児となる。反体制のメッセージを歌うフォークソングが、拓郎によって個人の生き方や恋愛を歌うものへと広がり、アンダーグラウンドだった音楽はビジネスになった。一方で、彼はフォークソングを支持する層から「商業主義」と批判された。いずれにせよ、「自作自演」が「シンガーソングライター」という呼称に代わったのは拓郎以降であり、既存の職業作曲家や作詞家の安定を揺るがす存在になっていく。それは表現者が作り手になっていく過程でもあった。

拓郎が七つ年上の安井と初めて会ったのは、このニューミュージックが日本の音楽の中心に座ろうという時代の転換期である。安井が書いた沢田研二の『危険なふたり』が売れていた。

「かまやつひろしに『面白いパーティがあるから』と連れて行かれたのが、川口アパートの安井かずみの部屋だった。スリー・ディグリーズの『荒野のならず者』が流れていて、コシノジュンコさんが踊りながら出てきたんです。とんでもないものを見たって思いましたね。当時のスーパーモデルたちがいて、みんなで輪になって座って音楽を聴いたり、踊ったり、お酒を飲んだり。あの時代らしく無茶苦茶やっていて、夜中になると男も女も裸になってプールに飛び込むんです。そんな空間に突然連れて行かれてカルチャーショックを受けるんですが、だけど密《ひそ》かにすごく楽しそうだという気持ちがありました」

この頃の拓郎は『旅の宿』の大ヒット中に「テレビ出演拒否」を宣言し、テレビと共存して発展してきた芸能界にアンチをつきつけていた。「大人は信じない」が一つの主題であった時代、彼は既存のシステムを破壊する若者の旗手であった。

「当時、僕はフォークソングで世に出ているのに、フォークの連中をどこか嘘っぽく感じていたんです。もともと僕が行きたかったのはテレビ中心の大メジャー。でも、そっちへ行っちゃいけないという方向に追いやられて、そこから芸能界の悪口を言う先頭に立ってしまった。このままでは東京に出てきた意味がないと思っている時に、ZUZUの家に行って、モデルが裸になったりしているのを見て、『これのためなんだよ、東京に出てきたのは』って。行きたい方向がはっきりした。だから、ある意味で僕を男にし、東京ですくすく育っていけるようにしてくれたのがかまやつひろしだったり、安井かずみだったり、川口アパートのパーティ。僕にとっては大きな入り口になっているんです」

安井は、拓郎を歓迎するでもなく、拒否するでもなく受け入れた。

「渡辺プロダクションを中心とする〝ザ・芸能界〟を愛している彼女からすれば、『吉田拓郎』は芸能界をダメにしたナンバーワンです。ロカビリーやグループサウンズのブームが続き、今とは違う熱狂があった時代がありました。彼女はその熱狂が大好きで、そこにいたいと思って詞を書いていた女の子だったんです。『私にとって音楽はジュリー』と言ってはばからず、彼に抱かれたいと思っていたんでしょう。そこに、そんな芸能界はおかしいと全否定してフォークソングが出てきて、しかも字余りの、彼女に言わせると整理されていない歌を長々と歌ってヒットして調子に乗っている。着るものは薄汚いし、髪の毛は伸ばし放題だし、そんな連中が日本の芸能界を牛耳るなんて許せなかったはずです。でも、『お姉さんのところで遊んで行きなさいよ』といった感じで、とにかく受け入れてはくれました」

出会いから間もなくして、拓郎はフォークグループ「猫」の『戻ってきた恋人』の作詞を自ら安井に頼みに行った。

「その晩、ZUZUと六本木の居酒屋で意気投合するんです。『フォークなんて大嫌い』と言っている彼女が、僕の髪の匂いを気にいって、『シャンプー何使ってるの？ ウエラ？ いい匂いがするからあんたは好き』と言った。自分の仕事が僕らに侵されていくのは面白くなかったはずなのに、それから、夜な夜な一緒に遊んでいた時代があるんです。いい遊び友だちでした。七三年、七四年、七五年頃ですけど、ZUZUはあの時代を象徴する不良な女で、我が儘で頑固で生意気で、言うことを聞かないんですよ。夜中に電話をかけてきて『出てきてよぉ』。で、僕も、『わかったよ』ってつい言ってしまう。どんなに腹を立てていても、『ま、いいか。お前が言ってんだから』というところに辿り着かせる人でした」

飲んだ後、安井はよく愛車で拓郎を彼の自宅まで送った。

「グレーのベンツのセダンでした。彼女は自分の車をベンツとは言わずに、『メルセデス』と呼んでいて、ああ、そういう言い方するんだ、カッコいいなって。恋ですか？ ZUZUはそういう対象にはなりませんでしたね。夜中の十二時過ぎれば傍にいてやらないといけないカッコいい姉貴で、僕はその弟でした」

この時代、安井は拓郎が作曲した三つの歌の詞を書いている。一九七三年に出た『戻ってきた恋人』と、同じ年に発売された彼のシングル『金曜日の朝』、七四年に浅田美代子が歌った『じゃあまたね』である。自身、数多の名曲を生み出してきた拓郎は『よろしく哀愁』をカバーしているが、作詞家・安井かずみをどう評価するのか。

「僕が人に詞を発注する時は、メロディを先に渡すことはあり得ません。こんな詞は歌えないとか、こんな詞を歌わせるわけにはいかないと考えるタイプなので、ZUZUにも詞を先に書いてもらった。よかったですよ。『戻ってきた恋人』の中に、♪小花もようの長いスカート♪ってフレーズが出てくるんですが、いいなぁって、もうピンときますよね。そういういい女を描くんですよ。この時代になっても忘れられないフレーズです。『よろしく哀愁』も素晴らしいです。酒飲んでいる時は果てしもなく我が儘で、嫌な面も不細工な面もダサい面もある女の人が、♪もっと素直に僕の愛を信じて欲しい♪といった詞を書くところがプロの作詞家です。フォークソングの世界というのは自分の日常を歌にしているわけだから、プロの作詞家だと思って詞を書いている人は一人もいませんん。ですから自分のためだったら書けるけれど、人のために詞を書くことはあまりないです。安井かずみは空想の世界を描いていて、その空想の度合いがものすごくいい。男たちが作り上げてきた世界の中で女性として作詞家の道を拓き、今でも輝いている詞を書いている。ワン・アンド・オンリーな人です」

一九七四年、拓郎が渡辺プロダクションに所属する森進一に曲を提供した『襟裳岬《えりもみさき》』が第十六回日本レコード大賞を受賞し、ミュージシャンによる楽曲プロデュースの嚆矢となる。翌七五年、拓郎は井上陽水、泉谷しげる、小室等と共に独立系のフォーライフ・レコードを立ち上げ、沢田研二は元ザ・ピーナッツの伊藤エミと結婚し、安井作品から離れて阿久悠作詞の『時の過ぎゆくままに』で九十二万枚を売り上げた。安井が、福井ミカと離婚したばかりの加藤和彦と恋に落ちたのは、この年の暮れのことであった。

安井と加藤が結婚したと聞いた時、拓郎は「なんで加藤を選んだのか」と驚いたという。『結婚しようよ』のアレンジをしたのは加藤であり、拓郎にとって彼はその才能も人となりも熟知した愛すべき音楽仲間であった。

「加藤和彦という音楽家の才能は、日本では唯一無二なものだと思っています。たとえば十人の歌手がいた時、その十通りの歌にランクをつけて一曲一曲こうすればよくなるということを即座にできる。未だにJポップスというものはほとんど何かのコピーにすぎないんですが、その元である音楽を全部彼は頭の中に叩き込んでいた。『結婚しようよ』も僕の曲想はもっとフォーキーな感じで、スリーフィンガー奏法でギターを弾いたデモテープを渡したんですが、スタジオに行くと彼のアレンジで華やかに彩られた世界になっていた。ああこんなに変わるんだ、凄いなこの魔術はと思った。彼がスタジオで一個一個音を作っていくのを目の前で見ながら、こうやって音楽は作ればいいんだとショックを受けるわけですね。そこから僕は自分で音楽をやっていく自信がついたんです」

有名なエピソードだが、拓郎愛用のギター、ギブソン・J－45を探し出してくれたのも加藤であった。

「僕が欲しいと言ったら、『探してあげるよ』と言ってわざわざ持ってきてくれた。ほろっとするような優しいところのあるヤツなんです。ただ、優しすぎて弱い。離婚した時、ミカさんがロンドンに行って彼が東京に残された半年間、僕は（世田谷区）砧《きぬた》のマンションに通って、憔悴《しょうすい》し切ってめそめそしている加藤に付き合っているんです。部屋の中には『それ、捨てろよ』と言いたくなるようなミカさんのものがいっぱい置いてあった。そこへ彼のお母さんが京都から出てきて『和彦をよろしくね』って。雑誌ではヨーロピアナイズされた粋な男のように書かれているけれど、むしろ鈍臭くて、女から見て魅力を感じるわけがないんですよ。だから、自分より先を歩いてくれる女じゃなきゃダメな加藤がＺＵＺＵを選んだのはわかるんですけど、歴戦の兵《つわもの》のＺＵＺＵがなんでそんな頼りない男に熱を上げたのか。さっぱりわからない」

安井の友人たちは二人の結婚を歓迎しなかった。この結婚により、安井の生活も交友関係も大きく変わっていく。

「みんな、なぜと思ったんでしょう。僕なりの推理ですが、頑固なＺＵＺＵは周りが

『やめろやめろ』と言うほど意地になって燃え上がり、その関係を守りたくなったんじゃないですか。僕は八〇年代半ばに再び安井かずみと出会うんですが、七〇年代に知っていた彼女とは明らかに違っていました」

拓郎と安井の再会のきっかけとなったのは、武田鉄矢が中心となってつくった一九八六年公開の映画『幕末青春グラフィティ Ronin 坂本竜馬』。拓郎はこの映画で高杉晋作を演じており、音楽を担当したのが加藤。拓郎と加藤が歌った劇中歌『ジャスト・ア・Ronin』の作曲は加藤で、作詞が安井であった。

やたらと色んな奴《やつ》いるさ
よく見りゃ皆んな
独りよ
あいこで飲めば　酒もまたいい
明日のことは聞くな
やるっきゃないのさ
淋しい顔も出来ずに　ただ
朝から晩まで

働く犬じゃないんだ　そうよ
俺もお前も　人間なんだとよ
うれしいじゃないか

この世は　たかがこの世　だけどこの世
この世は　そんなこの世　生きてゆく
お前と俺がいる

*ジャスト・ア・Ronin（It's all right）
ジャスト・ア・Ronin（It's all right）
ジャスト・ア・Ronin（It's all right）
We are ジャスト・ア・Ronin だよ

もともと　何も知っちゃないし
可愛いものよ
もともと　何も持っちゃいないし
気楽なものよ　よく云や俺たちは

とことんマイ・ウェイ

この世は　たかがこの世　だけどこの世
この世は　そんなこの世　生きてゆく
お前と俺がいる

ジャスト・ア・Ronin（It's all right）
ジャスト・ア・Ronin（It's gonna be all right）
ジャスト・ア・Ronin（It's all right）
We are ジャスト・ア・Ronin だよ

Ronin　仲間さ　Ronin　いつでも
Ronin　仲間さ　Ronin　いつでも

＊（くりかえし）

「この曲をきっかけに、加藤家と吉田家がお互いの家でご飯を食べたりするようになるんです。久しぶりに会ったZUZUは、お前、そんなことしないだろ、と思うぐらい家庭の中にいる女をやっていた。なんかちっちゃくなったなって。加藤のほうは立派な男になってました。お酒が飲めなかった男がワイン通になっていて、えらく一流好みになっていた。ZUZUにいろんなことを教えられて大きくなったんですね。一家の長としてリーダーシップを発揮するようなところもあって、それは演技としてもあったんだと思うんですが、ZUZUに『君、それはおかしいからこうしなさい』と命令して、彼女が『ごめんなさい』と言う姿を見て信じられなかった。新生・加藤と付き合うようになって思ったのは、妙にファミリアルなんですよ。僕はあの二人をツインとして認めにくいところがあって、ご夫婦でというのも苦手でね。でも、外で加藤とお酒飲んでいても、必ずZUZUやうちの妻（女優の森下愛子）を電話で呼び出して、結構四人は仲がよかった。ZUZUは妻を妹みたいに可愛がり、妻もZUZUを慕っていましたから。ただ、〝家に招いてご飯を作って食べさせてくれる安井かずみ〟というのは僕の知らない奥さんでした」

　バブルの時代が始まっていた。この時期、拓郎は何度か安井・加藤家に泊まっている。しばしば女性誌のグラビアを飾る二人の暮らしぶりを間近に見た彼は、自他共に認める日本一ゴージャスでお洒落な夫婦にどこか空虚さを感じずにはいられなかった。

「朝、『ねえ、朝ご飯よ』とパンケーキ焼いてもってきてくれるんですよ。市販のパンケーキ・ミックスなんです。『えっ、お前んち、朝からこんな甘いもん食ってるのか』と言いながら、甲斐甲斐しくインスタントのパンケーキを焼いて持ってきてくれるZUZUというのは、僕からすると絵的におかしいな、と思うわけです。家はまるでホテルで、まったく生活感のない空間でした。普通、夫婦で十年近くも暮らせばもうちょっと漂ってくるものがあるけれど、それがまるでない。もっと言えば、あの六本木の家には暮らしなんて存在していなかった。人間は普通、あんなところに長年いたら疲れてしまいますよ。そんなものやるわけがないはずの加藤がZUZUと一緒にテニスやゴルフをやっていたのも、僕には、関係を維持するために必死になって共通の話題を作っているようにしか見えませんでした」

一九八五年に静岡県掛川市で開催された「ONE LAST NIGHT IN つま恋」以降、拓郎は活動を休止していたが、『ジャスト・ア・Ronin』での再会をきっかけに、加藤和彦プロデュース、全曲安井かずみ作詞による吉田拓郎のアルバム制作というビジネス話が浮上した。一九八六年五月、『サマルカンド・ブルー』はニューヨークでレコーディングされ、同年九月にリリースされた。この時、プロモーションも手がけた安井の書いた文章が拓郎の事務所にファイルされていた。

「『ジャスト・ア・Ronin』の時に一緒にやって、ああ、拓郎の歌っていいなぁと思ってたのよ。わぁ、いいなぁ。何かチャンスがあったら、詞を書いてみたいなって思っていたのよ。それが（筆者注・拓郎から）頼まれたから、もう、うれしくって」

苦笑しながら拓郎が述懐する。

「もうやる気がなくて、いろんなものからリタイアしたいと思っている時期だったので、このアイデアは僕から生まれてくるわけはありません。加藤がえらく熱心で、やらせろ、やらせろと。僕はレコーディングも日本でやりたかったのに、ZUZUに『ホイットニー・ヒューストンに会わせてあげる』とまんまと騙《だま》され、いろんなことを我慢して曲を作り、ニューヨークに行ったらシンディ・ローパーに会っちゃったというような笑い話もあります。ま、いいか、みたいな感じでやったんですね、僕は」

詞を書くにあたって、安井は拓郎のもとに日参した。彼が却下した詞は十指に余る。当時の安井は加藤の作った曲にしか、それもごくたまにしか詞を書いていなかった。

「僕の住んでいた渋谷のマンションによく来て、夜な夜なウィスキーを飲みながら、あでもないこうでもないとやり合いました。相変わらずフォーキーなことに拒絶反応を示す女で、彼女は依然として『吉田拓郎』というのはフォークソングだと思っていたので、『僕のはよく聴きゃリズム&ブルースとかいろんな要素が入っているんだから、聴けよ』と言ってケンカになったり。『聴くわよ』と言いながら、全然聴いていませんでしたから。それでも安井かずみは結構無理して頑張ってました。彼女は夫がプロデューサーだったから期待に応えなきゃいけないと背負い込んだものがいっぱいあって、必死だったんでしょう。あの頃、髪の色が少しずつ変わり始めていて、白髪が一本増えるたびに『あんたのおかげでこんなになったのよ』と髪振り乱して泣き叫ぶんです。嫌な女だなぁ、こんなヤツと仕事したくないな、しかも加藤があんな男だしなとか思うわけですよ、僕は。でも、我《わ》が儘千万《まませんばん》の三人が揃ったら話にならなくなるから、僕はイエスマンになるという約束でニューヨークに行きました」

レコーディング中、歌手の歌い方に注文をつけるなどしたことのない安井が、拓郎には何度もダメ出しをし、「あなたはライオンなんだからもっと雄々しく」「もっとセクシーに」を繰り返した。彼女が「日本に今までなかった類の音楽。セクシーで、男で、人生で」と書いた『サマルカンド・ブルー』に対する拓郎の自己評価は厳しい。

「レコーディングの風景まで含めて、これはどちらかと言うと失敗作ですね。何がどうなんだということがあのアルバムからは聞こえてこなくて、僕自身、ステージでこの中の曲はほとんど歌っていません。ZUZUに言われて、セクシーに雄々しくやったつもりだけれど、歌いながら、俺を沢田研二と間違えてるんじゃないかって思ったし。彼女の持っていた音楽センスや詞のセンス、僕に求めてくるリクエストは、一時代前のものでした。悲しいけれど、ZUZUはそれに気がついていなかった」

このレコーディングでは、加藤が食事中にディレクターたちを呼んで、「ニューヨークでレコーディングしてるんだよ。もっとちゃんとしなさい」と服装や立ち居振る舞いを注意したというエピソードが残されている。

「レコーディングで来ているスタッフにスーツを着てこいというのも無茶だし、存在の仕方がよくないと言うのはもっと無茶だと僕には映りました。なんであんなことを言わなきゃいけなかったのか、未だにわからない。彼らはニューヨークにがんじがらめになっていて、すごく形にこだわっていた。ZUZUとの結婚によって加藤は数段階段を上ったことは事実だけれど、いきなり大所高所に行っちゃったので、人を見下して傷つけるようなことを言ってしまうところがありました。ZUZUのほうは、あれだけ愛のこもった詞を書ける人が人の痛みや悲しみがわからないわけがない。どうしてこんなことがわからない加藤を選ぶかなって、やっぱり、話はそこにいってしまうんです」

　拓郎が安井と加藤の関係に首をかしげたニューヨークの思い出が、もう一つある。オフの日、拓郎と安井がソーホーを散策していてフィリピン人が経営する夜店のような店を見つけたときのことだ。

「僕とZUZUは買物おじさんと買物おばさんと化して、普段着られないような真っ赤なジャケットやらを山のように買って帰ったんです。翌日、彼女に会ったら『こんなの買うのはバカだとトノバンにすごく怒られたの。返しに行こうと思う』と言うんですよ。つまんないオヤジだなと思いました。でも、そういう男に仕立てたお前にも責任があるだろうという話です。彼らが世の中に夫婦としての一つのスタイルを提示しているのはわかるんだけれど、僕の知っている二人はもっとドロ臭くて不細工です。僕は中途半端にアメリカかぶれしているし、中途半端に日本人が好きだから、あんな生活は肩が凝るだけ。メディアに相手にされなくなったらどうするの？　と言いたくなったし、危うい綱渡りをしているようにしか見えない生活は破綻しているとしか思えませんでした」

拓郎と安井の三度目の邂逅は彼女が亡くなる前年、一九九三年のことである。翌年正月にテレビ東京で放送されたドラマ『織田信長』の主題歌で、阿久悠が作詞し、加藤が作曲した『純情』を、拓郎と加藤が二人で歌った。

「そのこと、すっかり忘れていました。ただ、その頃からまた時々会うようになりました。みんなでワーワー言っている時も、ＺＵＺＵはもうお酒は飲まないで、煙草も吸わないで、何かを覚悟していたのかかなり加藤に厳しいことを言っていました。『拓郎くん、トノバンに言ってあげて。ちゃんと歌やれ、音楽一所懸命やれ、もっとしっかり歌え、男らしくしろって』と。本気で、『だらしないから怒ってくれ』と言うんです。彼女は最初から加藤のそういうところはわかっていたはずなのに、最後になって口にするようになる。加藤は才能の割には意外とヒット曲は少ないんですね。安井かずみは阿久悠とかと同一線上にいるビッグネームで、加藤和彦も筒美京平と並んでもいいはずなのに、そこにはいない。どうも正しい評価がされていないんですよ。それは、彼の作った曲は遊びが過ぎたり余裕があり過ぎて、最終的には誰もわからないものになってしまったからです。『お前の音楽はわかんないんだよ』と言うと、『わからないお前たちが悪いんだよ』と言っていました。ＺＵＺＵが亡くなってからは早い再婚に愕然としたし、加藤とはほとんど会っていません。彼が死んだ時、ちょっとは俺のことも頼りにしろよと思いましたよね。そう思った人は僕以外にもいらっしゃるでしょう」

拓郎は安井と過ごした一九七〇年代を懐かしみ、最後にこんな言葉で彼女を振り返った。

「あの時代を東京で遊んでいたヤツらって、みんないいヤツでニコニコしていたんだけど、どこか哀しいんです。その中でも最も哀しいのが安井かずみでした。安井かずみというといくつもフラッシュバックしてくる映像があって、お前、哀しすぎるよというのがありますね。愛しくて、可愛い人です」

二〇〇三年の肺ガン手術を経て、二〇〇六年には三十一年ぶりにかぐや姫とのコンサート「つま恋２００６」を開催。二〇〇九年、日常を歌った六年ぶりのオリジナルアルバム『午前中に…』をリリース。「越えられそうにない壁を越えて新しい自分として生きてゆく」(田家秀樹『吉田拓郎　終わりなき日々』角川書店刊)。吉田拓郎は、六十六歳で、新しいアルバム『午後の天気』を世に問うた。

アルバム『サマルカンド・ブルー』のレコーディングが行われた
ニューヨークの「パワーステーション・スタジオ」にて。
(写真提供 / 吉田拓郎)

危い土曜日

外﨑弘子

人は、その時代その時代によって顔を変えていく。

加藤和彦と出会う前の安井かずみは、若くして成功した人気作詞家であり、時代の先端をゆくファッションリーダーであり、ファーストクラスで世界を旅するコスモポリタンであり、恋から恋を渡り歩く奔放な女であった。けれどその華やかさの裏には、いつも満たされることのない不安と、一人の孤独を抱えていた。

そんな安井の傍にいた、かつての恋人の一人に会うことができた。仮にその人の名前を、Aとしておこう。

Aは安井より五歳若く、職業は作家である。

新刊本を出したばかりの彼の事務所に、見知らぬ女から電話が入ったのは一九七四年の終わりであった。Aの作品と、単行本のカバーの折り返しに載った顔写真に心惹かれた安井が「会いたい」と電話攻勢をかけ、恋を仕掛けたのである。「抱かれる女から抱く女へ」は七〇年に日本に上陸したウーマンリブのスローガンでもあったが、安井は自分から男を口説くことをためらわない女であった。

ふたりっきりになったら
どうしたら　いいかしら
危い土曜日　見つめられてるの

おしゃべりもとぎれたら
つないだ手が熱いの
危い土曜日　月明かり

あなたを好きな　私の気持ち
わかっているなら　やさしくして
もっと　もっと
どこにゆくの　ふたりは

きつく肩を　抱いたまま
恋の夜が回るの
ぐるぐる 危い土曜日

ふたりっきりになったら
あなたに巻き込まれる
危い土曜日　くちづけされちゃう

その年にヒットしたキャンディーズの『危い土曜日』は、安井の作詞である。Aはその曲は耳にしていたが、安井のことはよく知らなかった。

「何度もかかってくる電話に根負けして受話器をとると、ちょっとかすれ気味の女の声が聴こえました。『安井かずみです』と自己紹介した後、『あなたの小説に、モロッコが出てくるでしょう。マラケッシュやフェズ。懐かしくってね。私の部屋は赤いの、フェズの砂漠の赤なのよ』という話をされた。で、『これから、家に来ない？』と誘われたんです」

Aが川口アパートに出向くと、ノーメイクで部屋着姿の「ちょっとブスな女」が待っていた。二人は会って十分もしないうちに、ベッドの中にいた。

　彼女がAに惹かれたのは、彼の職業もあったに違いない。安井には小説を書いてみたいという願望があり、小説家に対して強い憧れを抱いていたからだ。鏡台の前や、お茶を飲んだ後のテーブルの上でさらさらと詞を書き上げると、Aに向かって少し自嘲気味に言ったという。

「私の仕事はコマーシャルだから。作詞ってボールペンと紙さえあれば書けるから、元手はまったくいらないのよ。お金は、私が稼ぐから大丈夫。私はいくらでも稼げるの」

　安井は、小説と比べて作詞の仕事を商業主義とどこかで卑下する風ではあったが、それは単にカッコをつけているに過ぎないことはAにもわかっていた。

「あいつ、『あたしたちの世代にも演歌があるはずなのよね。あたしはそういう、あたしたちの演歌を書きたいの』なんてことを言っていましたからね。部屋の中では、いつもノーメイクで、パジャマ姿でしょっちゅう踊っていた。『私、生まれ変わったらダンサーになるの』って、言っていました。そういえば、射撃のライセンスも持っていて、『部屋で撃ってるのよ』とも、言っていました」

　とびきりセンスのいい部屋、グレーのセダンのでっかいメルセデス、洗練された着こなし、どこにいても目立つ日本人離れした立ち居振る舞い。Aにとって安井は面白い女であり、同時に尽くす女でもあった。ジーパンがトレードマークのようなAと付き合いはじめてからは、安井もいつもジーンズ姿であった。Aが呼び出すと、彼女はエッセイの締切りをおいても必ずやって来た。

「俺がグァムにいたとき、『来いよ』と電話をかけると、彼女はすぐに飛んできた。当時のグァム空港って今のように整備されていない田舎の空港です。そこで待っていると、まっさきに、すっげえいい女が降りてきたんです。ZUZUだった。醸しだす雰囲気が他とは全然違って、ああ、こいつ、いい女だったんだなぁとハッとしました」

Aの運転手を進んで引き受けて、Aの仕事がすむまで何時間でもベンツの中で待っている。安井が用意したAの誕生日の贈り物は、二人の名前が刻まれた懐中時計だった。

誰かを好きになると、彼女の心はその男にだけ向かうのであった。

「タヒチに旅行する計画があって盛り上がって、寸前まで行ってキャンセルになりました。『キャンティ』や、天ぷらやの『天一』に行ったり、『ホテル・ニューオータニ』の会員制のクラブに飯食いに行ったりしましたね。加賀まりこや彼女のダンナが一緒のときも、ありました。かまやつひろしのパーティにも連れて行かれた。そういえば、サディスティック・ミカ・バンドのミカと三人で会ったこともありました。確かミカが、加藤和彦と別れた頃だったと思う。俺はミカとは初対面だったので、ZUZUが連れてきたんです」

安井は情熱の量だけ淋しがり屋でもあり、独占欲が強くて、Aの愛を試すかのように時にエキセントリックな行為に出た。

「あいつ、何度か、『私……。今、ガス管くわえたの。もう死ぬから来て』と、夜中に電話をかけてきました。その度に、俺は川口アパートに飛んでいきました」

A級ライセンスを持ち、スピード違反で何度もつかまり、運転中に崖から転落するほどの事故を起こしている安井は、どこかに自殺願望を抱えている風ではあった。

「でも、それはあくまで願望で、本気で死にたいというわけではなかったと思います。ZUZUは、自分が愛した男は自分だけに向いていなきゃいけなかった」

こうした安井の行為も、時代の気分とどこかで重なっている。あの時代、日本の経済成長は止まり、オイルショックと狂乱物価に翻弄され、ロッキード事件が起こって、世界は閉塞感に満ち満ちていた。誰もがどこか不安で、不幸で、不機嫌であった。健康志向の始まりの中で自然食ブームも起こっていたが、安井同様に多くの女はジムに通い、玄米を食べながら煙草をくゆらして、アルコールを飲んで、アンニュイな表情をしていた。痩せて病的であることや、エキセントリックであることは、カッコいい女の一つのスタイルのようなものでもあった。

ある夜、安井は「見せたいものがある」とAを車に乗せた。彼女の運転するメルセデスが止まったのは、イギリス大使館の裏手にある一軒家の前だった。

「あたし、ここ、買おうと思っているの。三億円ぐらいなの。川口アパートを貸せば、月に六十万円くらいになるから二人で遊んで暮らせるんじゃない？」

安井は、Aとの結婚を望んだ。だが、それから間もなく、Aに別の恋人がいることが発覚した。安井はAに一言の恨みも言わなかった。その代わりのように、Aが、日頃「あいつは凄い男だよ。いい男なんだ」と彼女に話していた人物に連絡をとり、その男と恋愛を始めたのである。後にメディアを席巻する実業家である。

「びっくりしました。俺の友達ですよ。ZUZUは誇り高い女だから、傷ついたことから逃れるために、彼のところに走ったのだということはすぐにわかりました。一度、天地真理と三人で食事した後、六本木の街を歩いたことがあるんです。ZUZUが腕組んでくるから、俺が天地真理の目を気にして『やめろよ』と振り払うと、怒って駐車してあった車に飛び乗って、急発進しちゃったものだからタクシーにぶつけたこともありました。誇り高くて、エキセントリック。そしてものすごい弱いくせに、ものすごいしたたかな女だった。もちろん、したたかというのはいい意味だけどね」

Aの友人と安井が交際した期間はそう長くはなかった。次に安井の恋人となったのは彼女がアルバムの詞を書いたシンガーソングライターであったが、その恋の最中に妻と離婚し、サディスティック・ミカ・バンドを解散して失意の中にいた加藤和彦が現れたのである。

「最初のうちは、離婚したばかりでたぶん落ち込んでいるのではないかと彼の気持をいたわりたい、という感じでした。少しわけ知りのいい女友だちとして、話ができたらと。私も離婚経験があり、別れたばかりのときは心の中にいろいろな葛藤があるのを知っていましたし、つきあいは穏やかに、静かに滑り出したのです」（安井かずみ・加藤和彦『ワーキングカップル事情』新潮文庫）

安井と加藤の運命の糸が繋がったのは、ベトナム戦争が終結した七五年の暮れのことである。Aは、加賀まりこから「ZUZUの今度の人はいい人よ。うまくいくわ」と聞いていたが、その後一度だけ、安井と電話で話している。加藤と結婚していた安井は、Aが恋人と別れたことを知って、「あなたたちは二人とも前衛だったのよね。男と女は、どちらかが前衛でどちらかが後衛でないとうまくはいかないのよ」と話した。

Aは、振り返る。

「あいつとの付き合いが、一年に満たなかったなんて思えません。いろいろなことがあった濃密な時間だった。みんな、若かったということですね。さまざまな男が彼女を通り過ぎ、彼女もまたさまざまな男を通り過ぎていったのだという気がします。あの人は、『通り過ぎて』いったんですね。穢《けが》れることのできない女だったというとキザになるけれど、時代とも摩擦を起こさず、男にも時代にも傷つけられることなく、するするとすり抜けていったという感慨が俺の中にはあります」

次の証言者は、安井・加藤夫妻をよく知る女性である。安井より二十歳若い彼女をBと呼ぶことにする。Bの母親と安井が古くからの友人で、安井は彼女を妹か娘のように可愛がっていた。

「子どもの頃からよく遊んでもらいました。どこかへ遊びに行くと手をつないでくれたり、夏になると、住民のゲストなら入れるからと、川口アパートのプールに呼んでもらいました。プールから上がると、ちゃんとケーキを用意してくれていてね。でも、夜のパーティとかでは、『さあ、これからは大人たちの時間。子どもは寝なさい』と、言われました。優しいだけでなくて、厳しさもちゃんと持ち合わせた大人でした」

七五年の暮れに加藤和彦と恋に落ちてからは、安井はどこに出かけるにも彼と一緒であった。もちろん、Bと会うときも例外ではなかった。Bが大学生であった八〇年代初頭は、ディスコ・ブーム。Bは誘われて、二人と六本木の『レキシントンクィーン』で踊ることがよくあった。

「私はお酒を飲まなかったので、ずっとZUZUたちの様子を見ていました。二人は、ほんとうに素敵でした。ZUZUには、いろいろな話をしてもらいましたね。『その年、その年での美しさがある』ということや、ファッションのことも教えてもらいました。審美眼が優れているうえに、たとえばテーラードジャケットの歴史まで調べていて、デザイナーがそれをどういう意図で作ったのかということについても勉強していた。『女の人の細くてきれいな手首を見せるのが、一番美しい着こなしだ』と言っていた。あの時代に、誰もそんなことは知りませんよね。だからZUZUは、アルマーニであろうがシャネルであろうが、ジャケットの袖は手首が見えるラインで切っていました。ZUZUがよくしているカルティエのスリーゴールドのピアスが、ありました。テニスウェアにもドレスにも合うのだと、彼女は言っていた。三十歳を超えたときに、私も思い切ってロスで同じものを買いました。今も、一番よくつけているピアスです」

安井と加藤は何かとBを気にかけてくれ、Bのアルバイト先にもわざわざ足を運んでくれた。誰の目にも、仲睦まじいカップルであった。

だが、あるとき、不思議なことがあった。三人で六本木のクラブでお喋りをしていたときのことだった。Bが運転免許をとるために教習所に通うことを二人に告げると、免許を持っていない加藤が「いい機会だから、それなら、僕も一緒に通うよ」と言い出し、その場で、加藤の教習所通いが決まった。

「ところが、教習所に行く最初の日の朝に、トノバンから電話がかかってきたんです。『ごめん、行けなくなったから、一人で行って』って。私はその日は加藤さんの都合が悪くなったのだと思って、『じゃあ、ご都合のいい日にスタートとするということで、教習所に言っておきます。いつからがいいでしょうか』と聞きました。すると『いや、行けなくなったんだ』って。そのときは、なんだかわけのわからない電話だなぁと思ったのですが、後々聞いたら、ZUZUが泣いて『絶対行かないで。やめて』と止めたそうです。彼女は、トノバンが私と二人で何か月か一緒に教習所に通うことが耐えられなかったみたい。その話を聞いたとき、えっ、相手は私なのにと、ひどく驚きました。ZUZUは私のボーイフレンドにも会っているんですよね。でも、彼女はどんな人であっても、トノバンが長い時間を他の女の人と過ごすことが嫌だったのでしょう」

それは、一九八四年、安井が四十五歳、加藤が三十七歳のときの出来事である。この一件の前に、加藤が仕事仲間の女性と恋に落ちて、安井を打ちのめしたという話がある。それがほんとうに恋であったのかどうかは、わからない。加藤が安井に隠れて恋愛などできるわけがない、という人は多いからだ。だが、安井は加藤が他の女性とお茶を飲むことさえ許さず、いつも自分の独占欲ゆえに苦しんでいたことは容易に想像できる。そして独占される加藤も、また苦しい思いをしたであろうことも。

一九八六年に文庫本として発売された夫妻の共著『ワーキングカップル事情』には、加藤和彦の書いたこんな一節がある。

「この（筆者注・サディスティック・ミカ・バンド）解散とほぼ同時に、僕とミカは離婚した。思えば僕らは『生活』をないがしろにし過ぎ、ふと気づくと最も親密であるべき二人が、なんとなくお互いを必要としなくなっていたのである。そして、『続けよう』という努力も欠けていた。／僕が今の家内とうまくいっているのは、この苦い経験からいやおうなく多くのことを学んだせいだろう」


いずれにせよ、Bの言うとおりである。

「ZUZUとトノバン、いつも二人はセットでした」


三人目の証言者も、「いつも二人は一緒でした」と回顧する。隣人であった外﨑弘子である。

弘子が、安井・加藤と初めて会ったのは一九八五年が始まったばかりの頃であった。チャイムの音がして家のドアを開けると、華奢な女性が人懐っこい笑顔を浮かべて「はじめまして。今度、隣に引っ越してくる加藤です。工事をすることになったので、うるさくなりますが、よろしく！」と腕いっぱいのかすみ草を差し出した。後ろから、のっぽの男性がにこにこと笑っていた。

「お隣の家に越してこられたかずみさんと和彦さんでした」

この年、安井・加藤夫妻は十年を共に暮らした川口アパートを売っている。移り住んだのは、六本木の交差点から東京タワーに向かう外苑東通りを左に折れ、丹波谷坂《たんばだにざか》を少し下った右側にある白い一軒家であった。この時期はまだ、街の喧騒とは離れて静かな住宅街であったという。安井と加藤の新しい家の土地は、もともとは弘子の父が戦後に買ったものだった。

「戦後、東京にはまだ空き地がいっぱいありましたので、父が一所懸命働いて、勤務先に近い六本木に家を建てたんです。まだ東京タワーも建っていない頃で、私は東京タワーが建つ様子を日々眺めておりました。土地の値段が急騰するなんて考えもしなかった時代です。だから、バブル景気が始まった頃、『坪一千万円で売りませんか』なんて言ってくる人がいると、父は『バカみたい』と笑っていました。バブルの数年前に家を鉄筋に建て替えたため、父は一部の土地を手放していました。私が結婚して暮らしていた家と、父が弟家族と暮らしていた両方の家の間の土地を売り、そこを最初に買った方はさる進学塾のオーナーでした。でも、その方のことは、ほとんど印象に残っていません。多分、数か月しかいらっしゃらなくて、そのすぐあと、かずみさんたちが買われました。工事は、最初の方が地下を掘って作られたスカッシュ用のジムを、加藤さんのスタジオに改装するためのものだったようです」

一九三三年生まれの弘子は安井より六歳年上で、弘子の家族たちと安井・加藤夫妻は、ごく普通に近所付き合いをしていた。

「道で会えば、『こんにちは』と気持ちよく声をかけあう関係ですね。地下室へは直接入れるようになっていて、和彦さんのもとにはいろんなミュージシャンがみえていました。和彦さん、『今度、吉田拓郎が来るから、サインもらってあげようか』なんて、娘に声をかけてくださったりしました。お二人は年に何回かは海外に出かけていらした。トルコのカッパドキアなんて、今でこそ知っているけれど、当時は名前も知らない場所。そういうときは決まってハイヤーを呼んで、それを待つ間に玄関先にはルイ・ヴィトンのトランクがセットで並ぶものだから、もう圧倒されたものです。和彦さんが安井さんの誕生日にポルシェのキーをあげたという話がありますが、すごい車が並んでいたり。でも、全然気取らない方たちでした」

弘子の家や安井の家の前には、道路を挟んで、今もあるレンタルスタジオのスタジオ・フォリオが建っていた。フォリオでは、近隣の人たちも招いて、折々にパーティが開かれていた。弘子の手元には、一九八五年の暮れのクリスマスパーティで安井や加藤と共に撮った写真がある。そこでの安井は、パーティグッズの山高帽をかぶり、ふっくらとした頰を輝かせて笑っていた。

「このときのかずみさん、きれいで、痩せていなくて、とっても生き生きとして素敵でした。お家を買ったばかりで、幸せっ！　というときだったんじゃないでしょうか。パーティにはモデルさんもいっぱいいらして、賞品が出るゲームをしたり、とても楽しく、お洒落な雰囲気でした。だから、お向かいとはいっても、私たちも一応綺麗にお洒落をしていきました。かずみさんは、ノーブラで、ベストをさらりとはおったりして。そういうセンスというのは本当に洗練されていて、遊び慣れているので、何をするにもスマートで、とっても垢抜《あかぬ》けた感じがしました。私は、素敵な人たちと一緒にいるのが嬉しかったものです」

会えば挨拶するぐらいの親しさだった弘子と二人の距離がぐっと縮まったのは、一九九三年に入ってからのことである。きっかけとなったのは教会で、弘子は幼児洗礼を受けたクリスチャンであった。

「九二年の十二月に父が亡くなりました。鳥居坂教会での告別式には、かずみさんと加藤さんも列席して下さり、私を慰めてくださいました。そのとき、ミッションスクールを卒業しておられるかずみさんは、『久しぶりに教会に参列して牧師先生の話を聞き、大きな声で賛美歌を歌って、とても気持ちよかった』とおっしゃっていたんです。それからしばらくして、かずみさんが私に『教会に連れて行って』と言ってこられました。日曜日になると、左隣にある私の家の前で、かずみさんが『ひ・ろ・こさん』と声をかけてくださって、和彦さんと三人で、小学生のように連れ立って教会に出かけたものです。教会に行く道で、オープンカーに乗った黛敏郎さんとすれ違ったときは、『どこ行くの？』と聞かれて、『教会に行くんだよ』と誇らしげでした。教会の帰りに、三河台のほうの『キャンティ』に寄ったりしたこともあります。楽しい思い出ですが、そのときは、まだ私はかずみさんの病気のことを知りませんでした」
闘病記によれば、安井が教会に通い始めたのは五月九日であった。三月八日に東京医科大学病院に入院した彼女は、前日の八日に退院したばかりであった。入院の日から綴り始めた安井のこの日記には「主」の文字が頻繁に記されており、五月九日のそれにはこう綴られていた。

「元気になりなさい」
と主はいわれた。
「元気になりなさい」
小さな声でしっかりと、私は
「はい、主よ」と
応えた。
主の仰っしゃる通り、私は元気にならなければいけないのだ、
はい、私は元気になります!
元気になるのだ。（『ありがとう！愛』大和書房刊）

安井が弘子と連れ立って教会に通えた期間は、長くはなかった。その後、安井は入退

院を繰り返すのであるが、日曜日には病院から教会に出席していた。弘子は、娘と一緒に何度か見舞いに訪れている。

「道で会った和彦さんに『かずみさん、お見かけしないけれど』と訊《たず》ねて、入院のことを知ったのだと思います。それで新宿の東京医科大病院にうかがったのですが、受け付けで『加藤かずみさんの病室は?』と聞いても、最初は『そういう人はいません』と、知らんぷりされました。それで『加藤和彦さんと直接話させてください』と頼んで、病室にいる和彦さんと電話で話して、やっと通してもらえました。病院って、ドアが閉まっていたら誰がどこにいるのかわからないでしょう。で、ドアを開けるとなんにもない大きな部屋にかずみさんがポツンと寝ていて、その向こう側に和彦さんが座っていた。かずみさんのことだから、さぞありあまるほどの華やかなお花に囲まれているのかと思ったけれど、殺風景なお部屋で、淋しかったです。かずみさんはいつも『和彦さん』って呼んで、すごく甘えていましたね。元気なときから、かずみさんは和彦さんを立てて立てて、立てながら頼っていました。和彦さんは優しくて、本当によくされていました」

安井が日記をつけていたのは、十一月十四日までであった。

十二月十二日、クリスマス礼拝が行われる一週間前には、加藤と共に鳥居坂教会で洗礼を受けてクリスチャンとなった。

「かずみさんの具合は段々悪くなっていきましたが、教会に来られたときは、嬉々《きき》として、明るかった。とてもお洒落な人でしたけれど、私が見た中で一番素敵だったのは、洗礼を受けた日のかずみさんです。『今日は、神様の前に出るからこれを着てきたの』とシンプルな黒いワンピースを着ておられて、それはそれは可愛かった。今まで見たこともないような感じで、はにかみながら『神様を信じます』と誓うかずみさんは、素直で、まるで生まれたまんまの嬰児《みどりご》のようでした」

洗礼を受けた後、安井は加藤と共にカパルアの別荘に出かけたが、病状の悪化で東京に戻り、入院。正月には一旦自宅に戻ることができたため、翌年一月二日の日曜日には、教会の新年礼拝にやってきて、初めての聖餐《せいさん》を受けた。

「聖餐というのは、わかりやすく言うと、イエス様の血と肉をいただくという意味で、葡萄酒《ぶどうしゅ》とパンをいただく儀式なんですね。キリスト教的に言うと、神と一体になれたという気持ちになれるんです。洗礼を受けなければ、それはいただけないので、座席に座って見てるだけなの。かずみさんは『聖餐にあずかれて、嬉しい。幸せ！』と何度も言って、飛び跳ねんばかりに喜んでいらっしゃいました。ちょうどその日はかずみさんの誕生日で、『なんと素晴らしい日よ！』って。私が元日生まれなので、二人で『わあっ』と手を取り合ってはしゃぎました。『痛み止めの座薬をいれてきたから、薬の切れないうちに帰らなきゃ』と無邪気におっしゃっていました。でも、ご自分の病状はわかっておられたのでしょうね。だからこそ、座薬をいれてまで教会に来られた。教会では神を賛美しながら、神様にお任せしますという気持ちになれるのです。かずみさんも、随分救われたと思います」

　しかし、安井が教会を訪れることができたのはその日が最後となった。弘子は、それからも病院に見舞った。

「一番苦しそうなときは、ベッドで眠ることもできず、苦しそうに病室内を歩き回られていたこともありました。集中治療室におられるときにうかがうと、『弘子さん』と言って小さく手を振ってらした。うとうとしているときも、かずみさんは和彦さんの顔をみると安心した顔で甘えてらしたけれど、どこか淋しげに見えました。うかがうたびに弱っていかれて、つらかったです。和彦さんは分厚い旧約聖書を抱えて『毎日、これを読んでいます』と見せてくださいましたね。私だって、旧約聖書も新約聖書も読みきっていませんから、素晴らしいと思いました。和彦さん、本当に一所懸命でしたが、一度私に『一時は抜ける道がない長いトンネルの中にいるような気持ちだったこともある』と、言われたこともありました。どうお慰めしていいのか、私にはわかりませんでした」

　三月十七日、安井は永遠の眠りについた。その五日後、二十二日の午後一時から鳥居坂教会で行われた葬儀・告別式で、弘子は、フェリス女学院の安井の同級生であった女優の藤村志保、渡邊美佐と並んで弔辞を読んでいる。加藤は、「前夜式で、寂しいけれど悲しくはないと言ったので、明日起きて悲しかったらどうしようと思ったが、悲しくなかった。神は耐えるすべてを与えてくださったと、思う」と、挨拶した。

「和彦さんは、そのときもちゃんと聖書を持っておられました。ご遺体とお別れするときは、口づけをされていました。教会の外では、テレビカメラが回っていましたね。それからのち、礼拝のお当番というのを加藤さんと一緒にやったこともあります。加藤さんがご葬儀をしてくださった牧師先生ご夫妻と私をお宅に招いて、お食事を作ってくださったことがありました。カウンターの中で、白いコックさんの服を着た和彦さんが、オードブルから順番に料理を出してくださるの。『僕は、調理師免許もってるんですよ』と言ってね。そりゃあ、美味しかったです。お部屋は、以前、かずみさんとお茶をしたときのままでした。大きな革のソファがあって、金子國義さんの絵が飾ってありました」

葬儀に参列した人たちのもとに加藤からお礼状が届いたのは、六月であった。お花料を東京神学大学基金拡充募金に「安井かずみ記念基金」として寄付したことと、四月三日に青山墓地にある鳥居坂教会共同墓地に埋骨し、渡邊美佐とコシノジュンコと共にパリのセーヌ川に散骨したことを感謝と共に報告し、「皆様方の上に、み恵と神の愛、精霊の交わりとがございますようにお祈り申し上げます。在主。」と結んであった。

だが、加藤が教会に通ったのはこの頃までだった。それから間もなく、弘子の耳に信じられないような噂が入ってきた。

「当時、私は離婚して六本木のマンションに引っ越していましたが、時々、前の家に遊びに行っていたのですね。そうしたら、お向かいのスタジオ・フォリオの方たちが、いろいろ教えてくれるの。アルバムがそのまま捨てられてあったとか、家具が捨てられてあったとか、かずみさんの持ち物が捨てられてあったとか。彼女の洋服の一部はバザーのために教会にも寄付されたようですが、上等で個性がありすぎたために、ブラジルの教会に送ったと聞いています。でも、あまりにもいろんなものが家の前に捨ててあったので、みなさん、驚かれたようです。それから和彦さんは中丸三千繪さんと結婚されて、一時、あの家に一緒に暮らされたんですね。かずみさんの家は、ベランダから硝子越しに見えるのですが、中の様子が前とはガラリと変わってしまったみたい。私はかずみさんが亡くなるまでの二人のあの生活は信じています。それゆえに、びっくりしました。あの金子さんの絵はどうしたのかなと思ったりもしました……」

「いつも二人だった」妻の死から一年もたたないうちに、加藤は新しいパートナーを選んだ。誰の目にも早すぎる結婚であったし、新しい相手が「最高のパートナー」であったはずの安井とはまったく違う個性の持ち主だったことが、周囲の人々に二重のショックを与えた。そのことは、加藤自身、よくわかっていた節がある。

ある人は、加藤から「比べられてみっちゃんが可哀想だから、ZUZUのことは一切言わないで」と言われている。またある人は、「みっちゃんと仲良くしてあげて」と頼まれている。彼が安井と暮らした家を全面改装したのも、安井の持ち物をすべて捨てたのも、再婚後安井に関して語ることをしなくなったのも、彼の新しい妻への愛であっただろう。同時にそうしなければ、彼は新しい人生、安井がいなくなった人生を歩みだすことができなかったとも言える。

弘子は、加藤が中丸と結婚した後も彼女と離婚した後も、六本木の街で彼と時々すれ違った。

「家を売られてからもあのあたりに住んでいらしたから、六本木駅から教会に向かって歩く道で度々会いました。『和彦さ〜ん』と道路の反対側から呼びかけると、『おーっ』て、笑いかけてくださった。市川猿之助さんのスーパー歌舞伎の音楽を手がけられていた頃は、『軽井沢の猿之助さんの別荘の横にスタジオ作ったんだよ』なんて言っていらした。実は、亡くなる数日前も、ゴトウの花屋とロアビルの間にあるATMに入っていくジーパン姿の和彦さんを見かけたんです。『あっ、和彦さんだ』と思ったんですけど、いつものオーラが消えていて、ひどく疲れた様子でしたので、声をかけちゃいけないような気がしたの。そうしたら間もなく亡くなられて……。あのとき、私が声をかけていたら自殺を踏みとどまったかなと一瞬考えたけれど、そんなことはなかったでしょう。

なぜ、彼が自殺したのかは私はわかりません。ただ、きっと、頑張りすぎたんですね、和彦さん」

弘子は六十五歳で小学校時代の同級生と再婚して、六本木を離れた。夫が亡くなり、八十歳になった今は、かつて母も暮らしていた横浜の老人ホーム「カルデアの家」に入居し、日曜日には鳥居坂教会に通い、自由に、晴れやかにひとりの時間を過ごしている。

ジャスト・ア・シンフォニー

加藤治文

一九七六年にリリースされた『それから先のことは…』から、安井かずみは加藤和彦と共に九枚のアルバムを作っている。いずれも加藤のソロアルバムである。夫妻は、音楽は二人にとって子どものようなものであったと、それぞれ語っている。

「私たち夫婦のかすがいは、音楽です。（中略）ま、俗に、創造は産みの苦しみにたとえられます。とすれば、夫と妻の作詞作曲の一楽曲は、夫婦にとって、子供的役割を果たしていなくもありませんね。夫の産み出すメロディーに妻は苦しみながらも、嬉々として詞をつけてゆきます。（中略）私がげっそり痩せ細るほどの集中力で作詞をしている時、同時に『彼もがんばって作曲しているナ』と地下のスタジオでの彼の実態が解り、生活レベルでのケンカ事などはふっ飛んでしまう至難の共有なのです」（「婦人公論」一九八一年一月号所収「安井かずみエッセイ・愛は音楽となって二人の間に」）

加藤の最後のソロアルバムで、安井にとっては遺作となったのが一九九一年二月に発表された『ボレロ・カリフォルニア』である。このアルバムの一曲目『ジャスト・ア・シンフォニー』は、『あの頃、マリー・ローランサン』路線の柔らかな曲調で、歌詞はどこか二人の関係を彷彿《ほうふつ》させるものである。

夢はいつどこで
終わりをつげたの
そして　始まる
暮らし　ジャスト・ア・シンフォニー

小さなリトグラフ、フォトグラフ
都会の夜風に吹かれて
君はアニスで
僕はスコッチ・オン・ザ・ロックス

ふたりの暮らし、ピアノ、ピアノ
語ればヴァカンス、プロヴァンス
ラヴェンダー花咲く季節に
君はその気で僕はうなずく
約束　流れて、ダルセーニョ
ふたりの暮らしはシンフォニー
近すぎて、遠い　ハーモニー

安井が左胸に痛みを覚えたのは、最愛の男に「ふたりの暮らしはシンフォニー」と歌わせた約二年後、一九九三年一月半ばのことであった。マウイ島のカパルアで年末年始を過ごして帰国したばかりで、ゴルフによる筋肉痛だろうと様子をみていたが、一か月たっても痛みはひかなかった。三月一日、三十年来のホームドクター、世田谷にある小杉医院を受診したところ、レントゲンに二センチ大の影が写っていた。主治医は「肺炎をこじらせているだけ」と安井に告げ、「専門医に診てもらいなさい」と東京医科大学の加藤治文教授への紹介状を書いた。

東京医科大学を二〇〇八年に退職し、現在同大学名誉教授の加藤治文は、当時五十一歳、ストックホルム留学を経て教授になってまだ三年目であったが、既に肺ガン治療の権威として広く知られていた。

教授は、安井が夫に連れられて受診した三月四日のことを記憶にとどめている。

「お二人とも神妙な顔で診察室に入ってこられた。そのあと一年間付き合ったかずみさんは開けっ広げでサバサバした方でしたけれど、その時は随分緊張しておられた。持参されたレントゲンを見た瞬間に、肺ガンだとわかりました。CTを撮り直したんですが、ガンが骨に転移し、左の第一肋骨が溶けており、胸水が少したまっていた。胸の痛みはそのためのものだったのです。右の肺にも転移がみられました。かずみさんが着替えている時に、和彦さんに『ちょっとマズいですね』と告げて、あとで電話をかけてもらいました」

この時代、ガンを患者に告知することはまだ一般的ではなかった。

「かずみさんが病院にいらした頃は、アメリカからインフォームドコンセントという考え方が入ってきた時期でした。病名を患者に告げて、患者と医療側で治療法を考えていくというシステム。しかし、告知というのは非常に慎重にしなければいけないというのが私の考えで、言うほうにも覚悟がいりました。かずみさんは一見して非常に繊細な神経の持ち主であることはわかりましたし、ですからまずはご主人にお知らせした。和彦さんには僕の部屋に来ていただいて、『肺ガンの末期で助からない。このまま放っておいたら半年もたない』と告げました。聞いた瞬間、彼の顔色がサーッと変わりました」

三月八日、安井は東京医科大学病院の外科病棟に入院。安井の最後の著作『ありがとう！愛』は、闘病生活の間に綴られた日記であるが、三月十日のページには彼女の覚悟が記されている。

「安井かずみさん……だと、ある種がんばるから、／加藤かずみさん……で生きること」（『ありがとう！愛』大和書房刊）

精密検査の結果、左肺上葉のガンでステージⅣの末期、しかも悪性度の高い腺《せん》ガンと判明した。教授は、一年前に受診していれば助けられたのにと残念に思ったという。毎年主治医のもとで人間ドックに入って定期健診を受けていた安井が、父が入院するなどアクシデントが重なり前年に限って健診を受けないままでいたのだ。不運だった。

教授は、精査の結果を見て、手術をしても助けられないと診断を下した。

「手術することも可能ですが、手術をするとなると左の肺を全部と右の肺の一部をとることになり、結果呼吸障害を起こして、その日から何もできなくなります。それでも治ればいいのですが、一年か一年半延命するのが精一杯で完治の可能性はありません。和彦さんには、いくつか選択肢を与えました。何もしないで自然のままでおく、手術をする、抗ガン剤療法、放射線療法、抗ガン剤プラス放射線療法。それぞれのリスクと再発までの期間、どれくらい延命できるかを説明したうえで、抗ガン剤プラス放射線療法を提案しました」

その日「ちょっと考えさせてください」と帰っていった加藤は、三日後に再び教授と向かい合い、「手術をしないで、抗ガン剤と放射線療法でお願いします」と頭を下げた。

「その時、『手術しないとあとどれくらいですか』と聞かれたので、『一年です』と答えると、和彦さんは『じゃあ、その一年間、私はすべての仕事をキャンセルします』と言われたんです。びっくりしました。我々が一年仕事を休むと大変なことになるので、なんて凄い人だと感激しました。奥さんのために全身全霊を捧げようということですから、それなら僕も全面的に協力しようという気持ちになりました。それから何度か僕の部屋に来られて、かずみさんにどう対応するかを話し合いました。僕は患者に告知する以上は医師も看護師も家族もその責任を負わねばならないと考えていますが、和彦さんのようなご主人が傍らにいるなら、かずみさんに告知しても大丈夫だと判断しました。ただ繊細な方ですから、和彦さんと相談して余命のことは伏せました」

安井は発病後、夫に「いいことだけ教えて」と頼んでいた。安井の死後、加藤は雑誌のインタビューでこの時の選択をこんな風に語っている。

「とりわけ加藤教授に助けられたのは、クオリティー・オブ・ライフと言うか、患者が一個の人間としていかに充実した闘病生活を送るかということを考えていらっしゃる点でした」（「週刊文春」一九九四年三月三十一日号）

「3年余命があれば話したかもしれませんが、わずか1年では立ち直るまでの時間が惜しかった。それならこの1年を、僕の全力で妻を支え、できるだけ妻らしい生をまっとうさせてやりたいと」（「ラ・セーヌ」一九九四年十一月号）

当の安井は三月十六日の日記に「精神的には〝自分の現在の状態が解らないこと〟が辛い。不安。何病？　そして治療は？」と心中を吐露している。そして、その日の教授回診で告知を受けた。

「かずみさんは煙草を吸っておられたから『煙草はいけませんね』という話から始めて、『おできができているんだ。良性じゃなくて悪性腫瘍でね』と説明していきました。苦しい検査をやってうっすら予感もあったろうけれど、やはり彼女はぐっと落ち込んだ顔になりました。『でも、心配ない。絶対治る。治してあげるから。ガン細胞をやっつけるために、薬を使うからね。頑張ろう』と励ましながら治療を説明すると、ほっとされたようでした」

告知の日は教授と加藤の相談のもとに決められたので、その日、加藤は病院の妻から電話がかかってくることを予想して自宅で待機していた。第一声にかける言葉も考えてあった。

「妻の声ひとつで心理状態が僕には読めますから。向こうが泣き言をいう前に〝大丈夫でしょ？〟といきなり機先を制したんです。このひと言が非常に大事だったと思います。僕がどう答えるかで妻もこの先の自分の病状を読もうとしていたはずです」（前出「ラ・セーヌ」）

彼は、安井をケアするためにカウンセリングの本を三十冊以上読んだと話している。夫と医師団にケアされた安井は告知に動揺しながらも、「神は、必要あって、私にこの肺の病を与えられたのだ」と前向きに受け止めようとしていた。その二日後には、病室の窓から見える新宿住友ビルや新宿三井ビルにジェームズやアントニオなどの名前をつけて語りかけ、日記には「私は回復する」と記した。パジャマ代わりにラルフ・ローレンのポロシャツとチノパンを着けた彼女は、病室でも十五年来続けてきた朝のエクササイズを欠かさず、「私はキャンサー女にならない」としばしば口にした。

三月二十三日化学療法開始、四月十九日から温熱療法が始まった。安井は抗ガン剤による副作用の苦しさに泣きながらも、これを乗り切れば光は見えると必死に自分に言い聞かせていた。この頃の彼女の日記には、「治る」「治っている」の文字がピラミッド状に繰り返し書かれ、「もしか」と「まさか」の間でアップダウンする心を懸命に奮い立たせようとする言葉が並んでいる。

加藤教授は、当時の抗ガン剤治療は今以上に厳しいものだったと証言する。

「今は副作用を抑制する薬もありますが、当時はなかったので、ものすごく辛かったでしょう。吐き気に襲われ、髪の毛も抜けた。かずみさんから『なんでこんなに抜けるの』と訴えられたことはありましたが、泣き言を言われたことはありません」

治療中に十七回目の結婚記念日を迎えた安井は、夫からパット・パルマーの『自分を好きになる本』を贈られた。彼女は日記に「もう物は何も要らない」と書き、この頃から夫への愛と感謝の言葉でページを埋めつくすようになる。

「〈四月二十二日　私たちは貴重な体験をした。／愛のレッスン。／本物の愛の在りかを学んだ〉〈四月二十六日　私は　始めて（原文ママ）　人を信頼した／彼を信じている信じることが出来た／愛の力で　信じることが出来た／私の愛の力と／和彦さんの愛の力が／ついに　連結し　パワーを持った　ありがとう〉〈四月二十七日　私は和彦さんを愛し続けたいのです／涙があふれる程　愛しています〉」（前出『ありがとう！愛』）

教授の目には、安井・加藤は稀にみる睦まじい夫婦であった。

「かずみさんは可愛くて、甘えん坊で、いつも和彦さんに甘えていましたね。それを和彦さんが、よしよしという感じで受け止めておられた。お二人の愛情というのかな、寄り添う姿はきれいな映画を観ているみたいだった」

五月七日、ゴールデンウィーク直後に安井は退院することができた。

「抗ガン剤はよく効いて、二か月後には痛みも消えました。『かずみさん、レントゲンを見るとガンがこんなに小さくなったよ、よかったね』と言うと、彼女もとっても喜んで、『ありがとう』を繰り返して、退院していかれた。しかし、ガンの進行を抑えることができたものの、それは一時的によくなっただけだということはわかっていました」

待ち焦がれた退院の日、安井は「夫と二人で治した／愛と熱い涙で治した／私たちはやっと　本当の夫婦になれたと思う／これで　以後　本物の人生が出来る」（前出『ありがとう！愛』）と書き、その二日後、夫婦で自宅近くの鳥居坂教会に礼拝に出向いた。

それから二人はほぼ毎日曜日には教会に通い、十二月十二日には夫婦揃って洗礼を受けることになる。加藤は「病気になったから洗礼を受けるというような〝御利益宗教〟

的な意味ではありません。洗礼の意思は以前から持っていた」と、後の取材で話している。母校であるフェリス女学院での時間をこよなく愛した安井にとっては、キリスト教への帰依はごく自然なことだったろう。

「五月十六日（鳥居坂教会）（中略）私は今迄、余りにも、東京社会通念で生きてきてしまった。／今日からは、すっかり捨て、主、イエス・キリストの御心で生きていこう。／髪の毛が抜けるのだって、神のお指図の一つ、何を恐れることがあろうか。／必ず私に新生の毛を下さるのだから。／胸が痛むのも、／神の御存知のこと。何を恐れることがあろうか。／この痛みを越えて、必ず私に、新生の肺に治して下さるのだから」（前出『ありがとう！愛』）

自宅での療養生活は穏やかに過ぎ、夫妻はサンルームで紅茶を飲みながら「今みたいに幸せな時間を持てたことはなかったね」と語り合った。五月半ばに闘病中の安井の父が亡くなった時も、彼女は悲しみながら静かにその死を受け入れた。七月には、友人の作家・森瑤子が胃ガンで死去。安井は親友の大宅映子と共に葬儀に参列し、夫に「森さんと私は明暗を分けた」と話した。

七月二十八日、安井は最後のエッセイ集となる『人生の歩き方』（大和出版刊）を脱稿した後、例年どおり夫と共にマウイ島カパルアで一か月を過ごす。帰国後の診察日、痩せてはいるがきれいに日焼けした彼女は、教授のために砂と貝が入ったガラスの置物を携えていた。

「『楽しい思いをしたので、先生にもその楽しさを半分どうぞ』と、ハワイのお土産をくださったんです。しかし、それから間もなく、九月に鎖骨の上のリンパ節に転移が見つかりました」

九月十三日再び入院。放射線治療を受けて、九月二十八日退院。この時期の安井の日記は、なんとか平常心を保とうと努力している様子が綴られているが、心は揺れやすく、見舞い客の無神経な言葉にもたちまち落ち込んだ。

「九月二十四日　（中略）悪気ない健康人の見舞い言葉は、時に病人を辛くさせる。（中略）病はBad luckではないのだ。誰もが通る必然の生きる過程なのだ」（前出『ありがとう！愛』）

十一月六日、再々入院。

「放射線治療で腫瘍は小さくなりましたが、放射線は何度もかけられません。十一月に入ると、胸水がたまってきました。かずみさんは五日に診察にみえたのですが、その時、泣かれてね。『ちょっとまた悪くなったね。ガンっていうのはしつこくて、いい時も悪い時もある。悪い時は薬を使わなきゃね。それがガンだから、また治すように頑張ろう』と言うと、かずみさんはショックで涙をこぼされて、その後、待合室のほうでワーッという泣き声が聞こえました。和彦さんの胸に隠れて泣かれたんですね。私としてもやるせない気持ちでした。伝えたことが真実ではないのですから。しかし、和彦さんは上手にかずみさんを諭されていました」

三度目の入院中の日記には、安井の苦悩と孤独が深く刻まれている。

「十一月十三日　誰も知らない／私が今　ここに　こうして／息をひそめ　胸水をぬいていることを／それがどんな事で／どんな思いか／誰も知らない　誰にも知らせない」

（前出『ありがとう！愛』）

十一月二十日退院。退院後、安井は次の本の打ち合わせをするなど、仕事への意欲を最後まで持ち続けた。

「それから何度か通院されましたが、夜に『先生、自分では体がどうにもならない。何とかならないのでしょうか』と電話がかかってきたこともありました。『困ったらいつでも電話をしなさい』というのは、どの患者さんにも言っていること。告知した以上、患者が落ち込んだ時、どんなことをしても支えるのが医者の責任です。かずみさんは胸水を抜いた頃からは、自分がもうダメだということに気づいておられたかもしれません。十二月十日に診察に見えた時、ハワイに行きたいとおっしゃるので、『行ってらっしゃい』と勧めました。和彦さんには『最後のチャンスだから、好きなところに連れていってあげなさい』と言いました」

夫妻は洗礼を受けた後、十二月中旬ハワイへ。カパルアでは安井の妹一家と共に過ごすことができたが、夫妻が出会った記念日の二十二日をみんなで祝った後、安井の容体が急変した。二十四日に帰国して、そのまま入院。二十九日から翌一九九四年一月四日まで、自宅外泊。五日に入院、もはや安井が日記をつけることも、六本木の家に帰ることもなかった。二月八日に最初の呼吸停止があり、それから安井が亡くなるまでの約四十日を加藤は病院に泊まり込んで、妻の傍らに付き添った。

教授は、そうした加藤の献身にはただ脱帽するばかりであった。

「ハワイから戻った頃は本当に末期で、いつ亡くなっても不思議ではない状況でした。死期が迫っていることを伝えると、和彦さんはその日から亡くなるまでずっと病室に泊まって、昼も夜もない看病を続けていた。咳が出れば徹夜で背中をさすってあげてね。もう本当に倒れる寸前で、青い顔して『食欲もありません』とおっしゃるから、何度か点滴を打ってあげました。彼は毎朝、トイレの鏡で自分の顔を明るい表情に戻してから、かずみさんのもとに戻っていました」

呼吸停止後、気管に管の入った安井はもうしゃべることはできず、クリップボードに挟んだ紙にフェルトペンで書いて、夫に意思を伝えていた。二月末に発作的に書かれた文字が日記に収められている。

「金色のダンシングシューズが／散らばって／私は人形のよう」（前出『ありがとう！愛』）

これが、安井かずみの絶筆となった。

三月に入って二度蘇生したが、三月十七日午前六時五分、夫の祈りの声を聴きながら安井は眠るように息を引き取り、五十五歳の生涯を終えた。

「僕は臨終に居合わせられませんでしたが、七時頃に病室に行くと、和彦さんは取り乱した様子もなく『妻のためによく尽くしていただいてありがとうございました』と頭を下げられました」

その夜、教授は東京医科大学病院近くの『ヒルトン東京』のレストランで加藤を見かけている。加藤は、一人で鉄板焼きを黙々と食べていた。

「すべてやり尽くし終えたのだから、彼は平静に過ごすことができるんだなと思いました。和彦さんはやさしく、世俗的でなく、私たちにはとても持てないような心を有した人。マナー、道徳、精神のコントロール、どれもすばらしいですし、何よりも真の『愛』を備えた人でした。僕はこれまでの五十年の医師生活で一万五千人以上の肺ガンの患者さんを見てきたけれど、あのようなすばらしい家族に会ったのは初めてだったので、僕の心の歴史に残る場面を見せていただいた。夫婦の愛、男女の愛を超えた人間愛というものを教えられて、これまで家族やカミさんのことを放り出して仕事に生きてきたけれど、これでよかったのかと随分考えさせられたものです」

大勢の患者を抱える医師が亡くなった患者の葬儀に参列することはめったにないが、教授は、安井の前夜式には出向いている。行かずにはいられなかったのだ。棺の中の安井は、ジャン・ルイ・シェレルのシルクのドレスを着て、耳には誕生日に夫から贈られたヴァン　クリーフ&アーペルのダイヤのイヤリングが光っていた。

葬儀が終わった直後の取材で、加藤は「妻との約束を守ることができた」と話している。安井はいつも夫に「私より先に死んじゃいやよ」と言っていたという。

安井が亡くなって一年ほどたった頃、学会へ出席するためイタリアへ向かおうとしていた教授は成田空港で加藤とばったり出くわした。空港カウンターでチェックインしていると、目の前に大きなバッグを抱えた女性がいて、そこに加藤が現れたのである。

「女性は中丸三千繪さんでした。和彦さんはちょっと照れくさそうな感じで『僕の新しい妻です』と紹介してくれました。彼の早い再婚には、腰が抜けるくらい驚きました。でも、僕は何度も何度も僕の部屋に来てかずみさんのことを相談し、献身的に看病した彼の姿を一年間見てきた。彼は、前夜式で『寂しいけれど悲しくはない』と言ったでしょう。妻のためにすべてを捧げたからこそ出る言葉です。人間には、自由に生きたいとか人を愛したいとかさまざまな欲望があります。和彦さんにもあったはず。彼はすべてをやり尽くしたんだから、いいじゃない、誰を愛しても」

安井より三歳年下の加藤治文教授は現在七十歳を過ぎ、今もなお医療の第一線で肺ガンに苦しむ患者に心を砕いている。

折鶴

オースタン順子

住む人の個性が反映されたシンプルでスタイリッシュな部屋で、オースタン順子と向かい合った。順子は安井かずみが最期の時を迎えるまで、深い信頼を寄せて心を許していた、たった一人の妹である。どこか面差しに安井と重なるところがあって、話す声は低く柔らかい。安井もこんなふうに話したのだろうか。

「姉妹ですから声の質やイントネーションが似ているみたいで、時々そっくりだと言われることがありました」

安井は一九三八年十二月二十五日に横浜で生まれた。届け出の際の都合で、戸籍上の誕生日は一九三九年一月二日となったという。本名、一美。父の修一は横浜国立大学を出て東京ガスに勤務、球体のガスタンクを開発した優秀な技術者であった。安井は父を敬愛して、五つ下の妹に「エンジニアのマインドは、私にはないところなのよ」と語っていた。母の和子は親戚中から慕われて、教育熱心であった。姉妹は、この両親に慈しまれて育った。

「父は明治、母は大正生まれでしたから、暮らし向きは日本風でした。父は東京の勤め先から横浜の家に戻ると着物に着替えていましたし、母は生涯着物で通しました。着物では様になるのに、洋服を着ると見られたものじゃないと私も姉も思っていて、姉は『絶対洋服は着ないで』と母に言っていました。でも、娘たちの洋服はすべて母の手作りで、私がこういう服を着たいとスタイル画を描くと母が縫ってくれるんです。学校の制服も体操着も、コートまで作ってくれていました」

顔立ちは、姉は父親似で、妹は母親似。姉妹はキリスト教系の幼稚園に通い、クリスマスになると靴下を枕元に置いて眠り、日曜日や誕生日には家族で食事に出かけ、共に中学からフェリス女学院で学んだ。安井は自身を「激しい気性」と書いているが、順子の記憶にあるその頃の姉はもうすでに自己主張が強く、勝気な少女であった。

「姉は一家の女王蜂でした。私がピアノを習うと、『ピアノ買ってあげて』と両親に言って、買わせる。姉が油絵を始めた時はアトリエ用の洋室が造られました。ただ年が離れているせいで、友だちも興味もすべてが私とは違いました。小さな頃から『それはダメよ』『そうしなさい』と命令されて、年中叱られていました。だから、怖いというイメージが強かった。フェリスに入ってからも、朝、呼ばれて『私はお腹が痛いから遅れると先生に言っておいて』と、私をメッセンジャーに使うんです。弁がたち、母の手におえない娘だったのでしょう。だから穏やかな子どもが欲しいと私を春に産み、従順の順子なんて名前をつけたようです」

画家を目指した安井は東京芸術大学の受験に失敗し、一九五八年文化学院美術科に入学。翌年、銀座の「サヱグサ画廊」で個展を開いた後、突如「もう絵はやめた」と家族に宣言した。この姉の急な進路変更に、少女の頃から絵描きになりたいと夢を描いていた順子は愕然とした。

「私は小さな頃から絵が好きで、いつもコンクールで賞をもらっていました。姉が油絵をやると言い出し、東京芸大教授の林武先生の指導を受けたいと、母を林先生のところに引っ張っていった時、自分の一番秀でたものを奪われたような気持ちになりましたね。私は方向転換しなくっちゃと悩み、働くことを考えて、絵ではなくデザインを選びました。だから姉にあっさり絵をやめると言われた時は、えっと驚いたものです」

安井が〝みナみカズみ〟の名で訳詞家としてデビューしたのは、それから間もなく、二十一歳の時だった。彼女は文化学院をやめて横浜の親元を離れ、青山の高台にあるアパートで独り暮らしを始める。

「姉は二十歳で免許をとり、父にねだってＤＫＷというドイツ車を買わせたんです。私、姉が初めて運転する車の助手席に乗って第二京浜を走り、六本木まで連れて行かれました。着いたところは飯倉の角にあった『ザ・ハンバーガー・イン』。姉には東京への強い憧れがあり、早く〝横浜村〟を出たがっていました。姉が訳詞を始めた頃、家の前にいたら『ここはみナみさんの家ですか』と、見知らぬ人に声をかけられたことがありました」

少女時代から、安井と順子の間には、多くの姉妹がそうであるようにライバル心があり、葛藤もあった。東京オリンピックが開催され、東海道新幹線が開通した一九六四年、順子はミス横浜に選ばれる。それを報じた同年五月八日の読売新聞京浜版では「お姉さんの安井かずみさんはNHK、『きょうのうた』のレギュラーで〝ひとつぶの真珠〟(原文ママ)の作詞者。つい最近までヒットした〝ヘイポーラ〟の訳詞もしている」との記述がある。安井は、ミス横浜に選ばれた妹が大振袖姿で立っていた時のショックをエッセイに綴っていた。

「ともかく妹は美しかった。新聞に載った写真もきれいだった。私より一足先に、豪華客船の大広間で外国人の人々のパーティに出席し、英語で会話したという。その反動のように、私はフランス語の勉強に熱を入れたのであった。明らかに妹は、姉にない方向を目指そうとしている傾向が現われ始め、またそうされると私のほうも、ならけっこうよ、とばかりに違うことをしていくのである。この近くて遠き微妙な女同士よ」(『女は今、華麗に生きたい』大和出版刊)

両親は娘たちに将来を強いることはなかった。多摩美術大学図案科を卒業した順子は殺到する見合い話を蹴って、日米合弁の建築系ジョイントベンチャーに入社する。

「就職の面接を受けたあと、決めかねていたので姉のアパートを訪ねました。姉は『ボスがいい人だったら、決めたっていいんじゃない?』って。ああそういう考え方もあるのかと、そのひと言で入社を決めました」

作詞家に転身した姉は一九六五年の第七回日本レコード大賞作詞賞を受賞し、たちまち売れっ子に。翌六六年には青年実業家とローマで結婚式を挙げ、ヨーロッパやニューヨークに暮らすが、三年後に一人日本に戻り、離婚。一方妹は、勤務先が事業を拡大するのに伴って日本を離れ、二十歳年上のアメリカ人のボスと公私にわたるパートナーとなった。

「姉の最初の結婚は駆け落ちのようなものでした。ニューヨークに行く時は『順ちゃんも早くいらっしゃい』と言っていましたが、私も両親の同意を得ず、外国に出たのです。私も波瀾万丈《はらんばんじょう》、親泣かせのことばかりしました。トランジットで羽田に降り立つ度に、罪悪感を持ちながら東京の灯を見つめていたことを、今も思い出します」
妹が日本を不在にしていた時間は、姉が作詞家として最も売れて、最も充実していた時期であった。数々の名曲を生み出し、日本中に安井かずみの歌が溢れていた。一九七二年八月にリリースされてヒットした、千葉紘子《ひろこ》が歌う『折鶴』は、作詞家が郷愁を綴ったもので、自身が書いた中で最も好きだという作品の一つだ。

誰が教えてくれたのか
忘れたけれど折鶴を
無邪気だったあの頃
今は願いごと
折ってたたんで裏がえし
まだおぼえてた折鶴を
今あの人の胸に
とばす夕暮れどき
「わたしは待っています」と伝えて
いつでもきれいな夢を
いろんなことがあるけれど

それは誰でもそうだけど
悔いのない青春を
詩《うた》って歩きたい

誰に教《おさ》ったわけじゃなく
忘れられない面影を
これが恋だと気づいた
そよ風の季節
会って別れて会いたくて
白い指先折鶴に
人に云えない想い
託す夕暮れどき
「わたしは大好きです」と伝えて
小さな夢が燃えてる
泣いて笑って明日また
それはいつでもそうだけど
青い空の心で

『折鶴』はジェロにもカバーされ、今も色褪せることがない。

「姉の作った歌のほとんどを知りませんでした。今になって、ああ、こんなに仕事をしてきたんだなと、その才能と人生に思いを馳《は》せています」

フィリピン、香港、マイアミと世界を駆け回っていた順子は、パートナーとの事業に成功する。テネシーに四十万坪の土地を買って家を建て、雄大な自然の中で暮らし、独学で学んだヨガを教えるようになっていた。姉は一度だけ妹の豪邸を訪ねており、姉妹の仲はこの頃から急速に近づいていく。一九七五年の夏、妹は一人日本に戻り、川口アパートに暮らす姉のもとに身を寄せた。

順子が懐かしそうに振り返る。

「姉は淋しがり屋で、私がいない時は、両親を家に呼んだりしていました。姉から『早く帰ってらっしゃい』と手紙が来たんです。ずっとアメリカにいるの？　十年後を考えてみなさい、と。姉に呼ばれたという感じで、それが私の運命を変えました」

「ある時期から、彼女が自分の人生の在り方に疑問を感じているようなふしが見えだし、迷っていると書いて来たのだった。そのとき、私はごくんと姉の立場を飲み込んだ。そして乱暴にも、即、ともかく東京に戻れと書いた。もちろん、さまざまの角度からの説得と、女の人生分析をして。（中略）彼女は相変わらず、私と違う人生観を貫く女であり、美人であり、努力家であり、私の最も近しい女友達であり続けている。……いいえ、やはりただひとりの血をわけた妹である」（前出『女は今、華麗に生きたい』）

安井は妹の同居を喜び、当時、連載していたエッセイにも「私は彼女を女として好きだから」と記している。

「私が姉の家に居候していたのは数か月。その頃に加藤（和彦）さんと出会っていて、彼が姉の家に暮らす様子も見ています。加藤さんは離婚したばかりで、身一つでやってきたのですが、そうしたところも姉にはよかったみたい。加賀まりこさんが、『今度の人はいい人みたいよ、今度は長く続きそうよ』とおっしゃっていました」

一九七七年四月、安井は加藤と結婚した。一年後、順子もフランス人の実業家、ガエル・オースタンと結婚し、三十八歳で長男ラファエルを産んだ。それから五年後に建築設計事務所を立ち上げて、美術館などの空間デザインを手がけるようになる。

「姉は息子の誕生を大層喜んで、私が仕事を始めた時は、『子どもが家に帰った時は母親がいるべきだ』と批判されました。ラファエルのこと、『我が家のホープだ』と言っていて、私たち夫婦が仕事でヨーロッパへ行った折は預かってくれて、いろんなところへ連れ歩いていたようです」

姉妹の距離はますます近くなった。安井と加藤は経済的なことも含めて妻が主導権を握る夫婦であったが、一番近くにいた妹の目にもそう映っていた。

「『こうしなさい』『あれがいいのよ』と姉がいろんな形で彼を引っ張っていき、翼に乗せたのでしょうね。彼自身実力のあった人ですから、優雅にその翼に乗ることができた。趣味も仕事も一緒で、いいチームを組んでいた。子どももいなくて、夫婦二人のカップルとしての絵は描かれていました」

しかし、世の中に完璧な夫婦など存在しない。誰もが理想のカップルだと信じていた二人にも、当然、諍《いさか》いはあった。一九八〇年のある日の深夜、川口アパートに住む姉から妹に「順ちゃん、私、もうダメ」と悲痛な声で電話が入った。

「夫と一緒に急いで駆けつけると、姉は一人でおりました。女の人のことで、加藤さんと喧嘩したようで、非常にショックを受けている様子でした。でも、夫婦の問題ですから私は何を言うこともできず、ただ一晩中そばにいました。その後お友だちがいらして、二人を仲直りさせたと聞きました。そうしたことは何度かありました。違う人間同士が暮らすのですから、何もかも一心同体にはなれない。姉の性格からして、姉の言うことに彼が従わないと結婚生活はもたなかったでしょうから、彼も大変で、鬱屈もあったのでしょう」

順子は、姉が反りの合わない姑《しゅうとめ》に悩む姿も目にしている。ラファエルが誕生した当初、姉妹夫妻は各々の両親を呼んで共にクリスマスを祝っていた。

「加藤さんのご両親を京都から呼んで、うちの両親も横浜から呼んで、子どものいる我が家でパーティをするのです。加藤さんのお母様は孫を欲しがっていましたね。私にいつも『順子さんは子どもを産んでちゃんと育てて、えらいわね』とおっしゃるんです。姉は『うるさく子どものことを言われて困っている』と、こぼしていました」

安井が、川口アパートを売却したお金を頭金にして六本木の一戸建てを買ったのは一九八五年の初頭であった。姉は妹のセンスを買っており、順子のアドバイスで新しい家を飾った。一九八七年、マウイ島のカパルアに別荘を購入する時は、順子たち家族にも買うようにと熱心に勧めた。

「私たちも同時期に購入して、出かける時期も合わせていました。カパルアに行くと、昼間は一緒にテニスやゴルフに出かけて、ご飯も一緒。東京にいる時よりも交流できましたね。加藤さんは優しくて、ラファエルにはとってもいい伯父さんでした。息子が十歳の頃かな、クリスマスに、テニスのレッスンをプレゼントしてくれて、家からコートまで送り迎えを二週間やってくれたんです。姉は『何よ、いい父兄ぶっちゃって』とからかってました。おかげで息子はそれからハイスクールまでずっと選手になれて、とてもいい思い出になりました」

バブルの日本で、安井と加藤は自他共に認める最高にお洒落なカップルであった。メディアを通して見えてくる二人の暮らしは、「幸福」と「充実」と「達成」を象徴して、世界のトップに立った日本と二重写しのようであった。だが、安井は妹にだけは本音を漏らすことがあった。

「姉は電話で私に『順ちゃん、表向きはそうやっているけれど、そんなもんじゃないのよ』と言っていました。誰にでも表と裏はありますけれど、二人は理想的な絵の中に自分たちが収まるように演じていたところはあったのでしょう」

そして、その二人の演技は安井が亡くなるまで続いたのである。


円高が続き、浩宮徳仁《ひろのみやなるひと》皇太子が結婚した年、一九九三年は安井家にとっては受難の年であった。三月に安井に肺ガンが発見され、彼女が闘病中の五月には、父の修一が胃ガンのため死去したのである。順子は、加藤から姉が余命八か月だと聞かされた日のことが忘れられない。

「姉のいないところで家族会議がもたれたんです。加藤さんは余命のことは知らせない、生きる希望を持たせたいからだと言いました。でも、私は姉には知る権利があると、強く主張した。姉は物を書く人ですから、自分の命の終わりが見えたら、きっと書き残したいことやっておきたいことがあったはずです。かなり議論しましたが、彼はがんとして聞き入れませんでした。彼は母が姉に会うのも『やめてくれ』と言いました。母が泣いてしまうから、って。彼が姉のことを考えてくれているのはわかりました」

　病気になってからの安井は、以前にも増して順子に会いたがった。退院したり、病院から外泊の度に、家の近くにある『楼外楼《ろうがいろう》飯店』に妹家族を誘った。

「姉はもうあまり食べられなくなっていましたが、楽しそうでした。その時に家族というものを感じていたんじゃないでしょうか。ある時、誕生日でもないのに、私にシャネルのバッグをプレゼントしてくれました。苦しくなると、病院から母のところに『ママ助けて。私のために祈って』と電話がかかってきたようです。母にも私にも、『元気になったら、みんなで暮らしましょう』と、そればかりを何度も言っていました」

　食事をしている最中、安井が「安井かずみがいなくなっちゃう」と突然泣きだしたこともあった。肺ガンとわかる前から、彼女の精神は不安定になっていた。ただ順子には、姉が自分の病気をどこまでシリアスに受け止めているのかわからないところもあった。安井は「電話で、なかにし礼さんに肺ガンだと言ったら絶句しているの」と話し、見舞いの花を拒否した病室に使い古しのコップやパジャマを持ち込んだ。

「加藤さんが『一番汚いものを持っていく』って、言っていました。姉はきっと、すぐに退院して使わなくなるから使い捨てできるものをという気持ちだったのでしょう。実は私は、姉が発病する二年前に子宮ガンの手術をしています。元気になった私を見ているので、姉はガンは治るものと信じていたのかもしれません。ずっと『私は来年の春になれば良くなるのね』と言ってましたから。『そうね』としか答えられないのが、とても苦しかった……」

十二月、最後の休暇を、安井は夫と妹家族と共にカパルアで過ごした。早いクリスマスを順子の手料理で祝った後、「お医者さんに行きたい」と自ら求め、翌日には日本へ発った。

「姉と二人でしみじみ話したのはあの時が最後でした。ベッドに横になって、氷を口に含んだ姉が痛みに耐えながら、『ゴルフもできなくなってしまった』と泣き出し、『順ちゃん、私、淋しいの』と訴えるんです。こんなに孤独だったのかと胸を塞がれる思いでした」

一九九四年が明けて間もなく、安井は昏睡状態に陥った。順子は時間が許す限り病院に足を運んだが、昼間に行くと、病室の隣の予備室には誰もいないことが多かった。三月十六日も、安井は一人でベッドに横たわっていた。もう話すことができない姉に「お姉ちゃま、また参りますね」と書き置きを残して病室を出ると、廊下で主治医に出くわした。

「余命八か月と言われたのが一年二か月まで延びて、その頃は延命治療でした。私、思わず『先生、このままでは姉が可哀想。辛いんじゃないでしょうか』と訴えてしまった。姉が亡くなったのはその翌日の早朝でした。父を追って逝ったのだと思いました」

葬儀までの四日間、安井の遺体は病院の霊安室に置かれたままであった。順子が「なぜ姉を家に連れて帰ってくれないの」と尋ねると、加藤は「階段があって棺を運ぶのが大変なんだ」と答えた。

それから、加藤は順子や母が六本木の家に来ることを拒むようになった。周囲では、いろいろな噂が飛びかっていた。

彼には恋人ができていたのである。安井の愛した家は全面改装され、翌年二月、加藤は中丸三千繪と結婚。順子たちとの交流はぷっつり絶たれてしまった。

「姉が亡くなった当初は、淋しいだろうと加藤さんをよく食事に誘っていました。車で送っていくと、家の近くで降りてしまって、決して私たちを家に入れてくれなかった。私は何が欲しいわけでもなかったけれど、姉の書いたものや写真は手元に持っていたかった。でも、それはすべて捨てられてしまいました。あんなに親しくしていたのに、なぜ急に疎遠になってしまったのか。中丸さんとの結婚記者会見で、彼が『安井とのことは完結しました』と言った時は、ショックでした」

けれど、順子は加藤を恨むことができない。それは、彼が姉との生活の中で耐えていたものがあることを容易に想像できるからだ。安井の誕生日に加藤がバースデーケーキを予約し忘れた時、友人たちの前で激しくなじられる彼の姿も目撃していた。

「姉は本来優しい人なのですが、酔うと身内に対して攻撃的になりました。きっといろんなプレッシャーがあり、お酒を飲むと我慢していたものが吹き出したんでしょう。私も母もやられて、何度も泣かされました。だから二十四時間一緒にいる人は大変だったと思う。そういうことがわかっているので、母は加藤さんには心から感謝していました。私も、最期の時まで姉の理想の生活に付き合って夫役を務めてくれたこと、姉も最後まで演じきりたいと望んだことだったろうから、それは本当に感謝しています」

姉が亡くなった後、順子は横浜で一人暮らす母を東京の自宅に呼び寄せ、共に暮らし、母を見送った。現在は、事業の傍ら、NPO「世界の医療団」のボランタリースタッフとして東日本大震災の被災地やアジア・アフリカ支援にも力を注ぎ、日々を大切に生きている。

「姉はいつも『私が六十歳を過ぎて白髪になっても、その白髪を風に巻きながらポルシエに乗るの。順ちゃん、一緒にやろうよ』と言っていました。生きていたらと、時々思います」

シルバーの髪をなびかせ、六本木の街でポルシェを駆る美しい姉妹の姿が、ふと目の前に浮かんだ。

安井、40歳。自宅マンションアプローチにて。

Gブルース

渡邊美佐

年を超えた美しさと貫禄と少女のような声――日本のエンターテインメント界を切り拓いてきた伝説の女性は、往年のハリウッド女優のようなオーラを立ち上らせて現れた。安井かずみが芸能界に一歩足を踏み入れた時から頼りにし、敬愛してやまなかった人、渡辺プロダクション（以下渡辺プロ）名誉会長の渡邊美佐である。

美佐が、五十年前の記憶を辿る。

「いつも仕事に追われて、前進あるのみで振り返らずにきましたから、どんどん忘れていくのです。ZUZUと出会ったのがいつだったのか、一所懸命考えたけれど思い出せない。たぶん、会社か『キャンティ』だと思います。彼女が訳詞をしていた頃じゃないかしら。私は『ウエスタンカーニバル』をプロデュースしていて、向こうの曲をステージのために選んだりしていましたから」

北原三枝など多くの女優が、この人をモデルに演じてきた。美佐の生きてきた道は、そのまま戦後日本の芸能史と重なる。敗戦からの復興著しい一九五五年、夫の渡邊晋と共に渡辺プロを設立した。

一九五八年には、東京・日劇で、山下敬二郎、ミッキー・カーチス、平尾昌晃らを出演させた日劇「ウエスタンカーニバル」でロカビリー・ブームを巻き起こし、〝ロカビリー・マダム〟として世間にその名を轟《とどろ》かす。ツイスト・ブームを仕掛け、一九五〇年代の終わりからは、渡辺プロ制作の『ザ・ヒットパレード』や『シャボン玉ホリデー』によってテレビ時代が花開いていく。

安井が初めて訳詞した『ＧＩブルース』が街に流れたのも、大衆が自由を謳歌し始めた一九六一年一月であった。

こきょうを離れて　はるばるＧーさ
こきょうを離れて　はるばるＧーさ
あの町この町　こきょうを思いだす
＊うたう　Hop two three four occupation

GI Blues
髪は　G―カットで
靴は　G―シューズ
誰も憧れるよ　G―スタイル

からいシチュー　かたいくろぱん
それだけが　G―メニューさ
次の休みに
あついビフテキたべてやろ
〝英雄〟それはむかしのはなしさ
いまじゃただ足並揃えて
てっぽうかついで歩くだけさ

＊（くりかえし）

ちょっとそこのきれいなおじょうさん
そっと声をかけてみるけど

ちっともこっちをむいてくれない
だけど

＊（くりかえし）

オキュペイション　Ｇーブルース
オキュペイション　Ｇーブルース
オキュペイション　Ｇーブルース

世界の若者を熱狂させていたエルヴィス・プレスリー主演の映画の主題歌。日本で歌ったのは、坂本九だった。彼は、美佐の両親が経営するマナセプロダクションに所属しており、安井を〝みナみカズみ〟として訳詞家デビューさせた草野昌一は渡辺プロとも親交が深かった。美佐と安井には縁があった。

「私は横浜で生まれ、捜真《そうしん》女学校というミッションスクールに通っていましたから、同じ横浜出身でフェリスを卒業したＺＵＺＵに親近感を持ったのだと思います。それで、『詞を書いてみない？』と声をかけたのでしょう。その当時、私たちは古いやり方ではなく、新しい才能を見つけてそれを世の中に送り出すということをテーマにしていました。それ以前にも田辺靖雄、峰岸徹、大原麗子といった、自分を世の中に訴えていきたいと思っている若い人たちをあと押ししたり『野獣会』なんていうのも作ってますから」

ミュージシャンの生活安定と社会的地位向上が、晋と美佐夫妻の悲願であった。浮き沈みの激しい世界に月給制を持ち込むなど、渡辺プロは創業時からショービジネスの世界に合理化と近代化をもたらしてきた。歌手に、演技など歌以外の芸も学ばせ、マルチタレント時代の嚆矢となった。中でも、レコード会社が独占していたレコードの原盤制作を自社で行ったことは、業界のシステムを根底から揺るがす革命であった。音楽プロダクションの経営は安定し、作詞家や作曲家はレコード会社の専属から解放されて、才能や実力に見合うだけの収入を得られるようになる。

一九六二年、渡辺プロのスター、植木等が映画『ニッポン無責任時代』の中で放った「ハイそれまでヨ」が流行語となる。その年、美佐は楽曲を制作する渡辺音楽出版を設立した。すぎやまこういち、村井邦彦、なかにし礼、平尾昌晃、山上路夫といった若い才能が集う中に、安井もいた。

「ザ・ピーナッツの曲をミュージシャンの宮川泰さんに書いていただいたり、弾厚作《だんこうさく》さんという名前で作曲していた加山雄三さんの曲に、越路吹雪《こしじふぶき》さんのマネージャーだった岩谷時子さんに詞をつけていただいたりして実績をあげました。既成の作家はすべてレコード会社と専属契約をしておりましたので、まだ世の中に出ていない人と一緒にものを作っていこうと、ＺＵＺＵにもたくさん詞を発注したはずです」

作詞を始めた一九六三年当初、安井はまだ〝みナみカズみ〟名であったが、東京オリンピックの年、一九六四年に発表された園まりの『何も云わないで』では、安井かずみの名前を使っている。ザ・ピーナッツ、伊東ゆかり、中尾ミエ、梓みちよなど当時の彼女が詞を提供したのは渡辺プロが発掘した歌手であった。

一九六五年、早くも二十六歳の時に『おしゃべりな真珠』で第七回日本レコード大賞作詞賞を受賞。時代を走る渡辺プロの威勢にも助けられながら、彼女は「六本木の女王」「モデルもする作詞家」として、マスコミの脚光を浴びていく。

「私がＺＵＺＵと直接仕事をしたことは初期に一、二度あったくらいで、あとは担当者が大勢いますから。それに楽曲に関しては主人が責任者でした。どちらかと言うと、彼女は物事がうまくいかないときに私に言ってくるんですね。可愛いわがままを言ってくる。マイペースな人で、フッといなくなっちゃったり、いろいろありました」

美佐と安井との関係は、ビジネスよりも、むしろ友情の比重の方が大きかった。安井が、十一歳年上の美佐を姉のように慕ったのだ。安井の親友であったコシノジュンコが、グループサウンズ・ブームを仕掛けた美佐の計らいでザ・タイガースの衣裳をデザインするなど、交友関係も密であった。

「ＺＵＺＵもジュンコさんもとても気持ちのいい方たちで、新しい文化を発信させて人を魅了するパワーと才能があった。ただ、ＺＵＺＵは、私にはすごくいい面だけを見てほしかったような気がします」

売れっ子作詞家が最初の結婚をしたのは、二十七歳の時であった。夫となった新田ジョージは三つ年下の実業家で、実家は赤坂でクラブなどを手広く経営していた。日本女子大の学生だった頃からジャズバンドをマネジメントしていた美佐は、新田の両親とも懇意であった。美佐が、安井の最初の結婚を述懐する。

「名立たる美術コレクターで、その素敵なご両親に育まれたご長男の知識、センスがＺＵＺＵの心に響いたのでしょう。イタリアで結婚式を挙げた時、ＺＵＺＵは『結婚しました』と写真を送ってきました」

ヨーロッパと日本とニューヨークで暮らした安井の結婚生活は、実質二年で終わる。ニューヨークのアパート、レスリーハウスを出る時、安井は「パリにいる美佐さんに会いに行く」と新田に告げて、離婚へのギアを入れた。

「ニューヨークで、二人きりで凄く淋しくなったのでしょう。ある日、（加賀）まりこに電話があったようで、まりこが家に訪ねてきたんです。『ＺＵＺＵが大変。精神的に参って可哀想だ』と言うので、すぐにニューヨークに電話して、パリで落ち合うことにしました。その頃、私は伊東ゆかりをサンレモ音楽祭に参加させたり、ＭＩＤＥＭ（国際音楽産業見本市）に行ったりと、よくヨーロッパに出かけていて、その時もザ・ピーナッツを紹介しにパリに飛ぶところでした。ところが、パリではどこを探しても彼女はいなかった。アヴェニュー・ジョルジュサンクの洋服屋の店員さんが『ディスコにいるよ』と教えてくれたけれど、いなかった。ようやく最後にハンブルクにいた私のところへ彼女から電話がかかってきたので、『無理しないで帰ってくれば』と言ったのを記憶しています。心配しました」

安井はパリで三か月暮らした後、一九六九年に帰国し、正式に離婚した。親友の加賀まりこがいる川口アパートで暮らし始めるが、沢田研二のソロアルバム『ＪＵＬＩＥ』の全作詞を手掛けたのを皮切りに、彼女のもとへはスター歌手を綺羅星のごとく抱える渡辺プロの仕事が降ってきた。小柳ルミ子、布施明、トワ・エ・モア、辺見マリ、天地真理、アグネス・チャン、キャンディーズ。無論、そこには名プロデューサーの配慮が働いていたであろうことは想像に難くない。安井自身、そのことは十分にわかっていて、美佐への思いをエッセイに綴っている。

「この数年私は作詞家として一緒に仕事をして、どうやら一人前にしていられるのも彼女がいつもアレコレ気にしていてくれるから。過保護で世間の荒波も知らず、のんきな娘時代をえんえんと続けていられる恩人でもある。（中略）私も、妹か娘のように彼女のそばにいると甘えられるし、心から親しみを感じられるのだ」（『愛のめぐり逢い』大和書房刊）

一九七〇年、世界に日本の繁栄を知らしめた大阪万国博覧会で、美佐は、サミー・デイビス・ジュニアやマレーネ・ディートリッヒなど世界のトップアーティストを集めたショーをプロデュースした。その多忙な最中に、安井がマリファナ不法所持の容疑で逮捕される。ラブ&ピースを謳うヒッピー文化が日本に上陸した時代であった。後に、安井は「七十二時間の旅」と題したエッセイでこの勾留体験を綴っているが、警視庁まで彼女を引き取りに行ったのが渡辺音楽出版で安井を担当していた楊華森《ようかもり》と美佐であった。

美佐は「華々しいZUZUの経歴以外は話題にしたくないけれど、あなたにはもう、みんな伝わっているみたいだから」と苦笑して、振り返る。

「こちらが叱る前に、『ごめんなさい』と何度も謝って、ヨレヨレになっていました。私も警視庁なんかに行くのは初めての経験で、まさかZUZUがとひどく驚きました。でも、私以上に本人がショックを受けていました」

誰もが心をつかまれてしまう美佐の包容力と優しさと活力に、安井はいつも救われた。それからも彼女は、コシノジュンコや吉田拓郎などとともに深夜の渡邊邸を訪れ、晋や美佐に甘え、素顔を見せた。

「船を背にして、横浜の港でZUZU一人が座っている写真がありました。私の彼女に対するイメージはそれなの。いろんな人と付き合っていたけど必ずしも彼女を大事にする人ばかりじゃなくて、胸が痛かったこともあります。韓国と日本を往復している人とお付き合いしていたことがあり、その人が下関から船に乗る時に、寒い中、船が見えなくなるまで手を振り続けていたらしい。そうしろと、彼が言ったみたい。彼女がポロッとそんな話を漏らすのを聞いて可哀想で、なんて悪い男かと思ったり。ZUZUは、本当に尽くす人でもありましたから」

だから安井から「会ってほしい人がいる」と加藤和彦を紹介された時、美佐には安堵するものがあった。

「もうこれで大丈夫、加藤さんならZUZUを温かく包んでくれると思いました」

安井が加藤と恋に落ちたのは、ダウン・タウン・ブギウギ・バンドの『港のヨーコ・ヨコハマ・ヨコスカ』が大ヒットした一九七五年の暮れであった。一九六七年に、加藤たちのザ・フォーク・クルセダーズが『帰って来たヨッパライ』で登場して以降、日本の音楽シーンはシンガーソングライターの台頭が著しかった。一九七四年、七五年、渡辺プロ所属の森進一の『襟裳岬』と布施明の『シクラメンのかほり』が続けてレコード大賞を獲っており、前者は吉田拓郎の作曲で、後者は小椋佳の作詞作曲だった。楽曲の提供者がアーティストに移行していく中で、安井がフォークシンガーに詞を書くこともあった。

「旅に一緒につれていってくれる人。夜、一緒にいてくれる人。憧れを提示してくれる人、絶対必要」と書いた安井にとって、加藤は共同生活者としてもさることながら、音楽面でも得難い相棒となっていくのである。だが、二人の結びつきは仕事では支障をきたした。

「ヒット作りのためには、歌手により作家の組み合わせも変わります。渡辺プロが困ったのは、加藤さんの曲じゃないと詞は書かないとZUZUが言い出したことです。うちは、その前から加藤さんとはお仕事をしていましたし、彼の才能も大変買ってはいましたが、他の人の曲も当然数多く聴いているはずのZUZUが『彼の曲は最高！　彼以外と仕事はしない』と言い出し、周りも本当に困っていました。それに加藤さんも、排他的なところがありましたから」

安井と加藤は愛を誓い合うように互いを縛り合い、交友関係も夫婦でいるためのそれへと変わっていった。しかし、どんな時でも美佐だけは特別な存在で、しばしば夫妻と一緒に食事をし、六本木の家にも招かれた。

「突然の変化にまわりは怒りますよね。ZUZUと仲のよかった人たちは『ZUZU、この頃どうしたの？』と言って、加藤さんと仲がよかった人たちは『トノバンはこの頃おかしい』と言う。今考えると二人は、二人の理想の世界を作り続ける為に、お互い相手に気を遣い合うことを第一に優先したのではないかしら」

軽井沢、ラスベガス、ハワイ、ヨーロッパ。美佐は家族と寛ぐ時も仕事の時も、しばしば安井と加藤を誘って、休息の時間を共に過ごした。夫妻は、美佐だけでなくて、美佐の夫の晋や娘たちとも親密だった。

渡辺プログループの総帥、晋が亡くなったのは一九八七年一月だった。エンターテインメント界の牽引者の逝去は、内外に大きな影響を与えた。

「彼女たちは入院中の主人を見舞ってくれ、お通夜の時も朝までずっといてくれました し、お葬式の後も毎日、家に顔を出してくれました。私にとって、二人とも細かな気配りができて、ちゃんと安心できるところがあった人たちでした。信頼できたのですね。私が、人に理解されなくて落ち込んでいる時でも『美佐さんは特別なの』と言って、それで終わりなの。相談相手にはならなかったけれど、そうしたことでやっぱり慰められましたよね。主人が亡くなった時もそうでした」

安井にとって、晋と美佐は公私にわたる最大の庇護者であり、第二の父と母であった。晋が亡くなった年の六月、バブル真っ盛りの頃に渡辺音楽出版から発刊された安井と加藤の『ニューヨーク・レストラン狂時代』は、二人がニューヨークのホットなレストランを紹介する豪華本だ。美佐がプロデュースして、取材は前年の夏に行われている。

「レストランは全部、加藤さんが調べてきたの。彼には調査能力がありました。ZUZUはそれに対して意見を言うだけ。あの二人、レストランのシェフの名前からメニューまで全部覚え込んで、『だからこんなに美味しいんだ、こんなに素晴らしいんだ』と思い込み、どんどん美化していくんです。ニューヨークで取材した時、彼女たちはフレディ・マーキュリーのアパートを使わせてもらっていました。ヨーロッパの取材にも誘われましたが、主人の病状が悪くなっていたので行けなかった。なかなかペイラインにはのらなかったけれど、いまだに好きな本です」

『ニューヨーク・レストラン狂時代』は、当代きっての洒落者カップルという夫妻のイメージを決定づけ、グルメ本の先鞭《せんべん》をつけた。以降、『ヨーロッパ・レストラン新時代』『カリフォルニア・レストラン夢時代』が出て、安井と加藤は大衆の憧れを集め続けた。

しかし、時代は変わっていく。ベルリンの壁が崩壊し、日本ではバブル景気が終焉。安井が永眠したのは非自民党政権が三十八年ぶりに誕生した翌年、一九九四年の早春であった。

「発病する前に、ハワイのカパルアでゴルフをした時は元気だったのです。加藤さんは芝生の向きまで研究し尽くしていて、ZUZUはそういう彼に安心して頼っていました。

彼女の病気のことは、加藤さんから知らされました。退院したＺＵＺＵに会ったら、ひどく痩せていて、胸が痛かった。のちに加藤さんから看病の大変さを聞きました。病気になる前から、ＺＵＺＵの彼への束縛が激しくなっていきました。入院した時も自分の視野から彼が出ることを許さず、彼はご飯も食べに行けなかった。仕事なんかできなくて、結局、すべてをなげうって看病した。ＺＵＺＵのご遺体はベージュのドレスを着ていました。彼女は最期の時にはこれを着ると、自分で用意していたそうです」

前夜式での加藤の「寂しいけれど悲しくはない」という挨拶は多くの人の胸を打った。安井が死んでなお、彼は妻に忠実に見えた。

「ＺＵＺＵが亡くなって、彼は旧約聖書に夢中になり神学生のようにラジオでそのお話をしたりしていました。関西のミッションスクールに頼まれて、講演に行ったりもしていました。私たちは、彼はこれからずっと、若くして召されたＺＵＺＵを胸に、神に仕える人になるのかと思っていました」

加藤が安井の遺骨をセーヌ川に散骨した時は、美佐は仕事でパリにいて、コシノジュンコと共に、その場に立ち会うことができた。

「加藤さんは牧師さんになりきって、聖書を読んで、私たちは泣きながら賛美歌を歌いました。お骨と一緒に薔薇《ばら》の花を流しましたが、それがまるで見得を切るようにぐるーと回るだけで、流れていかないの。カパルアの海で散骨した時は、もっと大勢の人が集まったけれど、その時もお花はなかなか流れていかなかった。加藤さんは、すべて整えて散骨式を完璧に仕切った後、『イタリアからの友だちを待たせているから』と帰ってしまいました」

一九九五年二月、加藤は安井の一周忌を待たず、中丸三千繪と結婚した。安井を愛した人たちはショックを受け、彼を批難したが、美佐だけは「しょうがないじゃない」とかばった。加藤は早くに、美佐には中丸のことを打ち明けていた。

「会ってくれと頼まれて、会いました。私もびっくりしたのですが、加藤さんがずっとZUZUに尽くしていた姿も見ているので、責めたり、怒ったりする気にはなれない。こういうこともあるかと自分に言い聞かせました。その後も驚くようなことが結構続きました。ある日、『僕、アメリカ人になっちゃった』と言ってきたり。中丸さんの籍に入って、KAZUHIKO・KATO・NAKAMARUという長い名前になっちゃったというの。気持ちの切りかえが早くて、常に一所懸命。彼はそういう人でした」

二〇〇九年十月、加藤は軽井沢で自死した。亡くなる数日前、彼は美佐の会社を訪ねて経済面での助けを求めている。加藤が最後に頼ったのは、美佐であった。

「助けましたが、それだけでは救えなかった……。ZUZUも加藤さんも、黙って呑《の》み込んで受け入れなければならないことも沢山あったけど、一緒に愉快な時間をたくさん過ごしてきた。今となってはすべてがいい思い出。うん、とても素敵な人たちでしたよ」

数多のスターを世に送り出してきた人はそう言って、サングラスの中から静かに笑った。現在、渡辺プログループは、両親の志を継いだ二人の娘が先頭に立つ。大衆の心を時に熱くし、時に癒すエンターテインメントの力はいつの時代も不滅である。天才作詞家・安井かずみが作った歌もまた、時代を生きたその姿と共に永遠に人々の心をふるわせ続けるだろう。

1979年、箱根のスタジオで。
加藤が愛用するギターを抱えて。

あとがき

見知らぬ編集者から「会いたい」というメールが届いたのは、二〇一〇年の一月であった。メールの送り主は婦人画報編集部の重野由佳さんで、豪華なグラビアの女性誌の編集者が私に何の用だろうといぶかりながらも、感じのいいメールに惹かれて会う約束をした。そうして初めて会った重野さんは、こう私を誘ったのである。

「安井かずみを書きませんか。うちで連載しませんか」

長く女性の人物ノンフィクションを書いてきたが、安井かずみは、それまで一度も書きたいとも、書こうとも思ったことのない対象であった。しかし、名前を聞いた瞬間に時代のアイコンだった作詞家の書いたいくつもの歌と、ボブヘアに目の周りを青く染めたメイク、アンニュイな表情で煙草をくゆらす姿が頭に浮かんだ。

「面白い！　書きたい」

書くべき人がこんなところにいたという確信に近い思いがこみ上げて、重野さんの誘いに飛びついたのである。

私と重野さんは年が十五歳近く離れており、それぞれの安井かずみ像はかなり違っていた。重野さんは、安井かずみと加藤和彦夫妻が作った『ニューヨーク・レストラン狂時代』を今もカバーをかけて大事に持っており、彼女にとっての安井かずみはバブル期のゴージャスなライフスタイルを謳歌する安井かずみであった。

一方私にとっては、一九六〇年代の終わりから七〇年代前半にかけての、アバンギャルドで自由奔放な安井かずみこそが安井かずみだった。それだけに加藤和彦と結婚して以降の彼女は前衛から保守に転向したように映って、いつしか興味の対象からは外れてしまっていた。それでも安井かずみの早すぎる死を知ったときや加藤和彦の再々婚を知ったとき、彼の自殺を知ったときも、気持ちはざわついた。

婦人画報編集部の要望は、編年体で安井かずみの人生を辿るという評伝に近いものであった。だが、準備期間が短かったために、私は一回ごとに証言者を立てるというスタイルと「安井かずみがいた時代」というタイトル、本文に彼女の詞を盛り込むことを提案して、受け入れてもらった。

一九三九年生まれの安井かずみの人生を繙いていくことは、懐かしさと切なさを伴う作業であった。それは、日本の青春と自分自身の青春を振り返る作業でもあったからだ。みんなが豊かになることを目指して懸命に走っていた時代の日本は、夢のような過去である。

あのとき、誰もが明日を信じ、「何者かになろう」ともがいていた。そのために規範も常識も蹴散らして、そこに音楽も、ファッションも、雑誌も、あらゆるサブカルチャーが花開いたのである。安井かずみは、そんな時代を作詞という才能と飛び抜けたセンスで体現した女たちの憧れであった。「もうあんな人は出てこない」と多くの人が口にしたが、それは、「もうあんな時代は二度とこない」という言葉と同義である。

書くにあたって、時代の他にもう一つテーマにしたいと考えたのは、安井かずみと加藤和彦との関係であった。メディアが日本一のゴージャスな理想のカップルと持ち上げ、夫妻もプライドをもってそれを任じていたが、果たして実像はどうであったのか。

証言者によって、夫妻を見る目は違っていた。加藤和彦が妻を主導しているように見ている人もいれば、安井かずみが夫を主導しているように見ていた人もいる。それぞれがほんとうの姿であったと思う。人はその場その場を演じるもので、ことに「こう見られたい」という場面では、努めてそのように振る舞うものであるからだ。加藤和彦は吉田拓郎の前では一家の長でありたかったのだろうし、安井かずみは女友だちの前では夫にわがまま放題を言える妻でありたかったのだろう。そこでは、きっと、息のあった夫婦の共同作業が行われていたはずだ。

一九七二年の「女性自身」の連載「家内でございます」に、加藤和彦の最初の妻のミカが登場している回がある。この記事を読むと、加藤和彦という人がよくわかる。そこには、彼の初めてのキスの相手がミカであったことや、結婚を申し込みに行ったとき、ミカの父に「娘には家事を仕込んでいないので心配です」と言われた彼が「ボク、料理も洗濯もちゃんとやりますから、大丈夫です」と答えたエピソードが紹介されていた。奔放な妻を愛して尽くすという構図は、加藤和彦にとっては二回目の結婚のときも三回目の結婚のときも変わらなかった。

こういう男を安井かずみは愛し、生涯のパートナーと定めたのである。支配されながら支配することもできる。支配していたのは安井かずみだったのか、加藤和彦だったのか。そして、私たちもまた誰かを支配しているのか、誰かに支配されているのか。いずれにしろ、安井かずみが作った歌も、加藤和彦が作った曲も、我々の記憶から消えることはない。

取材を引き受けてもらえなかった証言者がいるのは、心残りである。けれど、難関だと思われた人には、幸運にも会うことができた。安井かずみの最初の夫である新田ジョージさんは、ジム友である山口れい子さんの長年の友だち、新田和恵さんの結婚相手であるとわかって、話を聞くことが叶った。大和書房の矢島祥子さんにも、連載終了間際になって、友人の編集者・弘《ひろ》由美子さんの縁で会うことができた。弘さんには、安井かずみの元の恋人Aさんにも引き合わせていただいた。吉田拓郎さんと渡邊美佐さんは一年越しで、その他の証言者も重野さんが熱心に口説いてくれた。京都生まれの大阪育ちで、バブル期の東京を知らない私にザ・東京を教えてくれたのも、重野さんである。心から感謝する。

貴重な証言を寄せてくださった証言者の皆様、全面的に協力してくださり、快く出版を許可してくださったオースタン順子さん、ありがとうございます。写真家の斉藤亢さん、松本路子さんの撮った安井かずみは、私がかつてグラビアを見てため息をついていたものである。出版にあたっては婦人画報編集部の桜井正朗さん、集英社文芸編集部の村田登志江さん、明間浩樹さんにお世話になりました。みなさま、ありがとうございました。

二〇一三年一月七日　早稲田にて　島﨑今日子

本書関連楽曲リスト（年代順）

※太字は安井作詞楽曲

1964年

1月『**おんなのこだもん**』（みナみカズみ名義　歌：中尾ミエ　曲：宮川泰）
1月『**歌をおしえて**』（歌：伊東ゆかり　曲：宮川泰）
3月『**キャンディー・ムーン**』（歌：ザ・ピーナッツ　曲：宮川泰）
10月『**何も云わないで**』（歌：園まり　曲：宮川泰）

1965年

6月『**おしゃべりな真珠**』（歌：伊東ゆかり　曲：いずみたく）
8月『**ユア・ベイビー**』（歌：寺内タケシとブルージーンズ　曲：加瀬邦彦）

1966年

1月『**あんたなんか**』（歌：植木等・園まり　曲：宮川泰）
3月『**若いってすばらしい**』（歌：槙みちる　曲：宮川泰）
3月『おもいで』（歌：布施明　詞：水島哲　曲：平尾昌晃）
4月『バラが咲いた』（歌：マイク眞木　詞・曲：浜口庫之助）
6月『**やさしい雨／何んでもないわ**』（歌：園まり　曲：宮川泰）
7月『銀の涙』（歌：布施明　詞：水島哲　曲：平尾昌晃）

11月『想い出の渚』（歌：ザ・ワイルドワンズ　詞：鳥塚繁樹　曲：加瀬邦彦）
12月『霧の摩周湖』（歌：布施明　詞：水島哲　曲：平尾昌晃）

1967年

2月『僕のマリー』（歌：ザ・タイガース　詞：橋本淳　曲：すぎやまこういち）
2月『小指の想い出』（歌：伊東ゆかり　詞：有馬三恵子　曲：鈴木淳）
3月『ブルー・シャトウ』（歌：ジャッキー吉川とブルー・コメッツ　詞：橋本淳　曲：井上忠夫）
5月『シーサイド・バウンド』（歌：ザ・タイガース　詞：橋本淳　曲：すぎやまこういち）
8月『モナリザの微笑』（歌：ザ・タイガース　詞：橋本淳　曲：すぎやまこういち）
9月『**青空のある限り**』（歌：ザ・ワイルドワンズ　曲：加瀬邦彦）
11月『待ちくたびれた日曜日』（歌：ヴィッキー　詞：小薗江圭子　曲：村井邦彦）
12月『帰って来たヨッパライ』（歌：ザ・フォーク・クルセダーズ　詞：松山猛・北山修　曲：加藤和彦）

1968年

1月『君だけに愛を／落葉の物語』（歌：ザ・タイガース　詞：橋本淳　曲：すぎやまこういち）
1月『**恋のしずく**』（歌：伊東ゆかり　曲：平尾昌晃）
3月『イムジン河』（歌：ザ・フォーク・クルセダーズ　詞：朴世永　訳詞：松山猛　曲：高宗漢）
4月『**バラの恋人**』（歌：ザ・ワイルドワンズ　曲：加瀬邦彦）
5月『天使の誘惑』（歌：黛ジュン　詞：なかにし礼　曲：鈴木邦彦）
6月『エメラルドの伝説』（歌：ザ・テンプターズ　詞：なかにし礼　曲：村井邦彦）
7月『恋の季節』（歌：ピンキーとキラーズ　詞：岩谷時子　曲：いずみたく）
7月『**シー・シー・シー**』（歌：ザ・タイガース　曲：加瀬邦彦）

12月『ブルー・ライト・ヨコハマ』（歌：いしだあゆみ　詞：橋本淳　曲：筒美京平）

1969年

4月『白いサンゴ礁』（歌：ズー・ニー・ヴー　詞：阿久悠　曲：村井邦彦）
7月『いいじゃないの幸せならば』（歌：佐良直美　詞：岩谷時子　曲：いずみたく）
7月『人形の家』（歌：弘田三枝子　詞：なかにし礼　曲：川口真）
9月『**美しい誤解**』（歌：トワ・エ・モア　曲：村井邦彦）
9月『ひとり寝の子守唄』（歌・詞・曲：加藤登紀子）
10月『**青空のゆくえ**』（歌：伊東ゆかり　曲：宮川泰）
12月『**ラヴ・ラヴ・ラヴ**』（歌：ザ・タイガース　曲：村井邦彦）

1970年

2月『**二十才の頃**』（歌：かまやつひろし・安井かずみ・なかにし礼　詞：安井かずみ・なかにし礼　曲：かまやつひろし　かまやつの初のソロアルバム『ムッシュー／かまやつひろしの世界』に収録）
4月『**経験**』（歌：辺見マリ　曲：村井邦彦）
8月『**私生活**』（歌：辺見マリ　曲：村井邦彦）
11月『誓いの明日』（歌：ザ・タイガース　詞：山上路夫　曲：クニ河内）

1971年

2月『翼をください』（歌：赤い鳥　詞：山上路夫　曲：村井邦彦）
3月『よこはま・たそがれ』（歌：五木ひろし　詞：山口洋子　曲：平尾昌晃）
4月『あの素晴しい愛をもう一度』（歌：加藤和彦・北山修　詞：北山修　曲：加藤和彦）

4月『**わたしの城下町**』（歌：小柳ルミ子　曲：平尾昌晃）
7月『**自由に歩いて愛して**』（歌：ＰＹＧ　曲：井上堯之）
9月『**お祭りの夜**』（歌：小柳ルミ子　曲：平尾昌晃）
11月『**片想い**』（歌：中尾ミエ　曲：川口真）

1972年

1月『結婚しようよ』（歌・詞・曲：よしだたくろう）
2月『**ちいさな恋**』（歌：天地真理　曲：浜口庫之助）
4月『春夏秋冬』（歌・詞・曲：泉谷しげる）
6月『**あなただけでいい**』（歌：沢田研二　曲：平尾昌晃）
7月『旅の宿』（歌：よしだたくろう　詞：岡本おさみ　曲：よしだたくろう）
7月『返事はいらない』（歌・詞・曲：荒井由美）
8月『**折鶴**』（歌：千葉紘子　曲：浜圭介）

1973年

1月『**あなたへの愛**』（歌：沢田研二　曲：加瀬邦彦）
4月『心の旅』（歌：チューリップ　詞・曲：財津和夫）
4月『**赤い風船**』（歌：浅田美代子　曲：筒美京平）
4月『**危険なふたり**』（歌：沢田研二　曲：加瀬邦彦）
7月『**草原の輝き**』（歌：アグネス・チャン　曲：平尾昌晃）
8月『**胸いっぱいの悲しみ**』（歌：沢田研二　曲：加瀬邦彦）
9月『神田川』（歌：南こうせつとかぐや姫　詞：喜多条忠　曲：南こうせつ）

12月『**戻ってきた恋人**』（歌：猫　曲：よしだたくろう）
12月『**金曜日の朝**』（歌・曲：よしだたくろう）

1974年

1月『襟裳岬』（歌：森進一　詞：岡本おさみ　曲：吉田拓郎）
2月『**星に願いを**』（歌：アグネス・チャン　曲：平尾昌晃）
2月『**古い日記**』（歌：和田アキ子　曲：馬飼野康二）
3月『**恋は邪魔もの**』（歌：沢田研二　曲：加瀬邦彦）
4月『**危い土曜日**』（歌：キャンディーズ　曲：森田公一）
5月『**激しい恋**』（歌：西城秀樹　曲：馬飼野康二）
7月『**追憶**』（歌：沢田研二　曲：加瀬邦彦）
8月『**じゃあまたね**』（歌：浅田美代子　曲：よしだたくろう）
9月『**よろしく哀愁**』（歌：郷ひろみ　曲：筒美京平）

1975年

4月『シクラメンのかほり』（歌：布施明　詞・曲：小椋佳）
4月『港のヨーコ・ヨコハマ・ヨコスカ』（歌：ダウン・タウン・ブギウギ・バンド　詞：阿木燿子　曲：宇崎竜童）
5月『巴里にひとり』（歌：沢田研二　詞：Ｇ・Ｓｉｎｏｕｅ　訳詞：山上路夫　曲：Ｇ・Ｃｏｓｔａ）
8月『時の過ぎゆくままに』（歌：沢田研二　詞：阿久悠　曲：大野克夫）
12月『時代』（歌・詞・曲：中島みゆき）

１９７６年
12月**『キッチン&ベッド』**（歌・曲：加藤和彦　加藤のアルバム『それから先のことは…』に収録）

１９８０年
2月**『不思議なピーチパイ』**（歌：竹内まりや　曲：加藤和彦）

１９８３年
3月**『だいじょうぶマイ・フレンド』**（歌：広田玲央名　曲：加藤和彦）

１９８４年
2月**『耳鳴り』**（歌：梓みちよ　曲：加藤和彦　梓のアルバム『耳飾り』に収録）

１９８６年
1月**『ジャスト・ア・Ronin』**（歌：吉田拓郎・加藤和彦　曲：加藤和彦　映画『幕末青春グラフィティ Ronin 坂本竜馬』劇中歌）

１９８８年
7月**『ちょっとだけストレンジャー』**（歌：加山雄三　曲：加藤和彦）

証言者一覧

林真理子（はやし・まりこ）
作家。一九五四年生まれ。コピーライターを経て、一九八二年にエッセイ集『ルンルンを買っておうちに帰ろう』でデビュー。八六年「最終便に間に合えば」「京都まで」で第九十四回直木賞受賞、九五年『白蓮れんれん』で第八回柴田錬三郎賞受賞、九八年『みんなの秘密』で第三十二回吉川英治文学賞受賞など、著書、受賞歴多数。

平尾昌晃（ひらお・まさあき）
歌手・作曲家。一九五八年『リトル・ダーリン』で歌手デビュー。その後作曲家として楽曲提供を始め、七三年の第十五回日本レコード大賞受賞曲『夜空』など、数々のヒット曲を手がける。二〇〇三年紫綬褒章受章。日本作曲家協会常務理事。日本音楽著作権協会理事。

伊東ゆかり（いとう・ゆかり）
歌手。一九四七年生まれ。父親から音楽の英才教育を受け、六歳のころから米軍の進駐軍キャンプでジャズを歌う。五八年『クワイ河マーチ』でデビュー。六七年『小指の想い出』が大ヒット、第九回日本レコード大賞歌唱賞を受賞。現在は女優としても活躍する。

中尾ミエ（なかお・みえ）
歌手。一九四六年生まれ。中学生の時に福岡から上京し、ジャズミュージシャンの平岡精二に師事。六二年『可愛いいベイビー』でデビュー。歌のみならず映画やテレビドラマやバラエティなどでも活躍。表現力の豊かさ、しゃれたおしゃべりには定評がある。

園まり（その・まり）
歌手。一九四四年生まれ。六二年『鍛治屋のルンバ』でデビュー。『逢いたくて逢いたくて』『夢は夜ひらく』など大ヒットを連発。ドラマ、CM、バラエティとマルチタレントぶりを発揮。九〇年代に一時休業するも、二〇〇三年から本格的な音楽活動を再開した。

コシノジュンコ（こしの・じゅんこ）
デザイナー。一九六〇年、装苑賞を十九歳で受賞。七八年のパリコレクションを皮切りに、北京、ニューヨーク、ベトナム、ポーランドなど世界各地でショーを開催。二〇〇六年「イタリア連帯の星」カヴァリエーレ章受勲。服飾デザインのみならず、幅広い分野で活躍。

斉藤亢（さいとう・こう）
写真家。一九四〇年生まれ。多摩芸術学園在学中に、日本宣伝美術会主催のグラフィックデザインコンテストに友人とともに出展（斉藤は写真を担当）しグランプリに。これがきっかけでカメラマンとして注目を集め、ファッション広告写真を中心に様々な作品を生んでいる。

村井邦彦（むらい・くにひこ）
作曲家。一九四五年生まれ。慶應大学在学中に音楽活動を開始。レコード店を経営する傍ら、作曲家としてもデビュー。多数のヒット曲を生む。六九年には音楽出版社「アルファミュージック」を、七七年には「アルファレコード」を設立。荒井由実やYMOを送り出す。

稲葉賀恵（いなば・よしえ）
デザイナー。一九三九年生まれ。原のぶ子アカデミー洋裁学園を卒業。六四年に自らのアトリエを開き、七〇年に菊池武夫、大楠裕二らと「BIGI」を設立。七二年に「モガ」を、八一年には「ヨシエイナバ」を、八八年には「レキップ　ヨシエイナバ」を発表。

ムッシュかまやつ（むっしゅかまやつ）
音楽家。一九三九年生まれ。青山学院高等部在学中にカントリー&ウェスタンの学生バンドを結成。ザ・

スパイダースに参加した後、七〇年以降はソロ活動をメインとする。既存の概念にとらわれない柔軟な姿勢を貫き、若手ミュージシャンと共演、尊敬を集めている。

新田ジョージ（にった・じょーじ）

一九四二年生まれ。イタリア・トリノ大学で建築を、ニューヨークのユニオンカレッジで経済学を学ぶ。帰国後、上智大学で経済学を専攻。六六年安井かずみと結婚。六九年離婚。現在は映画と写真と絵のトータルアートの分野で世界を舞台に活動する。

加瀬邦彦（かせ・くにひこ）

作曲家・歌手。一九四一年生まれ。六三年にザ・スパイダースに加入。その後六六年まで、寺内タケシとブルージーンズに参加。同年七月ザ・ワイルドワンズ結成。解散後は作曲家、沢田研二のプロデューサーとして活躍。八一年にザ・ワイルドワンズを再結成し、現在も活躍中。

金子國義（かねこ・くによし）

画家。一九三六年生まれ。日本大学藝術学部在学中に歌舞伎舞台美術家・長坂元弘に師事。大学卒業後は独学で油絵を描き始め、六六年に作家・澁澤龍彦の依頼で、澁澤が翻訳を手がけた『O嬢の物語』の挿絵を担当。以後、絵画のみならずデザイン、写真など幅広く活躍。

太田進（おおた・すすむ）

一九六〇年生まれ。十五歳で渡米し、アメリカおよびスイスのレストランで修業。ニューヨークにある料理専門学校CIAを卒業後、マイアミと東京のヒルトンホテルや銀座の『マキシム・ド・パリ』などのレストランに勤務。現在はオータパブリケイションズ代表。

大宅映子（おおや・えいこ）

一九四一年生まれ。PR会社勤務を経て、六九年日本インフォメーション・システムズを設立。企業や団体の文化イベントの企画プロデュースを手がける。七八年から始めたマスコミ活動では、国際問題・国内政治経済から食文化・子育てまで守備範囲広く活躍。

黒川雅之（くろかわ・まさゆき）
建築家。一九三七年生まれ。黒川雅之建築設計事務所主宰、物学研究会主宰、デザイントープを運営。二〇〇七年株式会社K設立。建築設計から工業化建築、プロダクトデザイン、インテリアデザインと、幅広い領域を総合的に考える立場をとり続けている。

加藤タキ（かとう・たき）
コーディネーター。一九四五年生まれ。アメリカ留学後、米国報道誌のリサーチャーを経てショービジネスの世界へ。海外大物アーティストのCM出演交渉や国際的音楽祭などを成功に導く。現在は、講演を中心に、著述、各種委員を務めるなど多方面で活動している。

玉村豊男（たまむら・とよお）
一九四五年生まれ。東京大学在学中にパリ大学言語学研究所に二年間留学。通訳、翻訳業を経て、文筆業へ。九一年に長野県に農園「ヴィラデスト」を設立。二〇〇四年にカフェ、ショップなどを併設した『ヴィラデスト ガーデンファーム アンド ワイナリー』を開く。

玉村抄恵子（たまむら・さえこ）
一九五一年生まれ。編集者として活躍後、玉村豊男と結婚。現在は『ヴィラデスト ガーデンファーム アンド ワイナリー』の運営をサポートする。

内田宣政（うちだ・のぶまさ）
一九五五年生まれ。四人囃子、プラスチックスなどのマネージャーを経て、RVC入社。その後、スマイルカンパニーに在籍中に加藤和彦を所属アーティストとして迎える。同社退社後、二〇〇六年から加藤のマネージャーを務め、その関係は加藤の逝去まで続いた。

矢島祥子（やじま・しょうこ）
編集者。一九四七年生まれ。七一年大和書房に入社。編集長、常務取締役を経て、現在まで一貫して編集者として活躍。七二年の『私のなかの愛』を皮切りに、九四年の最後の本『ありがとう！愛』まで、安井かずみの代表作として知られる計六冊の本を企画・編集した。

吉田拓郎（よしだ・たくろう）
音楽家。一九四六年生まれ。七〇年『イメージの詩／マークⅡ』でデビュー。アルバム『人間なんて』、シングル『結婚しようよ』などの大ヒットで若者文化の象徴的存在に。レコード会社経営、大型野外コンサートの開催など、既存の音楽業界にはなかった新しい道を切り開く。

外﨑弘子（とのざき・ひろこ）
安井・加藤夫妻の六本木の自宅の隣人。幼児洗礼を受けたクリスチャンで、発病後の安井に請われて、鳥居坂教会に誘う。同教会で行われた安井の葬儀では弔辞を読んだ。

加藤治文（かとう・はるぶみ）
医学博士。一九四二年生まれ。専門は呼吸器外科、肺ガン治療。東京医科大学病院で治療にあたり、東京医科大学副学長、東京医科大学病院副院長を歴任し、国の医療行政にも携わる。現在は東京医科大学名誉教授、国際医療福祉大学大学院教授、新座志木中央総合病院名誉院長。

オースタン順子（おーすたん・じゅんこ）
大学卒業後、仕事のために渡米し、十年間を海外で暮らす。一九七五年帰国。エイボンに勤務したのち、八二年に建築設計事務所を立ち上げ、ジェネラル・マネージャーに。現在は夫が日本支部理事長を務めるNPO「世界の医療団」で、ボランティア活動に力を注ぐ。

渡邊美佐（わたなべ・みさ）
一九五五年、夫の渡邊晋とともに渡辺プロダクションを設立。以来、日本のショービジネスのリーダーとして活躍する。現在は渡辺プロダクションを中心とする十社一財団からなる渡辺プロダクショングループの会長を務める。

解　説

山田詠美

あれは、八〇年代も終わりに差し掛かった頃だっただろうか。芦ノ湖《あしのこ》のほとりにある瀟洒《しょうしゃ》なホテルでのこと。早目のディナーを楽しんだ後のバーでグラス片手にくつろぎながら、今は亡き森瑤子《もりようこ》さんが少し得意気におっしゃったのだった。

「私と大宅映子と安井かずみはねえ、三人娘なの」

その日、私たちは、車二台を連ねて箱根までのドライヴ旅行と洒落込《しゃれこ》んだのであった。目的は、霧のたち込める湖のほとりで美味なるフレンチを堪能すること。そういう突然思い立ったゴージャスなハプニングを演出するのが似合う時代だった。五木寛之《いつきひろゆき》さんの運転するジャガーのバックシートで緊張のあまりに身を縮ませていた私とは大違いに、助手席の森さんは、堂々たるレディに見えた。いや、見えたのではなく、本物だったのだ。

当時、私は、小説家になる前には見たこともなかった、圧倒的な魅力を備えた年上の女性たちに次々と会う機会に恵まれ、ただただ感嘆の溜息《ためいき》をついていた。怒濤《どとう》の六〇年代、七〇年代のカルチャーシーンをくぐり抜けた後、積み重ねたキャリアを元手に独自のライフスタイルを確立した女たち。威風堂々としたたたずまいであるのに、たっぷりとしたエレガンスを身にまとって、美しくあるべき自立の作法を示した。

そんな女性たちのひとりが、森瑤子さんだった。縁あって親しくしていただき、私は、彼女から、さまざまなことを学んだ。若さ礼讃《らいさん》のこの国で、いかに年齢を重ねながら味わい深い人間味をかもし出して行くか。成熟したワインのブーケのように、女の人生を匂い立たせるにはどうしたら良いのか。彼女と共に時を過ごすことは、そのまま私のレッスンになった。

ずい分と前向きなパワーをいただいた。しかし、同時に、大人の女でいるのを引き受けるとは、底知れない孤独と、常に心を湿らせる哀しみを隠し持つことでもあるのだ、と思った。明るさの舞台裏にある物語性こそ、人間の魅力の引き立て役に他ならない。

その種のことについて、森さんは、実に率直に話してくれたものだ。冒頭の安井かずみさんに関する話は、その流れで出た。私が十代の頃、付き合っていた年上の男の部屋に『加藤和彦・安井かずみのキッチン&ベッド——料理が好きで、人生が好きで……生活エンジョイ派のメニュー・ブック』があり、読んでたちまち夢中になった、と言ったのだった。

三人娘、という言葉を出したわりには、森さんは、あの人にはかなわないわ、と溜息をつくのである。

「通り掛かった私の知り合いが、庭だったか、サンルームだったかにいるかずみさんを偶然見たんですって。白いシフォンのシックなワンピースを着て、たったひとりきりで、華奢《きゃしゃ》なカップとソーサーを手にお茶を飲んでいたっていうの。それ、早朝よ。だのに、完璧に絵になってたんですって。私には到底無理ね。その時間、髪ふり乱して一日を始めてる」

それが普通ですよ、そうかしら、などと話は続いたが、私の頭の中には、白いシフォンに身を包んだ安井かずみのイメージが、くっきりと焼き付けられた。やっぱり、思っていた通りに素敵なんだ。こういう話を聞くと憧れて来た甲斐があるものだ、と嬉《うれ》しくなった。でも、何故だろう、時々、もどかしそうに自分の弱点を口にする森さんの方が、今の私にはチャーミングに思える。まあ、仕方がないか、会ったこともない人だし。

そこまで考えて、ふと気付いた。安井かずみ自身によって描かれた安井かずみ像を、私は散々読んで来た。ライフスタイルも、恋愛論も、仕事におけるポリシーも、外国での体験談も。それなのに、他者によって語られた安井かずみを、私は、何ひとつ知らないのだ。とても近いところにいるであろう森瑤子さんですら、「本当に完璧で素敵な女」としか言わない。私が遅れて来た世代だから知る術《すべ》がないのか。いや、そんなことはないだろう。安井かずみのフォロワーと言っても良い熱心さで、彼女のエッセイを読んで来た私は思う。あの人は、他者からの横槍《よこやり》など入れられる隙を与えないくらいに、念入りにライフストーリーを更新して来たのではないか、と。

ああ、読みたい、と切に感じた。コントロールされた安井かずみ自身による彼女の物語ではなく、深く関わり合った人々による、「私の知るZUZU」の話が読んでみたい、と。

しかし、そう熱望している内に、それについて語るべきひとりであった森瑤子さんは亡くなり、続いて、安井かずみさん御本人も、さらに、夫であった加藤和彦さんも天に召された。残念でならなかった私だが、「誰かが語るリアルなZUZU」を読むことは、年月の過ぎる中で諦めた。

それなのに！　何と嬉しいことだろう。私が待ち望んだ通りの本が出版されたのである。しかも、著者は、インタヴューの名手である島﨑今日子さんなのだ。待ってました、とばかりに興奮して、書店で小躍りしそうになったのは、私だけではないだろう。

それまで、日本のどこにもいなかった「自分の人生の主人公は自分」という概念を持ち込んだ人。ロールモデルであるべき姿を女たちに提示してくれた人。そんな彼女の素顔が、周辺にいた人々への島﨑さんの丹念な取材でくっきりと浮き上がって来るのだ。

ずい分と長いこと、憧れ続けた女の人。うんと年上だけれども、おばさんではない。お姉さんでもない。庶民レベルのそんな親しみなんてお呼びじゃない。たぶん、実際に会ったとしても友達にだってなれなかっただろう。それなのに、それなのに、「自分だけの人生」をものにしたいと心から望んだとき、存在そのものがテキストになる稀《まれ》な人。そんな女の人生のモザイク、どうやって形作られているのか見てみたい。いえ、もっと言えば、その組み合わせから生じたひずみだって知りたい。これは、少し下世話な興味だ。でも、人間って、バックステージに、さらなる味わいがあるものじゃない？

そんな私の期待に、この本は、たっぷりと応えてくれた。二十余の証言からは、さまざまな「私の知るZUZU」が流れ出し、交錯して、この類い稀なスタイリッシュウーマンの姿が浮かび上がる。それは、対外的なイメージ通りに華やかでワイルドで最先端を行っていると同時に、繊細で可憐《かれん》で傷付きやすく、時に、どうしようもなく「女」である。

安井かずみの交遊録は、加藤和彦との出会い以前と以後で、大きく書き変えられて行く。以前のエキセントリックな魅力に満ちたZUZUを愛していた仲間たちと、以後のコンサヴァティヴなZUZUと親しくした友人たちとは、ほとんど重なっていない。両方の時代を知る数少ない人々も困惑しているようだ。加藤和彦という男に、ZUZUは何を託したのか。そして、そのことと引き替えに何を切り捨てたのか。いずれにせよ、数々のラヴアフェアをくぐり抜けた時代のミューズは、たったひとりの男を人生の楔《くさび》として、生き方まで変えた。

加藤、安井夫婦に対する人々の証言は、実にさまざまだ。見る人によって、これほど印象が変わってしまうのか、と驚いた。まるで、不可思議なミステリーを読んでいるような気にもさせられるが、そもそも、人と人との組み合わせは、角度によって光の束を選り分けるプリズムのようなものではなかったか。視線によって、見える色はさまざまだったということだろう。そして、その色たちを、島崎さんは、よく引き出した。光あるところには影がある。その濃淡具合を。

膨大なエピソードが語られる。森さんが三人娘と呼んだ内のひとりである大宅映子さんは、安井かずみのかつての親友、加賀まりこにこんなことを言われてしまう。

〈あなたはZUZUというお月さまの裏側しか知らないのよ〉

太陽ではなく、月。昔からZUZUを知る人ほど、彼女の月の部分を見ている。そこについて言及されるのは、私の世代のまったく知らない安井かずみだ。そして、それは、最も知りたかった部分でもある。

吉田拓郎はこんなふうに不服気だ。

〈ZUZUのほうは、あれだけ愛のこもった詞を書ける人が人の痛みや悲しみがわからないわけがない。どうしてこんなことがわからない加藤を選ぶかなって〉

自他共に認めるベストカップルと信じ切っていた私のような読み手は、迷宮に突き落とされた気がするだろう。けれど、こうも思う。そう来なくっちゃ。あれだけの才能に恵まれた男と女がベストカップルという単純な記号の訳がない、と。それでこそ、稲葉賀恵さんのこの言葉が生きる。

〈彼女は物質的にも精神的にも贅沢でないとダメな人で、だからこそみんなが憧れたんです〉

島崎さんは、時代のアイコンであったひとりの女の素顔をいくつもの独自の合わせ鏡によるリフレクションで浮き上がらせた。並のインタヴューアの仕事ではない。

ところで、実は、私は、加藤和彦さんには何度かお会いしている。湖のほとりで森瑤子さんとお喋《しゃべ》りをしていたあの頃だ。CM曲の作詞を依頼されたのである。しかし、私の詞は採用されず、それきり連絡は途絶えた。理不尽にも感じたが、作詞の才能が皆無なのだと納得した。

でも、でも、もしあの詞がボツにならなかったらもしかして私もこの本のインタヴューイとして登場出来たんじゃない？　だったら最高だったのになどと、ちょっぴり口惜しい気持ちと共にそんな詮ないことを考えてしまうのである。


（やまだ・えいみ　作家）

JASRAC 出 一五〇一〇七六-三〇四

本文写真　P59、76、123、172、271　斉藤亢
P236、363、380　松本路子

本文デザイン　緒方修一

初出　「婦人画報」　二〇一〇年十一月号～二〇一二年七月号
〔危い土曜日　外﨑弘子〕は単行本時の書き下ろしです。
本書は二〇一三年二月、集英社より刊行されました。

集英社文庫　目録（日本文学）

篠田節子　アクアリウム
篠田節子　家《や》鳴《な》り
篠田節子　廃院のミカエル
篠田節子　弥勒
篠田節子　鏡の背面
篠田節子　介護のうしろから「がん」が来た！
司馬遼太郎　歴史と小説
司馬遼太郎　手掘り日本史
柴田錬三郎　柴錬水滸伝　われら梁山泊の好漢(一)・(二)・(三)
柴田錬三郎　英雄三国志一　義軍立つ
柴田錬三郎　英雄三国志二　覇者の命運
柴田錬三郎　英雄三国志三　三国鼎立
柴田錬三郎　英雄三国志四　出師の表
柴田錬三郎　英雄三国志五　攻防五丈原
柴田錬三郎　英雄三国志六　夢の終焉
柴田錬三郎　われら九人の戦鬼(上)(下)

柴田錬三郎　新篇　眠狂四郎京洛勝負帖
柴田錬三郎　新編　剣豪小説集　梅一枝
柴田錬三郎　徳川三国志
柴田錬三郎　新編　武将小説集　男たちの戦国
柴田錬三郎　柴錬の「大江戸」時代小説短編集　花は桜木
柴田錬三郎　チャンスは三度ある
柴田錬三郎　眠狂四郎異端状
柴田錬三郎　貧乏同心御用帳
柴田錬三郎　御家人斬九郎
柴田錬三郎　真田十勇士(一)　運命の星が生れた
柴田錬三郎　真田十勇士(二)　烈風は凶雲を呼んだ
柴田錬三郎　真田十勇士(三)　ああ！　輝け真田六連銭
柴田錬三郎　眠狂四郎孤剣五十三次(上)(下)
柴田錬三郎　眠狂四郎独歩行(上)(下)
柴田錬三郎　眠狂四郎殺法帖(上)(下)
柴田錬三郎　眠狂四郎虚無日誌(上)(下)

柴田錬三郎　眠狂四郎無情控(上)(下)
柴田錬三郎　おらんだ左近
柴田錬三郎　花の十郎太
地曳いく子　50歳、おしゃれ元年。
地曳いく子　槇村さとる　ババア上等！　大人のおしゃれDO! & DON'T!
地曳いく子　若見えの呪い
地曳いく子　槇村さとる　ババアはツラいよ！　55歳からの「人生エベレスト期」サバイバルBOOK
地曳いく子　ババア上等！　番外編　地曳いく子のお悩み相談室
島尾敏雄　島の果て
島崎今日子　安井かずみがいた時代
島崎藤村　初恋―島崎藤村詩集
島田明宏　ダービーパラドックス
島田明宏　キリングファーム
島田明宏　ジョッキーズ・ハイ
島田明宏　絆　走れ奇跡の子馬
島田明宏　ノン・サラブレッド

集英社文庫 目録（日本文学）

島田明宏 ファイナルオッズ
島田裕巳 0《ゼロ》葬——あっさり死ぬ
島田雅彦 自由死刑
島田雅彦 カオスの娘
島田雅彦 英雄はそこにいる 呪術《シャーマン》探偵ナルコ
島田雅彦 君が異端だった頃
島田洋七 がばいばあちゃん 佐賀から広島へ めざせ甲子園
島村洋子 恋愛のすべて。
島本理生 よだかの片想い
島本理生 イノセント
島本理生 あなたの愛人の名前は
志水辰夫 あした蜉蝣《かげろう》の旅(上)(下)
志水辰夫 生きいそぎ
志水辰夫 みのたけの春
清水朔 神遊び
清水義範 偽史日本伝

清水義範 迷宮
清水義範 開国ニッポン
清水義範 日本語の乱れ
清水義範 新アラビアンナイト
清水義範 イマジン
清水義範 夫婦で行くイスラムの国々
清水義範 龍馬の船
清水義範 シミズ式 目からウロコの世界史物語
清水義範 信長の女
清水義範 夫婦で行くイタリア歴史の街々
清水義範 会津春秋
清水義範 夫婦で行くバルカンの国々
清水義範 ｉｆの幕末
清水義範 夫婦で行く旅の食日記 世界あちこち味巡り
清水義範 夫婦で行く意外とおいしいイギリス
清水義範 夫婦で行く東南アジアの国々

下重暁子 鋼《はがね》の女《ひと》 最後の瞽女《ごぜ》・小林ハル
下重暁子 不良老年のすすめ
下重暁子 「ふたり暮らし」を楽しむ 不良老年のすすめ
下重暁子 老いの戒め
下重暁子 85歳まだまだ不良 媚びず群れない
下川香苗 はつこい
下村敦史 絶声
下村一喜 美女の正体
朱川湊人 水銀虫
朱川湊人 鏡の偽乙女 薄紅《うすべに》雪華《せっか》紋様《もんよう》
小路幸也 東京バンドワゴン
小路幸也 シー・ラブズ・ユー 東京バンドワゴン
小路幸也 スタンド・バイ・ミー 東京バンドワゴン
小路幸也 マイ・ブルー・ヘブン 東京バンドワゴン
小路幸也 オール・マイ・ラビング 東京バンドワゴン
小路幸也 オブ・ラ・ディ オブ・ラ・ダ 東京バンドワゴン

集英社文庫

安井《やすい》かずみがいた時代《じだい》

2015年3月25日 第1刷　　定価はカバーに表示してあります。
2023年8月12日 第4刷

著 者 島崎今日子《しまざききょうこ》
発行者 樋口尚也
発行所 株式会社 集英社
東京都千代田区一ツ橋2-5-10 〒101-8050
電話 【編集部】03-3230-6095
【読者係】03-3230-6080
【販売部】03-3230-6393(書店専用)
印 刷 大日本印刷株式会社
製 本 大日本印刷株式会社

フォーマットデザイン アリヤマデザインストア　マークデザイン 居山浩二

ISBN978-4-08-745299-0 C0195